# 宫本武藏

MIYAMOTOMUSASHI

## 空之卷

〔日〕吉川英治 著

王维幸 译

南海出版公司

新经典文化股份有限公司
www.readinglife.com
出 品

# 目录

## 空之卷

空之卷

# 普贤

## 一

一进入木曾路，随处可见残雪。如长刀一样从山岭凹处射出的白光是被残雪覆盖的驹岳的褶皱，而透过淡红树芽呈现在远方的白斑则是御岳的肌肤。不过，田间和路上到处洋溢着浅绿色。正是万物复苏的好时节。任凭怎么踩踏，也挡不住嫩草生长的势头。更不用说城太郎的胃了，它越发强调生长的权利。最近，有如疯长的头发一样，城太郎的个头也长高了，已隐约有了些大人的风采。

他刚懂事便被抛向世间的洪流，收养他的也是流浪之人。他吃尽了旅途的劳苦，生存的环境也让他不得不早熟起来，这实属无奈。可最近他时常表现出来的桀骜不驯却经常逼得阿通哭鼻子。我怎么会跟你这么个孩子混在一起呢？她常常如此叹息着瞪他，可这一点用都没有。他早就把她看透了。即使她沉着一张可怕的脸，内心还是对他疼爱不已。

这种态度再加上眼下的时节，无论走到哪里，只要一看到食物，从来都不知道饱的胃立刻便会把城太郎的两脚钉在路上。"噢，阿通姐，给我买那个！"就在刚才路过须原的客栈时，由于那里有木曾将军四天王之一金井兼平的要塞遗址，每家都在卖一种叫"兼平煎饼"的点心，阿通最终没能拗过他。"就这一次哦。"尽管一再叮咛后才买给他，可还没走上半里路，他就咯嘣咯嘣全吃光了，又露出一副动辄想要东西的神情。

睡醒后，由于借用驿站茶屋一角早早吃了饭，还算平安无事，可是不久后翻过一道山岭，来到上松一带时，城太郎又开始拐弯抹角地说："阿通姐，阿通姐，柿饼好便宜啊。你不想吃吗？"

阿通骑在牛背上，装出一副没听到的样子。城太郎只好干瞅着柿饼走过，可不一会儿来到木曾最繁华的地方——信浓福岛的市镇上时，正巧已是未时，又到了肚子开始咕咕叫的时候。"休息一下吧，就在那儿休息下吧。"城太郎又开始闹，"行不行啊？"他一磨起人来便不罢休，一步都不往前走，"噢，吃点黄豆面糕吧。你不愿意吃吗？"

就这样，也不知他是在乞求阿通，还是在胁迫阿通，总之牛的缰绳就牵在城太郎手里，只要他不走，无论牛背上的阿通多么焦急，也无法穿过那黄豆面糕店前。

"别太过分了。"终于，阿通生起气来，在母牛背上倒竖起眼角。那母牛与城太郎沆瀣一气，啃了一路。"你要是再找我的麻烦，我就告诉走在前面的武藏先生。"说着，阿通便做出要爬下牛背的架势，可城太郎只是笑着望着她，连阻止她的样子都懒得去做。


# 二


城太郎故意挑衅道："你怎么不去啊？"他的脸上带着一种早就知道阿通不会告诉武藏的表情。

既然已经从牛背上下来，阿通只好无奈地走进黄豆面糕店。"快，快去吃吧。"

城太郎顿时来了精神。"大婶，给我来两盘糕。"他先朝店里嚷嚷了一句，才把牛拴在檐前的拴马桩上。

"我不吃。"

"为什么？"

"若光知道吃，那人岂不都变成傻子了。"

"那，我连阿通姐那份，两盘都包了。"

"唉，真是个难缠的孩子。"

任凭阿通说什么，只要一吃起东西，城太郎便像没长耳朵一样，什么都听不见了。一弯腰，与身体极不相称的木刀便总会碰到肋骨。大概是觉得妨碍了贪婪的胃口，他还不时极不耐烦地将木刀绕到背后，一面贪婪地咀嚼，一面不时瞟瞟路上的情形。

"你能不能快点吃完？别瞎看了。"

"咦？"不知看到了什么，只见城太郎慌忙将盘中最后一个面糕扔进嘴里，接着便跑到路上，手搭凉棚。

"行了吗？"阿通放下铜板，正要从后面跟出来，城太郎却一下子把她推回了板凳上。"等等。"

"难道你还想吃？"

"刚才又八朝那边过去了。"

"你撒谎。"阿通不信，"那个人怎么会在这种地方呢？"

"管你信不信，反正他朝那边走了，还戴着草笠呢。难道阿通姐就没注意到？他刚才一直盯着我们呢。"

"真的？"

"不信我喊他回来看看。"

真是不可想象。哪怕仅仅听到又八的名字，阿通便又像是生病了一样，眼看着就没了血色。

"没事，没事，用不着担心。就算有事，我也会跑到走在前面的武藏师父那里，把他叫回来。"

可如果害怕又八而躲在这里，就会与走在前面几町远的武藏拉开一大段距离。阿通再次坐上牛背。她的身体尚未完全恢复，哪怕忽然间听到刚才那样的事情，也会让她的悸动久久无法平息。

"你说呢，阿通姐？我觉得真奇怪。"城太郎忽然说了一句，从牛前面抬起头，无情地望望她苍白的嘴唇，"若说起这奇怪的事，在到达马笼岭的瀑布潭之前，师父也健谈，阿通姐也有说有笑的，三个人一路走来，其乐融融的多好。可自从过了那里，你们就一句话都不说了，不是吗？"

阿通并不回答，于是他又问道："究竟是为什么，阿通姐？连路都分开走，晚上也睡在不同的房间里……你们是不是吵架了？"

<br>

三

城太郎刚不吵嚷着买吃的了，又开始用老成的口吻喋喋不休。这倒也罢，可他竟又刨根问底，甚至调侃起阿通与武藏的关系。

一个小屁孩懂得倒不少。阿通还在心痛，根本就没心情理会他。借助牛背旅行的确让阿通的身体状况好了起来，可比生理疾病更严重的问题却并没有解决。在马笼岭女瀑和男瀑的急流中，她的哭泣声和武藏的愤怒声轰隆隆地混在一起鸣咽，就算经过成百上千年，只要二人这种错位的心结解不开，便会永远留有怨恨。

一想起来，当时那声音便犹在耳畔。为什么？武藏向自己逼来的那股强烈而直率的欲望，自己为什么要用浑身的力量去拒绝呢？为什么？阿通无数次后悔，无数次想努力弄清楚其中的原因，这成了一块挥之不去的心病。莫非这世上的每个男人都会把那种行为强加给女人？她变得悲伤而痛苦，长久以来深埋在心底的恋爱圣泉在越过女瀑男瀑的山岭后，便像瀑布的水一样狂奔起来，变成不断动摇她内心的一匹野马。而且更让她不解的是，她明明是挣脱武藏鲁莽的拥抱逃了出去，可是在之后的旅途中，她仍一刻都不想丢掉武藏的身影，仍尾随武藏而行，这种矛盾实在不可思议。

当然，从那以来，两人间就奇怪地产生了莫名的隔阂，彼此很少说话，也不再并肩而行。但武藏前行的脚步却默默地配合着尾随而来的母牛的节奏，一如开始时约定的那样，并未背弃一同赶赴江户的约定。尽管身后的阿通因城太郎的贪玩而时时耽搁行程，可武藏仍一如既往地必然会在某处等着他们。

出了五街七路口的福岛，从兴禅寺的拐角处起，就都是上坡路，远方露出一处关卡。关原合战后，对浪人和女人的盘查格外严格，可由于乌丸家给的印信非常好用，这里自然也毫不费事便通过了。阿通骑在牛背上，在关卡两侧茶屋的众目睽睽下一摇一晃地出去了。

"普贤是什么？阿通姐，普贤是什么东西？"这时，城太郎突然问，"刚才一个在茶屋休息的人，不知是和尚还是旅人，指着阿通姐这么说呢。说你真像骑在牛背上的普贤一样……"

"大概是普贤菩萨吧。"

"普贤菩萨？那我就是文殊菩萨了。因为无论到哪里，普贤菩萨和文殊菩萨都形影不离。"

"我看你是馋嘴的文殊菩萨吧。"

"那不正好配你这个哭鼻子的普贤菩萨吗？"

"你又来了！"阿通不高兴地红起脸。

"文殊菩萨和普贤菩萨为什么形影不离呢？他们又不是

男人和女人。"城太郎突发奇问。

　　阿通从小在寺里长大，也不是无法解释这个问题，可由于害怕城太郎的纠缠，她只是简单地答道："文殊是显现智慧的佛，普贤是显现行愿的佛。"

　　刚说到这里，不知从何时何地起便像苍蝇一样尾随在牛屁股后的男人突然大喊一声"喂"，叫住了他们，正是刚才在福岛时城太郎无意间瞥见的本位田又八。


# 四


　　他一定一直等在那里，真是卑鄙的男人！一看到又八的脸，阿通顿生鄙视，怎么也抑制不住。

　　又八也一样，一看到阿通的身影便爱憎交织，血液上涌，感情顿时涌向眉间，连常识都忘记了。更不用说武藏和阿通出了京都后，他便一直尾随在后，将两个人形影不离的情形全看在了眼里。至于后来二人互不理睬分开赶路，他也误以为那只不过是他们为了避开白天路人的耳目。一旦到了没人的地方，还不知会如何干柴烈火呢，他甚至还如此胡猜乱想。

　　"下来！"如同下命令一样，又八冲着牛背上低着头的阿通说道。

　　阿通对又八根本就无话可说。他早已不是她心里的人。不仅如此，数年以前，他就主动背弃了与她的婚约。前些日子，在京都清水寺的谷间，他还手持利刃追杀过她，差点让她丧命。他完全是一个让她吃尽苦头的人。

倘若真要回敬又八，除了一句"事到如今还有何贵干"，阿通恐怕再也找不到其他寒暄。她沉默着，目光中越发充满了对又八的憎恶和鄙视。

"喂！你下不下来？"又八再次喊道。无论是又八，还是他那个叫阿杉的母亲，现在仍用在宫本村的态度，对已经不是他们家的媳妇也不沾亲带故的阿通专横跋扈地下命令，这不禁让阿通无比反感。

"什么事？你我之间好像没什么事吧，凭什么要下来？"

"什么？"又八来到一侧，一把揪住阿通的袖子，"说什么也得给我下来！你没事，可我有事！"他丝毫不顾路人的侧目，威胁般地大声嚷嚷。

这时，一直在静观事态的城太郎突然丢掉缰绳喊道："没看见人家不愿意吗？真不识相！"若只是声音比又八大，那倒也罢了，可他竟伸手推搡又八，事情自然就闹大了。

"臭小子！"又八踉跄了几下，重新穿好草履，冲着后退的城太郎端起肩膀，"我刚才就觉得你这鼻屎鬼有点眼熟，你小子就是曾在北野酒馆干活的那个臭伙计吧？"

"你管得着吗？你才是个窝囊废呢，当时整天挨蓬之寮那个叫阿甲的老板娘骂，吓得连屁都不敢放！"

这无疑揭了又八最痛的伤疤，更不用说还当着阿通的面。"臭小子！"又八气急败坏，伸手就要抓他，可城太郎却机灵地从牛鼻子前一下子逃到对侧。

"我若是鼻屎鬼，那你算什么？我看就是个鼻涕虫吧。"

又八已忍无可忍，又要去抓，城太郎便以牛为盾，在阿通脚下逃来逃去，可两三次后还是被又八抓住了颈后的头发。"你、你再给我说一遍试试！"

"我就说！"可是，还没等长木刀抽出一半，城太郎便已像只猫一样被扔到了行道树外的树丛里。

五

树丛下是田埂间的小阴沟，城太郎顿时变成了一条泥鳅。当他爬到行道树旁往大路上打量时，发现牛正驮着阿通，摇晃着笨重的身体朝远方走去。而一手牵着缰绳，同时将缰绳的一头当作鞭子，在扬起的阵阵尘土中向远方奔去的身影无疑是又八。"畜、畜生！"一看到这情形，城太郎的血便涌上头来。这热血只是激发出他的责任感和渺小的力量，却使他忘记向他人告急以迅速采取对策。

白云明明在动，望起来却似一动不动。高耸在云巅的驹岳仿佛在诉说着无声的话语，俨然俯视着一个旅人。旅人正在那仿若裙摆褶皱般的山丘上休息。

咦，我到底在想什么？武藏突然回过神，重新审视自己。尽管眼睛望着山，心头萦绕的却全是阿通的影子。他想不明白。任凭怎么想，也弄不明白少女之心的真面目。

不久，他生起气来。为什么直率地靠近她就不行呢？点燃自己心火的不正是她吗？自己毫无遮掩地向她展现情欲，可她的手竟意外地将自己推开，似乎鄙视自己似的躲开了。之后，充斥在他心头的便是惭愧、耻辱和无处发泄的男人的苦闷。本以为投身瀑布潭便可以洗掉这心灵的污垢，可随着时日的流逝，无法压抑的妄想仍萦绕在心头。他也曾数度嘲笑自己的愚蠢，女人算什么，为什么就不能甩掉她轻装前进呢？武藏试着命令自己，可这无非是掩耳盗铃而已。到江户去，你学自己喜欢的东西，我也要向目标迈进——他是在对未来暗暗地发下如此誓言后，才和她从京都来到这里的。因此他不该在途中弃她而去。

倘若就这样僵持下去，两人会结出什么果实呢？我的武道又会是何种命运！武藏仰视着山，紧紧地咬着嘴唇。想到自己的渺小，他不由得感到耻辱，甚至连与驹岳面对面都让他感到痛苦。

怎么还不来？武藏忍不住忽地站了起来。这当然是说给早该出现在身后的阿通和城太郎的牢骚话。说好了今夜要在薮原住下，可现在连宫腰的驿站都还未到，太阳已经开始西沉。从这儿的山丘望去，远方的街道尽收眼底，前方十町远的森林一览无余，阿通却一直未出现。

"奇怪，莫非在关卡那里耽搁了？"武藏甚至一度犹豫着索性弃阿通而去，可一旦看不见那身影，他又立刻担心起来，一步也无法向前迈。

他从低矮的山丘上跑了下来。大概是受了他的惊吓，放养在那里的马群朝薄阳辉映下的原野四散逃去。

"喂喂,武士大人,您是不是那个骑牛女子的旅伴?"刚来到街道,便有一人迎面走了过来。

"嗯,那女子出了什么事吗?"还未听到对方的话语,武藏便有种不祥之感,立刻反问道。

# 木曾冠者

## 一

就在离关卡不远的地方，本位田又八鞭打着阿通的牛，将其连人带牛一起劫走。目击了这一幕的旅人们一传十十传百，转瞬间此事已在这条街道上人尽皆知。武藏身在山丘上，反倒只剩他一人毫不知情。

武藏慌忙沿原路返回，可这已经是事情传开半刻之后了。倘若阿通有个三长两短可就糟了，也不知道现在还能不能赶上。

"老板！老板！"

关卡的栅门酉时关闭。听到喊声，正在收拾桌凳的茶屋老板回过头，朝站在身后的气喘吁吁的武藏问道："忘记东西了？"

"不，我是在找半刻前路过这里的女子和少年。"

"你说的是那个长得像普贤菩萨一样的骑牛女子吧？"

"正是。听说有一个浪人模样的男人把他们掳走了，你知道他们往哪儿去了吗？"

"我倒是没有亲眼看见，但听路人说，他们从店旁的人头冢附近拐进了岔道，朝野妇之池方向匆匆赶去了。"

老板刚抬起手来一指，武藏便已飞也似的在薄暮中淡去。综合在路上收集的种种传言，他怎么也想不出究竟是何人，又究竟是为什么劫走了阿通。他更无法想象下手的人竟然会是又八。既然已与他约好，要么是他从后面追上来，要么就是两人在江户碰头。上次从叡山无动寺翻山越岭赶赴大津时，在途中的山顶茶屋里，二人长达五年的误解已经消释，重拾往昔的友谊。从前的事情就让它付之东流吧。二人握手言和。在武藏的勉励下，又八甚至热泪盈眶。我会勤奋的，我一定会重新做人，你就把我当成弟弟，为我引路吧——又八那样真诚地痛下决心，武藏万万不会怀疑到又八头上。

若真要怀疑，恐怕就只有那些在战后流落各地，因谋不到一点生路最终沦为流浪之徒的不良浪人，抑或是那些无视世道沧桑，仍在觊觎世间漏洞的窃贼或人贩子等鼠贼，要不就是地方的悍匪和野武士。武藏只能如此推测，因此也只能像大海捞针一样，急匆匆地往野妇之池方向追去。可太阳一落山，虽然天上星光闪耀，地上却漆黑一团，连前面一尺远的地方都看不清楚。最重要的是，尽管听说去了野妇之池，可他怎么也没找到一处类似池子的地方。脚下的水田、旱田和森林越发陡峭，道路也逐渐变成上坡，看来已经闯进了驹岳的山麓一带。武藏不禁迷茫起来。莫非是走错了道？他想。有如迷失了前进的方向，他开始环顾黑暗的四周。这时，他忽然发现了一户农家，屋舍背靠着驹岳巨大的岩壁，周围植着防风林。也不知外面燃起的是篝火还是炉火，在一团红色火光的映照下，一道树丛围成的篱笆映入眼帘。

走近一瞧，里面竟有一头武藏颇为眼熟的花斑母牛，只是哪里都寻不到阿通的身影，只有那头母牛被拴在灯火掩映中的农家厨房外，安闲地叫着。

# 二

"啊，就是那头牛。"武藏顿时松了口气，捋了捋心口。既然阿通骑的牛被拴在这户人家，阿通也一定被带到这里。只是这户防风林中的人家究竟是什么来头呢？一旦贸然闯入，让对方将阿通再次藏起来就麻烦了，武藏不断告诫自己。

于是武藏躲了起来，开始窥探里面的情形。只听见里面传来了说话声："娘，行了行了，怎么干起来没头了？平时总唠叨说眼睛不行了，可黑得都看不见了，手里的活儿还不停。"在散乱地堆放着柴薪和稻壳的黑暗角落中，有人正粗喉大嗓地说话。

武藏屏息凝神继续观察屋内动静，他这才发现，原来摇曳着红色火焰的地方是紧挨厨房的炉房，纺车纺线的声音隐隐传来，也不知是来自这间屋子，还是来自相邻的那间关着破拉门的房间。

这时，声音一下子停了，大概是母亲听到儿子的牢骚后立刻停止了纺线。不久，在一角的小屋里不知做什么的儿子关上门，说道："我现在去洗脚，你赶紧准备一下马上开饭。听见没有，娘？"

于是，男子拿着草履，一屁股坐在流经厨房的水沟边的石头上，哗啦哗啦地洗刷起来。还没洗两三下，花斑母牛竟慢吞吞地把脸伸到了他的肩膀上。他抚摩着牛鼻子，朝半天没有回音的屋中再次大声喊道："娘，待会儿闲下来，你就过来看看吧！我今天可捡了样好东西，真是飞来横财啊。你猜是什么？你肯定猜不出来。是头牛！而且还是头棒极了的母牛。既可以用来耕田，还能用来挤奶呢。"

一直伫立在外面的武藏自然也把这些话听了个一清二楚。倘若他能再观察一下那人，恐怕就不至于犯下后面的错误。可遗憾的是，他只是大致观察了一下里面的形势，便性急地找到这篱笆包围中的农家门口，逼近了屋舍。

作为农家，这屋舍实在太大，墙壁的样式也像是世家的宅子，但里面既没有佃户，也没有女人，尽管茅草屋顶已朽烂得长满苔藓，可竟没有人修葺，看来是个败落之家。

旁边有扇小窗开着，武藏便踩在窗下的石头上窥探情形。最先映入眼帘的是置于黑色横木上的一柄长刀。那分明是民间少有的东西，而是功夫了得的武将才能使用的利刃，刀鞘的软皮上还隐约残留着金箔。

武藏前后思量，愈发怀疑起来。刚才从小屋出去洗脚时，年轻男子的面孔只是在灯影前一闪而过，但武藏还是捕捉到了那绝非友善的眼神。那男子穿着干农活的短褂和沾满泥巴的绑腿，腰间插着一把砍柴刀，圆脸膛，蓬散的头发用稻草扎起，耷拉到眼角，虽然身高不足五尺五寸，可无论是胸肌还是坐在地上的架势，一看就让人觉得是个歹人。现在再一看，果然正房里还有寻常百姓不可能有的长刀，铺着灯芯草的床上也不见人影，只有大炉子里正噼噼啪啪地烧着松柴，浓烟呼呼地从窗户向外吐去。

"啊！"尽管武藏用袖子掩住了嘴，可由于忽然被呛了一下，还是没能忍住咳嗽。

"谁？"房里顿时传来一个老婆婆的声音。武藏连忙蜷缩在窗下。接着，对方似乎进了炉房，又在那里呼喊起来："权之助！小屋关上了吗？偷谷子的小偷又来了，正咳嗽呢！"


三


就怕他不来！先生擒那个野猪般的男人，再让他交代出把阿通藏到了哪里。除了那个彪悍的老婆婆的儿子，弄不好还会有两三名敌人也跳出来，但只要把他擒住，剩下的就不在话下了。就在堂屋内的老婆婆连呼权之助时，武藏已离开窗下，藏到了环绕在屋舍周围的树丛中。

"在哪儿？"不一会儿，被唤作权之助的儿子大步跑过

18

来，"娘，你说那人在哪儿？"他嚷嚷着问道。

只见老婆婆来到小窗旁，说道："就在那边，刚才有咳嗽声。"

"不会是你听错了吧？你最近总是耳聋眼花的。"

"不是。一定是有人从窗子窥探咱们家的情形，结果让烟呛了一下，咳嗽了一声。"

"哼，是吗？"权之助来来回回地走了十几步，俨然巡城似的，边走边咕哝，"看来真的有人啊。"

武藏并未贸然出来，权之助那闪烁在黑暗中的眼睛正燃烧着逼人的杀气。从脚趾到胸膛，他全身透着一副势不可挡的架势，而且还拿着一样奇怪的武器。到底是什么家伙？武藏往那转来转去的身影上定睛一看，才发现对方右手的手心到腋窝底下竟偷偷掖了一根四尺左右的圆棒，与随手拿来的擀面杖或顶门棍明显不同，圆棒上还闪耀着一种武器的光泽。而且在武藏看来，圆棒与持棒者已浑然一体，由此可知他平常一定与这棒形影不离。

"什么人？"忽然，木棒挂着风声，一下子从权之助的后背伸向武藏前方。

武藏一闪身子，躲开木棒站起来。"我是来要你所劫之人的。"

对方一听，瞪着武藏沉默起来。于是，武藏又重复了一遍："快将你从街道上诱拐到这里的女人和孩子还我！倘若把人毫发无损地还给我并赔礼道歉，尚可饶你一命，若有什么损伤，我决不饶你！"

驹岳的雪溪仿佛天然围墙似的环绕四周，一阵阵冷风不时从雪溪里吹起，在星空下潜入这温暖的人家。

"交出来！快给我交出来！"武藏又说了两次。他的语气比雪风还尖厉，反握木棒、死盯着武藏的权之助顿时怒发冲冠。

"你这个马粪蛋，你竟敢污蔑我诱拐？"

"一定是你看到他们妇孺二人形单影只好欺负，就拐到这里来了。交出来！快把藏起来的人给我交出来！"

"什、什么？"突然，四尺多长的木棒一下子从权之助的身体一侧飞出，动作之快让人眼花缭乱，分不清究竟是棒随手出还是手随棒出。


## 四


武藏只能躲闪。面对男子惊人的功夫和力量，他一时也只能虚张声势。"回头你可别后悔！"他丢下一句警告，连忙跳起退到数步之外。

那神勇的使棒者却仍哇哇地喊个不停："什么？少给我装蒜！"

对方步步紧逼，不给武藏留下一丝喘息的机会。武藏退十步，他便进十步，武藏躲五步，他便逼五步。闪转腾挪之间，武藏已两次把手按在刀柄上，可每次都感到极度危险，最终连抽刀的机会都没有。因为即使是手按刀柄的一刹那，也会将肘部暴露敌前。当然，这种危险也会因人而异，有时可能根本感觉不到，有时则需要万般小心。而眼前这个对手手中呼呼生风的木棒不断怒吼，简直比武藏的神经反射还要快，倘若硬逞一时之勇，觉得"一个乡巴佬算什么"，稍有麻痹轻敌，恐怕立刻就会被一棒击倒，而且光是心情的焦躁就足以让武藏呼吸急促、身法大乱。

还有一个理由让武藏必须谨慎，那便是对手权之助究竟是何人，一时间完全猜测不透。他挥舞的木棒颇有章法，步法和身体各部分形成了一个完美的金刚不坏之体。此乡野村夫竟是如此高人，连从前得遇的几多高人中都很难找出。他的脚趾间都透着一种武术之道，闪烁着武藏孜孜以求的精神力量。

如此一解释，难免会给人这样一种错觉，即武藏和权之助在对峙中悠然地审视着双方。但事实上，这种感觉仅仅产生在转瞬之间，权之助的木棒一瞬都没有停止过挥舞。

对方不时猛吸一口气，又不时一蹦脚跟，间或一改木棒的攻击方式重新逼来，每一次都会带着污秽的方言詈骂打来："你这臭狗屎！""癞疮鬼！"

不，对于这棒，其实用"打"描述并不准确。当然，其中不乏打的动作，但同时也有砍、突、转，既可单手使用，也可两手并举。而且这棒和太刀完全不一样，太刀明显可分为刀锋和刀柄两部分，且只能使用其中一部分，棒却两端都可用作刀锋或矛头。况且权之助已将其用得炉火纯青，就像做糖果的在拉糖，忽长忽短，令人瞠目。

"权之助，当心！你那对手可不是等闲之辈！"突然，那位老婆婆从正房的窗子里喊了一嗓子。武藏感到棋逢对手的同时，老婆婆也产生了同样的感觉。

"没事，娘！"发现母亲正焦虑地从一旁的小窗上观战，为自己鼓劲，权之助愈发勇猛。这时，只见武藏冷不防一闪身，一下子躲开呼啸而来的木棒，一把抓住权之助的小臂。紧接着，只听咚的一声，有如被抛下的巨石一样，权之助重重地仰面摔在地上。

"且慢，这位浪人！"眼看儿子性命危险，靠在小窗上的老婆婆情急中捣破了竹窗棂，冲着武藏喊道。她神色凄厉，不禁让武藏对随后的行动犹疑了一下。


五


老婆婆的头发全都竖起来了，看到自己的骨肉受伤，出现这种反应自是理所当然。看来儿子被摔倒在地着实令这位老母亲意外。按说武藏的下一个动作应该是不等权之助跃起便拔刀怒斩，但他并未这么做。"哦，那我就等着。"武藏骑在权之助胸口，狠狠踩住他仍紧握木棒的右手腕，抬眼望了望那位老婆婆刚刚露出脸的小窗，却不由得一愣，立刻将视线移开。

老婆婆已然不在窗旁。被压在身下的权之助不断拼命挣扎，急欲摆脱武藏的手，而武藏并未压住的两条腿又是在空中乱踢，又是往地上乱蹬，他还使出挟颈过腰摔企图摔倒武藏，想尽一切办法努力挽回败局。

这拼命的挣扎本就够劳人心神，而一度从窗口消失的老婆婆忽然间又从厨房冲出，叱骂起被武藏按倒的儿子来："活该！谁让你不小心！就让为娘来助你一臂之力，可千万不能输！"她刚才在窗口喊了一声"且慢"，武藏还以为她会跪地求饶，孰料她竟鼓励面临生死险境的儿子，要其战斗到底。

再一看，一把出鞘的长刀正藏在老婆婆腋下，在星星的映照下泛着冷光。而老婆婆则观察着武藏的后背，说道："你这个穷酸浪人，以为我们是种地的，就想在这儿撒野？你以为这儿是寻常百姓家吗？"

眼看着老婆婆向背后逼来，这下可把武藏难住了。身下的人并非已死，他自然无法转身。而权之助也在拼命蹬地面，努力为母亲创造有利的位置，眼看他后背的衣服和皮肤都快磨烂了。

"这算什么！娘，你别担心，不用靠那么近。我现在就把他顶出去！"权之助呻吟着说道。

"不要着急！"老婆婆告诫他，"你原本就不该输给这种流浪汉。你要拿出先祖的血性来！'别以为木曾大人家没人了'，因这句豪言而闻名天下的太夫房觉明的骨血都到哪里去了！"

权之助当即答道："就在这儿！"说话间，他猛地抬起头，隔着武藏的裙裤便朝其大腿狠狠咬去。他已经松开木棒，两手从下面反击，让武藏一时无计可施。再加上那老婆婆又拖着散发寒光的长刀，窥视着武藏的后背寻找下手机会。

"等等，老人家！"这一次轮到武藏先告饶了。他意识到了这种争斗的愚蠢，若如此持续下去，除非其中一方丧命，否则事情便无法解决。

倘若能使阿通和城太郎获救，哪怕豁上性命倒也值得，可眼下连这一点都无法确定。无论如何，当务之急是先把事情说开，这样才最为稳妥。出于这种考虑，武藏先让老婆婆放下利刃，可老婆婆并未立刻答应，而是说道："权之助，怎么办？"她竟和被压在下面的儿子商量起究竟接不接受武藏的妥协。

六

炉里的松柴烧得正旺。母子二人陪同武藏来到这里则是不久以后，双方经过一番沟通，误会已经解除。

"哎呀，差一点啊。一点无谓的误解竟差点酿成大错啊。"老婆婆似乎终于松了口气，屈膝坐下，却拦住欲一同坐下的儿子，说道："喂，权之助，你先别急着坐。为谨慎起见，你先领着那武士在家里的犄角旮旯转转，让他好好检查一番，我们可没隐藏他在外面寻找的女人和孩子。"

"对啊。他刚才还一直怀疑我，说是我将女人什么的从

24

大道上拐来了呢，真遗憾。喂，武士，那就请你跟着我，把里里外外都检查一遍吧。"

在对方"请进、请进"的招呼下，武藏恭敬不如从命，便脱掉草鞋进到屋内，对早已待在炉前的母子连连道歉："在下已经知道你们是清白的了。冤枉了二位，还请担待。"

武藏连连致歉，弄得权之助也不好意思起来，说道："其实我也有不对的地方，还没弄清楚你的来由就乱发火。"说着，他靠到炉边盘腿坐下。

不过，武藏仍有一个疑问尚未解开，即刚才在外面看到的那头花斑母牛。那的确是他从叡山一路牵来，为了给体弱多病的阿通骑，才让城太郎好好牵着的牛，怎么会拴在这户人家呢？

"原来是这样啊，这也难怪你要怀疑我了。"权之助解释起来。他只是一个种地的百姓，在这一带有点田地。今天傍晚，当他从野妇之池打鲫鱼回来时，无意间发现竟有一头牛陷进了与池子相连的河里，正在挣扎。由于沼泽很深，牛越挣扎就越往里陷，笨重的身体怎么也拔不出来，发出一阵阵可怜的叫声。于是权之助拽上牛，一看，发现还是一头正在产奶的壮年母牛。他四下找遍了也没有发现主人的影子，便以为是山贼将牛从别处偷到这里后，牛不小心陷了进去，实在弄不出来，就丢下牛逃走了。

"若是能有这么一头牛，怎么也能顶半个劳力呢，我又这么穷，无法好好为娘尽孝，真是老天有眼啊，哈哈哈。于是，我就兴奋地把牛拽到了家里。既然知道了牛的主人，那我也只能空欢喜一场了。牛我随时奉还，只是你说的什么阿通和城太郎，我的确不知。"

弄清楚原委，武藏才发现原来这个叫权之助的年轻人是个十分纯朴的庄稼汉，刚才的误会也可以说源自他这种率直的优点。

"那么，这位旅行的武士一定很担心他们的安危了？"老婆婆也和天下所有母亲一样，从一旁担心起来。她对权之助说道："权之助，你赶紧吃点饭，帮他一起去找找那可怜的旅伴吧。若他们还在野妇之池一带徘徊，那倒还不要紧，可一旦闯进驹岳山里，那就进了贼窝了。听说那山里全是连马匹和蔬菜都抢的野贼的巢穴，我看十有八九是那些无赖捣的鬼。"

# 七

松明的火焰在风中扑扑地燃烧。风来时，似乎会将广阔的山麓间的草木都席卷而起，鸣声大作，可一旦停下来，四周便又变成一片静谧的星空，甚至静得都有点可怕。

"旅人，"权之助举着火把等着从身后赶来的武藏，"真遗憾，怎么也找不到。从这儿去往野妇之池的路上还有一户人家，就在那山丘上的杂树林后面，是一家打猎种地的人家，倘若那里也没有消息，恐怕就没法找了。"

"多谢你热情相助。都打听了十多家了，还是没有任何线索，看来是在下走错方向了。"

"或许吧。那些诱拐女人的恶人，鬼心眼多着呢，他们怎么会愚蠢得逃往那些容易被追上的地方呢。"

夜已过半。驹岳的山脚一带，如野妇村、樋口村和附近的山丘树林等，二人几乎全找遍了。武藏觉得至少也该能打听到城太郎的消息，可是竟没有一个人说曾经见过。而阿通的相貌也很有特点，若有目击者，立刻就能知道。可无论向哪一个乡民打听，对方都是沉思良久后摇摇头，一脸茫然地答道："这个嘛……"

武藏担心两人的安危，又对这位毫不沾亲带故却一起受累的权之助抱有歉疚。对方明天还要去田里干农活。"给你添了这么多麻烦，咱们再打听一家吧，若是还没头绪，就只能放弃返回了。"

"只是走几步路而已，我走一晚上都没事。只是那女人与孩子，究竟是你的仆人，还是兄弟姊妹？"

"这——"武藏自然无法回答说是恋人和弟子，于是答道，"是亲戚。"

听他这么一说，大概是想起了自己少有亲人的孤独，权之助不由得沉默起来，一个人闷着头率先走上通往野妇之池的林间山路。

武藏满脑子都在担心阿通和城太郎，但他也不无感激。对于创造出这种机缘的命运恶作剧，虽是恶作剧，也无法不让他心存感激。假如阿通没有遭遇这次灾难，他便无法得遇权之助，也就失去了见识木棒秘技的机会。虽然与阿通失散，可只要她生命无恙，那也只能是自认无奈的灾难，可若是错过了权之助的棒术，对于毕生追求武艺之道的他来说，无疑是莫大的不幸。因而从方才起他便琢磨，倘若有机会，他真想问问权之助的来历，再好好与他切磋一下。可这毕竟是武道之事，他一时难以贸然相问，结果终究没能找到机会，只能一直向前走。

"旅人，你先稍候一下。就是那户人家，但对方一定早已睡下，我先去叫他们起来。"说着，权之助指了指淹没在树木中的一抹稻草屋顶，然后独自一人拨开山崖的树丛，沙沙地跑了下去，叩起门来。


# 八


不久，权之助便打探完毕返回，将经过告诉了武藏。住在这儿的猎户夫妇也对此毫无头绪，只是女主人提到一件事，说是买东西回来的途中在大道上看到过一个人，或许称得上是一丝线索。

据那女主人讲，当时已是星光璀璨的入夜时刻，路上已没了旅人的影子，只有风在吹拂着孤寂的行道，这时，她在路上忽然遇到一个小孩呜呜地哭着，连路都不看便飞奔过来。小孩手上脸上全是泥巴，腰间插着木刀，正往薮原的驿站方向奔去。女主人询问出了什么事，他便哭着答道："快告诉我代官的衙所在哪里！"

"去代官所干什么？"女人刨根问底。结果孩子回答说："同伴被恶人劫走了，要让代官夺回来！"

"既然如此，就算去了代官所也没有用。那些所谓的官府，只有在大人物路过，或者上头的领导有吩咐时，才会手忙脚乱地清理一下路上的马粪，撒点沙子之类。至于弱者的申诉，他们才不会当回事呢，怎么会帮你找？尤其是女人被拐或遭强盗打劫之类的小事，大道上每天都会发生，一点都不稀奇。与其去找代官，还不如再往数原客栈前面走走，到奈良井那边去呢。在市镇的十字路口旁有个很容易找到的大藏先生，是位药草批发商。这位大藏先生和官府不一样，尤其同情弱者，若向他说明情况求他帮忙，只要是对的事情，他两肋插刀都毫不顾惜。"

权之助一五一十地将女主人的话告诉了武藏，又说道："听女主人如此一说，那个腰插木刀的小家伙便停止哭泣，头也不回地向前赶去了。难不成你那个叫城太郎的旅伴，就是那孩子？"

"噢，是他。"武藏的眼前仿佛浮现出城太郎的身影，"那在下一路所寻的方向完全错了？"

"是啊，这儿是驹岳的山麓，完全从去往奈良井的路上岔了出来。"

"多谢你的大力相助。那么，在下要马上去寻找那奈良井的大藏先生了。多亏了你，事情总算有了点眉目。"

"反正也是顺路，就请顺便在我家小睡一下，吃点早饭再走吧。"

"那就叨扰了。"

"渡过野妇之池，到了河口，就能省下一半脚程。我已事先打过招呼了，咱们就借条船回去吧。"

稍微往低处一走，二人便来到一片掩映在杨柳中的古老水域，约有六七町大小，驹岳的影子和漫天的星星全都原封不动地映在池面上。不知为何，只有这池水的周围生满了这一带并不多见的杨柳。权之助拿起撑杆，原本拿在他手里的松明也自然换到了武藏手中。船在水中滑行，横穿池中央而去。

在幽暗的水面上，火把显得更亮了。而此时，阿通也正在眺望这流动的火焰。这究竟是人世间的讽刺，还是二人终究没有缘分呢？其实他们离得并不远。

# 毒齿

## 一

松明在深夜的池心前行，尽管只是一团火光，可从远处看，那映在水面上的火影和人在小船中举着的火把俨然是两只火鸳鸯在水中嬉戏。

"哦？"阿通一下子发现了火光。

"啊，有人来了。"拽着捆绑阿通的绳头的又八害怕地喊出声。虽然多么无法无天的举动他都做得出来，可一遇到什么事情，胆怯的本性立刻就会显露。"怎么办？对，过来！喂，快给我到这边来！"

这里是杨柳池畔的一座祈雨堂。尽管连本地人都不知道里面供奉着什么，可人们仍坚信，夏季天旱时只要在此祈雨，上天就会把丰沛的甘霖从后面的驹岳上撒到这野妇之池来。

"我不。"阿通动都不动。

从刚才起，她就被又八强行按在祈雨堂后面，受尽摧残。若是被缚的双手能活动，就算是不自量力，她也想拼命向又八撞去，可她连这些都做不到。倘若有机会，她真想一下子跳进眼前的池子，就像挂在房梁上的祈愿绘马一样，哪怕化为蛇身，缠住杨柳树干，吞噬自己咒怨的男子也行。可是，她连这些也做不到。

"你不起来是吧？"又八将手中的竹条当成鞭子，狠狠抽打起阿通的背部。又八越是抽打，阿通的意志便越是坚定，甚至恨不得让对方打死。她一声不吭，死死盯着又八。又八也泄了气。"走，喂！"他再次说道。

可阿通仍不起来。

这一次，又八猛然用一只手揪住阿通的衣领，吼道："过来！"说着便在地上拖她。阿通刚要冲池心的火光发出呼救，又八立刻用手巾绑住她的嘴，扛起她扔到堂中，然后顶着格子门窥探远处火影的动静。

不久，小船划进了距祈雨堂二町远的河道，又过了一会儿，便看不到那松明的火光了。

"啊，幸亏我应对及时。"又八松了口气，不住地抚摩着心口，可心情仍未平静下来。尽管阿通的身体已落在自己手里，可她的心却仍无法据为己有。带着一具无心的肉体行走实在太辛苦了，入夜起他便切实感受到了这一点。

倘若硬来，用暴力将阿通占为己有，她势必会以死相拼，说不定还会咬舌自尽。这种事她一定做得出来，他从小就了解她，但杀掉她又不行。最终，又八丧失理智的暴力和情欲全都受挫。为什么她如此讨厌我，却那么爱慕武藏呢？以前，她心中的我和武藏可是完全相反的啊。又八想不通。比起武藏来，自己明明更具有招女人喜欢的气质，这种自信他还是有的。除了阿甲，他也曾和不少女子有过那种经历。

这一定是武藏搞的鬼。武藏诱惑并驯服了阿通的心，一有机会便说我的坏话，才让阿通对我产生了强烈的厌恶。这还不算，每次遇上我，武藏便又哄骗我，说什么我们的友情深似海。我是个老实人，让武藏骗了，我竟然会为那种虚伪的友情而落泪……

又八倚在格子门上，心头又浮现出在膳所的烟花柳巷时佐佐木小次郎曾送给他的忠告。


二


事到如今，又八才想起佐佐木小次郎嘲笑他是老实人，骂武藏时的话语："你让他钻了空子。"真是一语中的！而现在，这句忠告又在脑海里复苏，又八对武藏的看法也为之一变。尽管此前也发生过数次变故，可两人的友情曾一度修复。但现在则是新仇加旧恨。"竟然耍我……"想到这里，一切怨恨全都化为诅咒涌上心头，又八恨得咬牙切齿。

又八平时就比较容易憎恶和妒忌他人。可是尽管会诅咒人，他还没有恨过人。不过这一次，他却对武藏产生了一股永世仇人般的怨念。武藏和他虽然是同乡好友，可又是一对永世的仇人。

伪君子！又八想。武藏那家伙每次看到自己，总会装出一副真诚的口吻，满嘴花言巧语，说什么你一定要做一个真正的男子汉，要发奋努力，二人携手闯荡世界，想来真是可憎至极。想到自己竟然还为武藏的哀求落泪，又八便怒火中烧，仿佛自己的老实早就被武藏看透并利用，浑身的血液顿时化为诅咒和悔恨，上下翻滚起来。

世上那些所谓的善人全都像武藏一样，表面上挂着一副仁义君子的面孔，内心却不知有多黑暗。好，那我就和你们对着干！我一定拼命学习，忍辱负重，决不与你们这些伪君子为伍。随你们去骂吧，骂我是恶人也无所谓。总之，我要变成一个恶人，一辈子都要阻止武藏那家伙发迹。

无论什么事情，又八总会立刻发泄出来，可唯独这一次没有，这是他有生以来心底的精神压力最强的一次。咚！他不由得一抬脚，一下子踢飞了身后的格子门。片刻之间，他已经像蛇一样完全实现了蜕变。将阿通关进这里之前的他，和抱着胳膊从外面重新进来的他，已经不再是同一个人了。

"哼，你哭什么！"又八瞅瞅祈雨堂黑暗的地板，冷冷地吐出一句，"阿通。喂！我在问你话呢，回答！你老是哭，我怎么能知道你到底在想什么！"

说着，又八抬脚就要踢，阿通早有察觉，连忙闪开，说道："我没有什么好回答的。你若还是个男子汉，就痛痛快快地杀了我。"

"胡说！"又八冷冷一笑，"我刚才已经打定主意。既然你和武藏把我的一辈子都耽误了，那我也会一辈子都不放过你和武藏。"

"你就睁眼说瞎话吧。耽误你一生的是你自己。还有，那个叫阿甲的女人难道就不算一份？"

"你说什么？"

"你，还有阿杉婆婆，你们家为什么总把别人的好意当恶意？"

"不要净说些没用的！我刚才要你回答的是愿不愿做我的老婆，一句话就够了。"

"若是这个，我回答你多少次都行。"

"哦，那快说！"

"别说我现在活着还有一口气，就算到了来世，我心里挂念的人也是宫本武藏。除此之外，我决不会再倾心他人！更不要说像你这种没出息的男人。对你，我阿通除了讨厌还是讨厌，讨厌得要死！"


三


话都说到了这个份上，无论什么样的男人，都只会做出一个抉择：不是杀掉女人，就是放弃女人。阿通一口气说完，心情略微通透了一些。她早已认命，打算任由又八处置。

"好……这可是你说的。"又八强忍着身体的颤抖，努力装出冷笑，"没想到你竟如此讨厌我。好，痛快！只是，阿通，我也要和你说句痛快话。不管你讨厌也罢，喜欢也罢，从今夜起，你的身体就是我的了。你哆嗦什么？你刚才那番话不也是下了相当大的决心才说出来的吗？"

"没错。我是在寺院里长大的孤儿，连父母都没见过。死又算什么？我永远都不会害怕。"

"别开玩笑了。"又八在阿通身旁蹲下，皮笑肉不笑地把脸凑到她扭到一边的脸旁，"谁要杀你啊？我怎么舍得杀你呢！先让你尝尝这个！"说话间，他一把抓住阿通的肩膀和左手腕，隔着衣服一口咬住她的上臂。

"啊！"阿通顿时发出一声惨叫，拼命在地板上挣扎。可越是想甩开又八的牙齿，他的牙尖便越发深地咬进肉里。吧嗒、吧嗒，淋漓的鲜血流下窄袖和服，一直滴落到阿通的指尖。但又八仍像鳄鱼一样不松口。

阿通的脸仿佛映照在月光中，眨眼间变得苍白。又八大吃一惊，慌忙松开牙齿，立刻取出绑在她嘴上的手巾，检查了一下她的嘴唇。难不成她咬舌自尽了？但大概是过度的疼痛让她晕了过去，尽管脸像模糊的镜子一样渗满了微汗，可唇中并无异常。

"喂，原谅我……阿通，阿通。"又八使劲晃着阿通。阿通终于回过神，立刻又在地板上翻滚起来。"痛……痛……城太郎！城太郎！"她恍恍惚惚地叫喊。

"痛吗？"又八也一脸苍白，肩膀起伏着喘气，"即使血止住了，牙印过多少年都不会消失。想想，别人在看到我的牙印后会怎么想？武藏知道了之后又会怎么想？反正你的身体迟早会成为我的东西，我就先在上面留下一个被我玩过的印记。要逃你就只管逃吧，到时候我会告诉天下所有人，谁要敢碰一下留有我牙印的女人，就是我的情敌！"

梁上的灰尘微微掉落下来，昏暗的堂内充满了幽咽的抽泣声。

"别哭了。你到底要哭到什么时候？真丧气！我不会再折磨你了，快别哭了！给你弄点水喝吧。"又八从祭坛上拿起一个粗陶器，正要往外走，忽然发现格子门外面站着一个人，正往里窥探。

# 四

谁？又八吓了一跳，但堂外的人影也顿时仓皇逃去，又八猛地推开格子门。"混账家伙！"他随即追了出去，抓住一看，似乎是附近的乡民，马背上驮着谷物袋子，说是要到盐尻的批发商那儿去，正连夜赶路。乡民絮絮叨叨地说："我什么意图都没有，只是听到堂中有女子的哭声，觉得纳闷，便往里瞧了瞧而已。"乡民像扁蜘蛛一样唯唯诺诺，连连解释，拼命道歉。

站在弱者面前，又八永远都会底气十足。他立刻挺起胸脯，凶恶地说道："就这些吗？真的就这些想法吗？"他如代官一样跋扈。

"是的，就这些，只此而已……"对方越发颤抖。

"唔，那我就饶过你。但这马背上的谷袋你全得给我卸下来，再把堂中那个女人绑到马背上，一直驮到我让你停下的地方为止。"当然，像这种胁迫之事，即使不是又八，也决不会忘记再耍两下大刀吓唬吓唬对方。

在又八不容分说的逼迫下，阿通很快被绑到马背上。又八捡起竹条当鞭子抽打着牵马人。

"喂，乡巴佬！不许往大道上走。"

"那您要到哪里去？"

"你要尽量挑没人走的地方，赶到江户。"

"您这么说可就难办了。"

"这有什么难办的？走小道不就行了？总之你要给我避开中山道，从伊那方向往甲州去。"

"可那全是难走的山路啊，必须从姥神翻越权兵卫岭。"

"翻就翻呗。你若敢耍滑偷懒，小心我拿这个招呼你。"说着，又八不断地朝对方身上抽鞭子，"只有这饭嘛，我是肯定会让你吃的，不用担心，走吧。"

于是乡民苦求起来："老爷，那我就随您一直走到伊那。但到了伊那之后，您就放了我吧。"

又八摇摇头。"少啰唆！一直走到我满意的地方为止。你若敢动一下歪心眼，我立刻就把你一劈两半！反正我需要的只是马，人反倒碍手碍脚。"

道路昏暗。越往山上走，路便越崎岖。直到人困马乏，三人才好歹赶到姥神的半山腰，而此时，脚下已微微映着沧海一样的云波和晨曦。一看到晨光，一直贴在马背上一声不吭的阿通似乎也在这段时间里沉下心来，说道："又八哥，你就行行好，放了那乡民吧。快把这马还给人家。我并没有要逃走的意思，只是觉得他可怜。"

又八仍犹疑不定，可在阿通的再三恳求下，他终于把她从马背上解下，然后又不放心地说了一句："那，你可一定得老实地跟我走。"

"嗯，我是不会逃的。就算逃了，牙印又不会消失，能有什么用？"阿通强忍着上臂的伤痛，咬着牙说道。

# 星之中

## 一

无论何时何地，想睡时立刻便能合上眼睛，武藏一直保持着这种健康状态。只不过这种时间极短，昨夜也是如此。返回权之助家后，他连衣服都没脱便借了一间屋子躺下，小鸟开始鸣啭的时候，他早已睁开了眼睛。只是昨夜从野妇之池赶到河口，再返回这里，已是半夜。权之助疲劳至极，他的老母亲也一定还在熟睡。想到这些，武藏便聆听起小鸟的叫声，迷迷糊糊地躺在铺上，等待着不久后的开门声。

这时，忽然传来一阵低低的抽泣声。不是从旁边的房间，而是从隔了一间的隔扇后传来的。

"咦？"武藏凝神一听，哭泣者似乎是那个精悍的儿子，不时像孩子一样发出恸哭声。

"娘，你太过分了。你以为我就不悔恨吗？你不知道我比你懊恼得多呢。"说话声也时断时续。

"都这么大个人了，哭什么哭！"仿佛在训斥三岁孩子似的，那声音严厉却平静，无疑是那位老母亲，"既然你如此懊悔，以后就要好好自省，一心求道。掉什么眼泪？也不嫌丢人！快把脸擦干净。"

"是，我不哭了。昨日实在疏忽，在娘面前丢了丑，请娘原谅。"

"我是责骂了你，可仔细想来，我们技不如人也没有办法。而且人越是过着闲散的日子，就越容易钝化。或许你的失败也是一种必然。"

"听娘这么一说，我更难受了。尽管平常也是早晚挨娘的训，可像昨晚那样的鲁莽输法实在不像话。照这样下去，我还谈什么以武道立身啊，连我自己都感到可耻。今后，我索性一辈子都做个百姓，研习什么武艺啊，不如去扛锄头呢，这样也能让母亲安乐一些。"

这两个人究竟在叹息什么呢？开始时，武藏还以为与自己无关，可后来却越来越觉得，母子二人谈论的对象似乎不可能是旁人。

武藏有些不高兴，在床铺上重新坐起来。二人对胜负的执着怎么会如此强烈呢？昨晚的事情的确是误会，本来都已经言归于好，可这对母子却对输给武藏一事耿耿于怀，至今仍觉得这是失误和耻辱，懊悔得直掉眼泪。

"多么恐怖的好胜心……"武藏喃喃着，悄悄躲进旁边的套间，透过门缝朝透着黎明微光的隔壁屋子窥去。原来，那儿是佛堂，老母亲正背对佛坛而坐，儿子则哭倒在前面。

那个彪悍的大男人权之助竟在母亲面前哭得眼泪涕零。

不过，他们并未觉察武藏正从隔扇后面窥探。这时，也不知为何，老母亲忽然生起气来，说道："你说什么？喂，权之助，你刚才说什么？"她突然厉声责骂，揪住了儿子的脖子。


## 二


舍弃多年来追求的武道，从明天起愿终生做一名百姓，孝养老母。听到儿子的这番丧气话，老母亲何止不满，简直是愤怒起来。"什么，你要一辈子做庄稼汉？"她将儿子拽到膝前，像打三岁孩子的屁股似的，咬牙切齿地责骂权之助，"正是为了让你出人头地，重振家名，我才一直期盼到现在。若是就这样老死在这茅草屋里，我为何供你读书，鼓励你学武，过着食不果腹衣不蔽体的日子？"说着，她按着儿子的脖子，呜咽起来，"既然犯下了错误，为什么你就不想雪耻呢？幸亏那个浪人还住在咱们家。等他醒来后，你再求他与你重新比试一次，重拾信心就是了。"

权之助抬起头，难为情地说道："娘，我若是能做到这些，干吗还要在这里说丧气话呢？"

"你平常可不是这样啊。怎么这么没出息？"

"昨夜整整半夜，在领着那浪人走的时候，我也一直想寻找机会给他一击，却怎么也找不到。"

"那是因为你心生胆怯。"

"不，不是。我的体内也流淌着木曾武士的血。我也是曾在御岳的神前祈祷了二十一日，在冥想中顿悟了杖功秘诀，怎么会败给一个名不见经传的浪人呢？我自己也一直不服气，可一看到那浪人的身影，我的手就怎么也伸不出来。在出手之前，我就已经处于下风了。"

"在御岳的神前都发誓以杖功确立一派，可你竟——"

"可是，仔细想来，从前全都是我自命不凡。既然我如此不成熟，怎么能确立一派呢？与其为此受穷，让娘忍饥挨饿，还不如我今天就把杖折了，哪怕多种一块田也好。"

"你以前曾与那么多人交手，都不曾失手过，可独独今天败了，这或许也是御岳之神对你骄傲自满的惩戒吧。就算你把杖折了，让我衣食无忧，我也不会为美衣美食而快活。"训诫完后，老母亲又说道，"里面的客人睡醒后，你再与他比试一次便是。倘若再败，那就如你所愿，折断木杖，断念死心吧。"

这下可麻烦了。武藏在隔扇后面听到事情的始末，为难至极，随即悄悄离去，再度坐到床铺上。


三


事情怎么会变成这样？自己待会儿若是露面，那对母子必会前来求战。而一旦比试，自己必会再次获胜。武藏有这个自信。可是倘若再败，权之助便会失去对一直引以为豪的杖功的自信，前途也会随之被断送。而且那将儿子的出人头地当成唯一的生命价值，即使甘受贫困也不忘教育儿子的老母亲该会多么失落啊。

"对，最好避开这比试，悄悄从后门溜出去。"于是，武藏打开套廊的门，偷偷来到外面。清晨的阳光已经从树梢上洒落。他无意间往堆房所在的角落一望，只见昨日与阿通走散后被带到这家的母牛正懒洋洋地沐浴着晨光，悠闲地吃草。

也祝你们健康平安。忽然间，武藏对牛也涌出这种心情。他走出防风林的篱笆，沿驹岳山麓的田间道踏步而去。

今晨的驹岳已露出了亮丽的风景，尽管一侧的耳朵感觉还非常冷，可是在山顶吹下来的山风中一走，昨夜以来的焦躁和疲劳全都一扫而空。抬头仰望，游云在嬉戏。一缕缕白色浮云幻化成不同的身姿，正在与碧空嬉闹。

"不用着急，也无须太在意。人的聚散总有定数。无论是年幼的城太郎，还是脆弱的阿通，年幼者有年幼者的人生，脆弱者有脆弱者的世界，这也算是神的安排吧。总之，老天会护佑善良之人的。"

武藏的心从昨日开始迷失，不，准确地说是从马笼岭的夫妻瀑布起便一直游移彷徨，但今天早晨，他竟不可思议地完全找回了自己该走的方向。什么阿通如何，城太郎怎样等，不止这些眼前的事情，就连直到死后的道路，他也全都洞彻了。

过午时分，他的身影出现在奈良井的驿站。这个驿站还真是热闹，像什么店前饲养着活熊的熊胆店、挂满兽皮售卖各种兽肉的百兽屋，还有什么木曾梳子店等，应有尽有。前方便是一家熊胆店。也不知是什么意思，只见招牌上写着"大熊"二字。他站在这家位于拐角处的店前，往里瞧了瞧，说道："我想打听件事。"

背对武藏自斟自饮地喝着茶水的老板转过身来，问道："什么事？"

"奈良井的大藏先生的店铺在哪里？"

"大藏先生的店啊，再往前走一个路口。"说着，老板端着茶碗，来到门口为武藏指路。留着蜻蜓头的学徒正好从外面回来，他便吩咐道："喂，这位先生在寻找大藏先生的店铺呢，店面还真有点不好找，你把他领过去。"

学徒点点头，脚都没停便径直往前走。武藏不由得感到了一份热情，又想起权之助曾告诉自己的话，不禁由衷赞叹起这位奈良井大藏先生的德望来。


四


若说这百草药材的批发店，武藏原以为只是一家面向旅人的普通店铺，可来了一看，才知道自己完全想错了。"武士先生，这里便是奈良井大藏先生的宅院。"熊胆店学徒指了指眼前的一处大户人家后，立刻赶了回去。果然，倘若不是让人领来，自己还真的难以找到。

虽然听起来是一家店铺，可店前既未悬挂带有字号的短帘，也没有招牌。柿核液染过的三间宽的凸格子门连着双门的仓库，其他地方则为高墙环绕。入口处的格子状板门关着，透着一股老字号的厚重感，让来访者有些望而却步。

"打扰了。"武藏打开拉门说道。里面很昏暗，像酱油店的泥地房一样宽敞，清冷的空气扑面而来。

"哪位？"不久，才有人从柜台后走出来招呼客人。

武藏关上门。"在下是浪人宫本。我有个同伴城太郎，看上去顶多也就是个十四岁的孩子，听说昨天或者是今早，他来此求贵当家的帮忙，便前来寻找。也不知是否给贵当家的添了麻烦？"

还未等武藏说完，掌柜便直点头，一副了然于胸的样子。"啊，是啊。"尽管对方十分客气地让座，可行礼之后的回复却让武藏失望至极，"唉，实在遗憾啊。若说那孩子，昨晚半夜，他突然咚咚地敲打这里的大门。当时主人大藏先生正在举行临行的饯别宴，大家正喝得热闹尚未入睡，于是就开门问有何事，结果发现您要找的城太郎正站在门口。"

这家老字号的人一贯忠厚老实，连开场白都说得如此仔细。

只要是在这条路上出了事，最好去找奈良井的大藏先生帮忙。正如武藏被人如此告知，城太郎也在说出阿通被劫的事情后哭求到这里，主人大藏便说道："这件事可不好办啊。为谨慎起见，我会安排人去找的，倘若是这附近的野武士或者挑夫们的勾当，我立刻就能帮你查出来。可你遇到的却是旅人劫旅人的事，对方必定会避开人来人往的大路，躲进小道。"

尽管如此估计，大藏还是立刻派人四处寻找，一直找到今早。结果正如他预言的那样，什么线索都没能找到。得知消息，城太郎哭得更厉害了。正好今早大藏也要踏上旅程，便说道："要不这样吧，你先和我一起走如何？这样也能在路上打听阿通姑娘的下落，说不定还能遇上你那个叫什么武藏的师父呢。"

"大藏先生半带着安慰说了一句，岂料城太郎竟像抓住了救命稻草，说一定要跟着去。先生无奈，便临时决定带他一起去，才刚刚踏上旅程呢。"掌柜如此说道，"而且只错过了两个时辰。"他十分遗憾地重复着。


五


既然已错过了两个时辰，再怎么追也赶不上了。但武藏仍不死心，又问："那大藏先生的目的地又是哪里呢？"

掌柜的回答让他再次茫然起来。"您也看到了，敝店并不是挂牌营业，药草也都是在山中制作的，小贩们一年春秋两次，背着从我们这里采购的药草走街串巷地去各国兜售。因此主人也多有闲暇，有空便去拜拜神社佛阁，泡泡温泉，或者去看看名胜景点，潇洒度日。这一次也不例外，应该会从善光寺出发，然后沿越后路一路游山玩水，进入江户吧。"

"那你不知道？"

"是啊，主人从未明确告诉过我们行程呢。"说罢，掌柜又道，"啊，您先喝杯茶吧。"说着就到店铺后面去给武藏端茶。宅院很深，光是走路都得花些时间，武藏无心在这里逗留。不久，掌柜端过茶来，武藏便询问其主人大藏的容貌和年纪。

"啊，若说主人，倘若能在路上相遇，您一眼就会认出来。尽管年纪已五十有二，可仍是身强力壮。至于容貌，怎么说呢，属于那种红通通的四方脸，脸上满是痘疮的疤痕，右鬓还有点秃。"

"个子呢？"

"普通吧。"

"衣服呢，穿的什么？"

"衣服？这次是穿着唐木棉条纹的衣服走的。这种衣料很少见，据说是在堺港买来的，还很少有人穿呢。倘若您要去追寻我家主人，这倒是最容易辨识的标记了。"

武藏已大致了解大藏的人品，而且继续和掌柜聊下去也聊不出什么。但碍于对方的好意，他还是喝了一两口茶，然后立刻出门赶路。

天黑前似乎已经难以追上，但倘若星夜兼程，只要从洗马穿越盐尻的驿站，在今夜登上山岭，就能赶回那落下的两个时辰。如果在那儿等着，不久后，随着黎明的到来，从后面赶来的奈良井的大藏和城太郎便一定会路过。

"对。我先超到前面去，来个守株待兔。"

当武藏接连穿越贽川和洗马，赶到山麓的驿站时，太阳已经西斜，夕烟也已笼罩在大路上。虽然已是晚春时节，可家家户户的灯火仍透着一种莫名的山间的荒凉。从这里到盐尻岭的山顶还有二里多路，武藏一口气都没歇就登了上去。夜尚未深的时候，他便站在了"以字原"的高原上，置身于星空下喘息着，一时陷入了恍惚。

# 导母之杖

## 一

武藏睡得很沉。他所在的小祠堂檐前挂有一块匾额，上面写着"浅间神社"。山岭是像从高原中凸出来的瘤子一样的岩山，从这盐尻岭上放眼望去，周围再也没有更高的地方了。

"喂，快上来啊，看见富士山了。"武藏耳边忽然传来声音。正枕着胳膊在祠堂走廊上熟睡的他蓦地起身，一睁眼，炫目的云霞顿时映入眼帘，可人影却一个也未看到，只有那火红的富士山矗立在远方的云海中。

"啊，富士山！"武藏像少年一样发出惊叹。那曾在画上无数次看到的富士山，曾在心中描绘过的富士山，现在竟如此真切地浮现在眼前，这还是生来第一次。而且就在起身的一刹那，自己竟与富士山处在同一高度，彼此对峙。武藏一时陷入了忘我的境界，不断地在心中感叹，眼睛一眨不眨，望得出神。也不知感受到了什么，不久，泪珠便从他的脸上滚落。他连擦都不擦，任由朝阳照射着脸庞，连泪痕上都闪着红光。

人类真渺小！武藏深受感动，不禁为站在宏大宇宙下的渺小的自己而悲伤。平心而论，自从在一乘寺的垂松将吉冈的几十名遗弟子完全征服后，不知不觉间，他的心中也悄然出现了自负的萌芽。世界也莫过如此。尽管以"天下剑人"自负的人不在少数，可大多数都不过尔尔。傲慢开始悄悄地在他内心滋长。可是，就算自己如愿成为豪杰，又能有多伟大呢？又能在这大地上拥有几多生命呢？武藏悲哀起来。不，凝望着富士山的悠久和优美，他竟不由得开始悔恨。

毕竟，人只能生活在人类的极限里。自然的悠久，人类想模仿都模仿不来。如今，比自己伟大的存在已俨然矗立在自己之上，其下便是人类。武藏为自己与富士山的对峙感到恐惧。不知不觉间，他跪倒在地，双手合十，祈祷母亲的冥福，感谢乡土的养育之恩，祈祷阿通和城太郎的平安。同时，他也在为自己祈祷。虽然无法像神的天地一样伟大，可作为一个人，渺小也要有渺小的伟大。

他仍双手合十。恍惚间，他的耳边传来如此话语：混账，人为什么要妄自菲薄呢？大自然只有在映入人眼后才会显得伟大，神只有通过人的心灵才能显示其存在。所以只有人类才拥有最大的抱负和行动，是拥有生命的灵物，不是吗？你与神和宇宙之间绝不遥远，甚至近得只要通过手中的三尺长刀便可抵达。不，当这种差距仍存在的时候，说明你还不行，只能说你距离高人、名人的境界仍很远。

武藏并拢双掌，种种念头闪过心间。

"果然！这么清楚啊。"

"能如此看到富士山的日子可实在不多啊。"

从下面爬上来的四五名旅人正手搭凉棚，交口称赞眼前的景观。即便是这些商人，也自然分成了两派，既有单纯地将富士山视作山者，亦有将其奉为神明者。


二


山下的路上，往来的旅人已如蚂蚁般多了起来。武藏绕到小祠堂后面，守望着路口。不久之后，奈良井的大藏和城太郎一定会从山麓登上山来。即使在这边找不到，他也不担心对方会发现不了他。为谨慎起见，他早就捡了块石板，在上面留下文字，立在了最显眼的山崖上。


奈良井大藏先生：

　　您若通过这里，

　　在下想与您见上一面，

　　故于上面的小祠堂恭候大驾。

城太郎之师武藏


可是，自从人流如织起来，已经过了一个时辰，直到太阳高高地升起在高原上，既没有模样似大藏的人通过，也没有人在看到他立下的告示后从下面唤他。

"奇怪啊。"武藏不禁纳闷起来，"不可能不来啊。"他怎么也想不明白。

以这座山岭为界，道路被分成了甲州、中山道和北国大道三条，水则全部奔向北方，流入了越后的大海。奈良井的大藏无论是去善光寺，还是奔向中山道，都没有道理不通过这里。不过，这世上的事情并非都能按常理来推测，中间往往会发生一些意想不到的差错。或许对方因事而突然改变方向，或者仍投宿在前面的山麓，一切皆有可能。尽管带了一天的干粮，但最好还是先返回山麓的驿站，把早饭和午饭一起解决了再说。

"对。"打定主意，武藏开始走下石头山。

这时，山下忽然传来粗鲁的嚷嚷声："啊，在那儿！"那声音中充满杀气，和前天晚上随突然间扫过来的棒子响起的吼叫极其相似。武藏一愣，扒住石头往下一瞧，果然，那抬头喊话者的眼神和当时看向自己的眼神如出一辙。

"武士，在下追来了。"喊话者果然是驹岳山麓下的乡民权之助，再一看，他连住在茅屋里的老母亲都带来了。只见权之助将老母亲驮在牛背上，照例拿着他那根四尺左右的木棒和缰绳，盯着武藏的身影。

"武士，正好碰上了！你偷偷从我家逃出，一定是察觉了我们的想法，才有意躲开吧？但这样一来我就更没面子了。我们再比试一次。我要让你尝尝我这木棒的厉害！"

# 三

武藏止住下山的脚步，手扶岩石站在岩缝间陡峭的山路中，望着下面。权之助以为他不肯下去，说道："娘，你在这儿看着就行了。比武不一定非得在平地上进行。我这就爬上去，让你亲眼看看我是如何把他打趴下的。"说着，权之助松开缰绳，重新拿好肋下的木棒，抓住石头就要往上爬，就在这时，老母亲却忽然责备道："你上次不就是因为疏忽大意才酿成失败的吗？你怎么还不长脑子！在对阵之前要先学会洞察敌人的意图。他若是从上面扔石头什么的，那你要怎么办？"

母子仍在交流，武藏只闻其声，听不清其意。但此时的他已做出决定：不如还是避开这次挑战为好。他已经获胜，对方使用木棒时的那点伎俩他也已了然于胸，没必要再次战胜对方。

不仅如此，看看眼前的这对母子，他们对一次失败便已如此耿耿于怀，竟一齐追到这儿，可知其好胜心的恐怖。回顾自己与吉冈一门为敌一事，武藏觉得不该再参与这徒留怨恨的比武了。这种比武只能是有害无益，稍有差池还会折损天命。而且母亲对孩子的那种爱，深至连他人都会诅咒的恐怖心理，也让他刻骨铭心，又八的母亲阿杉甚至成了他的梦魇，让他一日也无法忘记。

自己为何没事找事，再去平白招惹这种母亲的诅咒呢？三十六计走为上策，除此之外别无他途。于是武藏并未答话，而是再次慢慢爬起已下到一半的石头山。

　　"武士！"这一次从山下呼喊他的已不是那气喘吁吁的儿子，而是刚下了牛背站在地上的老婆婆。武藏不由得被声音中所蕴含的力量拽住，回头望了望脚下。只见她就坐在石头山脚下，直勾勾地仰视武藏。看到武藏朝下回过头，她顿时两手扶地，朝他行礼。

　　武藏只有慌忙还礼。虽然只是一宿之恩，可他连一句谢意都未表示便从后门偷偷溜走，而今又被长辈如此伏地行礼，实在说不过去。"老人家，使不得，快快请起。"情急之下，武藏也不由得曲下双膝。

　　"武士，您一定会嘲笑我们自命不凡，无聊透顶。实在是汗颜。不过……我们并非钻牛角尖，既没有遗恨，也不是自负。多年来，我这孩子用惯了木棒，却一直苦于无师无友，甚至连个好的对手都遇不上，我只是觉得他可怜，就想让您再赐教他一手。"

　　武藏仍没有回应。尽管老婆婆的话语很难传到这山上，可她却仍执着不已，话语中透出的真挚之情令武藏无法不认真倾听。

　　"倘若就此分别，实在太遗憾，也不知何时才能再次遇到您这样的对手。还有，倘若以那种丢人的方式落败，无论是我这儿子，还是我这做娘的，都将无颜面对列祖列宗。我们也曾是名扬武界的名门。我们并不是赌气，就算失败，

充其量也只是一介草民被制服而已。好不容易得遇您这样
的高人，倘若什么都不讨教一下，那才是遗憾之至，所以
我才叱骂着儿子将他带来。就请您满足一下我这老妪的愿
望，跟他比一下吧。拜托您了。"说完，老婆婆又像对武藏
顶礼膜拜似的伏在地上。


## 四


武藏默默地下来，牵起路边老婆婆的手，将她扶回牛
背。"权之助先生，请你牵起缰绳，咱们边走边聊吧。至于
比还是不比，也让我边走边好好想想吧。"武藏说罢，便背
朝母子默默地向前走去。尽管说是边走边聊，可沉默的气
氛仍未改变。

武藏到底在犹豫什么呢? 权之助自然无法知道他的心
思，他狐疑的目光一直盯着武藏的后背，叱骂着笨牛紧紧
跟随，仿佛生怕落下一步。

武藏会拒绝，还是会答应? 牛背上的老婆婆也现出不
安的神色。就这样，当三人走了有十几二十町远的时候，
走在前面的武藏喃喃了一声:"唔! "然后一下子转过身，
突然说道:"比一下。"

权之助立刻丢掉缰绳。"那你答应了? "接着便以为立
刻就要比试似的，开始急着四处物色场地。不过，武藏没
理睬这位兴奋的对手，而是转过身，对牛背上的老婆婆说

道："那，这位母亲，万一发生什么意外，您不会后悔吧？比武与决斗只有武器上的差别，除此之外丝毫无差。"

武藏如此一问，老婆婆这才微笑起来。"武士，这您就不用打招呼了。我儿子研习杖术已有十年，倘若仍负于年纪更轻的您，那就干脆让他放弃武道。而一旦放弃，活着还有什么意义？因此就算被打死，那也是他本人希望的，我也绝不会怨恨。"

"既然话都说到了这个地步……"武藏顿时眼神一变，捡起权之助丢掉的缰绳，说道，"这里人多杂乱，我看干脆就将牛拴在某处，尽情地比试一下吧。"

以字原的正中央有一株巨大的即将枯死的落叶松。武藏将牛牵到那儿，然后催促道："权之助先生，请准备。"

权之助早就迫不及待，他答应一声，立刻提棒站在武藏面前。武藏则立在那里静观对手，并未准备木刀，也没有要从附近随便捡样东西作武器的意思，肩膀也没有张开，两只手仍轻柔地下垂。

"你不准备吗？"这次是权之助先开的口。

"何出此问？"武藏反问一句。

权之助顿时火起，连眼睛里都透着怒气。"拿样武器！爱拿什么拿什么！"

"我已经拿着了。"

"空手？"

"不……"武藏摇摇头，左手轻轻一伸，移向刀的护手下面，"就在这儿。"

"什么？用真刀？"

武藏嘴角一撇，以微笑回敬对方。他连低低的一声，乃至静静的一个呼吸都不会白白浪费。

像露天佛一样稳坐在落叶松下的老婆婆见状，顿时脸色煞白。


# 五


用真刀！老婆婆一定是听了武藏的这句话后大吃一惊。"请等一下！"她突然从一旁说道。可此时武藏和权之助的气势光靠这么一句话已经难以撼动了。

权之助的木棒夹在腋下，仿佛吸收了这高原上的所有精气，只待一声怒吼迸射而出，而武藏的一只手则贴在刀的护手下，目光直刺对方的眼睛。两人已然在内心厮杀在一起，眼神的交锋已胜过刀棒的比试。先用眼神打压对方的气势，然后才用棒或刀等武器跟过去。

"等一下！"老婆婆又喊了一声。

"什么事？"为了回答，武藏后退了足有四五尺。

"您说要用真刀？"

"不错。无论用木刀还是真刀，在下的比武都是一样的。"

"我并非阻止您用真刀。"

"既然明白就好，刀是绝对公平的……一旦在手，便不会再有五分或七分的留情，否则就只有逃走一途。"

"那是自然，可我阻止的并非这些。我只是突然想到，如此重要的比武，倘若不通报姓名，事后必然后悔。"

"嗯，有理。"

"我并不是较真，但无论从哪一方来看，对方都是难遇的对手，这完全是一种尘缘。权之助，你先报上姓名。"

"是。"权之助率直行了一礼，道，"据传，先祖名为太夫房觉明，乃木曾大人麾下。然木曾大人亡后，觉明出家，入法然上人门下，在下或为其一族。历年来一直以百姓之身传世，可父亲在世时曾遭侮辱，甚觉遗憾，便与家母共同立誓，参拜御岳神社，发誓必以武道出人头地。于是将这在神前参悟的杖术自命为'梦想流'，人呼在下梦想权之助。"

等他通报完毕，武藏也还之以礼，道："在下乃播州赤松的一支，平田将监的后代，家住美作宫本村，乃宫本无二斋之子，名武藏。亦无亲戚。既投身武道，纵令丧你杖下，亦无须烦扰为在下收尸。"通报完毕，他又道，"来吧！"

见武藏重新站好，权之助也重新握住木棒，应了一声："来吧！"

六

此时，坐在松树下的老婆婆似乎连气都不喘了。倘若是天降的灾难倒也无话可说，可这是自己主动送上门的，是自己把儿子送到别人的利刃之下。这是常人怎么也无法理解的心理，这位老母亲却镇定自若。无论别人说什么，她自有坚信的道理。只见她稳坐在树下，肩膀略微内收，两手端正地叠在膝上。也不知她生过几个孩子，死过几个孩子，一直在贫苦中煎熬的肉体是那么瘦小，那么干瘪。

可是，就在武藏与权之助相隔几尺对峙时，随着一声"来吧"，战端就要开启的一刹那，老婆婆的眼睛立刻散发出耀眼的光芒，仿佛天地间的神佛全都汇集到了她的眼睛里，在窥探眼前的一幕。她的儿子已将命运暴露在武藏的刀前。就在武藏的利刃出鞘的一瞬间，权之助似乎已明白了自己的命运，顿时全身冰凉。

咦，此人怎么……权之助瞬间感到了一种异样。眼前的敌人与上次在自家屋后交手时的敌人已完全不同。若以书法来打比方，他上次看到的只是武藏的草书，便以为武藏只会草书，可今天一看到武藏那一丝不苟的楷体，他才发现自己已犯下了大意的错误，错估了敌人。由于气势上处于下风，上次自信满满痛打一气的木棒，今天却只能僵硬地举在头顶，连一声吼叫都发不出来。

此时，以字原的雾霭逐渐淡去，一只鸟正悠然地飞过远方朦胧的山前。啪！二人间的空气忽然鸣动。这完全是一种无形的震动，似乎连飞鸟都会被震落。这鸣动究竟是木棒击打空气还是刀在大气中的鸣响，似乎谁也说不清楚，正如禅中所谓"只手之声如何"一样不可知。不仅如此，双方的五体与武器浑然一体，单纯依靠肉眼很难看清。啪！自眼睛看到再由视觉传输到大脑中的几分之一秒里，两个人的位置和姿势已完全改变。

权之助一棒挥下，却没有打中。武藏则一抬手，利刃从权之助腰部向上方扫去，虽然也打偏了，却几乎是从权之助的右肩紧贴着鬓发掠过。作为武藏刀法的独特之处，当刀砍空后，总会唰的一下有如松叶形一样折返。就在他这反弹回来的刀锋之下，不知有多少对手命丧黄泉。因此，权之助根本没有给武藏第二击的空暇，他只能手持木棒两端，在头顶上架着武藏的刀。

铿！忽然，木棒在权之助上方发出鸣响。通常当白刃与木棒碰到一起时，都会是木棒断为两截，但若刀刃不是斜着砍下来的，就不会如此。因此，招架的一方自然也心中有数。见权之助横举木棒，左肘朝武藏的手狠狠一捅，右肘则稍稍高蜷，用棒的一端猛地突向武藏心口，同时又接住了武藏砍下的一刀。不过刀是接住了，这搏命的招法却未成功。就在木棒和刀在他的头顶咬成十字的一刹那，棒端与武藏的胸口之间仍留下了一寸左右的距离。


# 七


退也不能，进亦不可，倘若急于摆脱对方，焦躁的一方必会瞬间落败。倘若是刀对刀，尚可称得上势均力敌，可现在一方是刀，另一方则是木棒。木棒无护手，无刃，也无刀锋与刀柄，可是换一个角度，四尺的圆棒又全都是刃，都是刀锋，也都是柄。若使用得好，棒的千变万化绝非刀可比。倘若以使刀的第六感来推测对方的出招，结果恐将不堪设想。因为木棒不仅拥有刀一般的作用，也拥有短矛那样的功能。武藏之所以无法从咬成十字的棒与刀中抽刀而出，便是因为无法预测其变化。

至于权之助一方，就更不用说了。他的木棒被武藏的刀压在头上，处于被动。莫说抽棒，只要全身的注意力稍有分散，武藏的刀便会趁机一推，立时将他的头击碎。尽管权之助受到在御岳冥想的启发，参悟了杖术的真谛，可如今的他仍是进退维谷。他的脸色渐渐苍白，紧咬下唇，竖起的眼角里也流出了黏糊糊的油汗。头上的棒与刀形成的十字似波浪一样上下起伏，下方的权之助呼吸越来越粗。

就在这时，脸色比权之助还要苍白、一直在松树旁凝视双方的老婆婆忽然大喊一声："权之助！"疾呼的一瞬，老婆婆无疑忘记了自己的存在。只见她一下子抬起腰，一面拼命敲打，一面叱骂儿子："腰！"刚一骂完，便吐血似的，一个趔趄径直向前倒去。

此时，那即使化为石头都难以分开的棒和刀竟一下子迸发出比咬合到一起时更为惊人的力量，啪的一下分开了。这力量来自武藏。他退开的距离绝非两三尺。也不知是左脚跟还是右脚跟，那刨土一般蹬地的反作用让他后移了七尺多。可是权之助立刻飞跃过来，举着四尺的木棒逼近。

"啊！"武藏好不容易将木棒拨到一旁。刚由死地转为进攻，权之助便被武藏甩开，顿时以冲向大地般的姿势一下子栽向前面，自然把空出来的后背暴露在武藏眼前。武藏有如遇到强敌时的隼，毛发一根根倒立。一道雨丝般的闪光随即斩向权之助的后背。呜！随着牛犊般的呻吟，权之助又往前趔趄了三步，径直倒地，而武藏也同时用一只手捂着胸口，一屁股坐在草中。"输了！"有人大喊一声，是武藏。

权之助则没了声音。

## 八

权之助扑倒在他，半天一动没动。看到这种情形，老婆婆也要晕厥过去。"我是用刀背打的。"武藏朝她如此提醒，但她仍没能起来。"快，快给他喂水。您儿子应该哪里也没受伤。"

"哎？"老婆婆这才抬起头，有些狐疑地望望权之助，果然如武藏所说，儿子并未血肉模糊。"哦！"她踉踉跄跄一下子扑到儿子身上，又是不迭地喂水、呼唤名字，又是拼命摇晃，权之助终于清醒过来。看到茫然坐在那里的武藏，他突然上前跪拜在地。"我服输了。"

武藏这才回过神，慌忙握住他的手，说道："不，落败的不是你，而是在下。"他说着掀开衣襟，将心口展示给二人。"木棒的一击留下了红色的斑痕。倘若再用点力，在下恐怕早就丧命了。"说话间，武藏也茫然了。自己究竟是怎么受到这一击的，他实在想不明白。权之助和老婆婆也望着他皮肤上的红斑说不出话来。

武藏合上衣襟，询问老婆婆。刚才为何要大喊一声"腰"，是因为看到权之助的腰上露出了空当，才不由自主地发出了喊声？

老婆婆却答道："实在是汗颜。犬子只是用木棒架住您的刀，便已上气不接下气，两脚无法动弹。退也危险，进也危险，陷入穷途末路。在一旁观看的过程中，连我这个对武道一窍不通的老婆子都看出了空当。他所有的注意力都被您的刀吸引了，所以才束缚了自己。由于只想着如何抽手或是突击，自然就不会注意到这些破绽。倘若就那样身体不动，手也不动，只要将腰部下沉一点，木棒的一头自然就可以捣向对手的胸口……想到这一点，我便不由自主地喊了起来。"

武藏连连点头。真感谢这次的机缘，让自己受益匪浅。

权之助也默默地听着。他无疑也领会到了什么。这并非御岳之神的梦想，而是现实中母亲在目睹儿子濒死的险境时从伟大的母爱中诞生出来的"穷极而生"的真理。身为一介农夫的权之助，后来被世人称为"梦想权之助"，成为梦想流杖术的始祖。他的传世秘籍里记有"导母之一手"的秘术，详细记录了母亲的大爱和与武藏比武的全过程，但他从未提过"战胜武藏"。他一生都对世人说自己输给了武藏，一直把失败看得弥足珍贵。

闲话少说，当武藏与这对母子分别，离开以宇原，正

64

赶往上诹访一带时，路上忽然出现了一名武士。"这条路上有没有一个叫武藏的人？他应该来这里了啊。"武士不停地向歇脚点的赶脚马夫或来往的旅人打听，追慕而去。

# 一夕之恋

## 一

真痛……武藏心口稍稍偏向肋骨的地方在隐隐作痛。这痛自然是梦想权之助的木棒给他留下的。他先在山麓和上诹访一带停留，希望能寻到城太郎的影子，打探到阿通的消息，可没有一点线索能让他兴奋起来。他又顺路往下诹访走。只要到了下诹访就有温泉了，想到这些，他突然加快了脚步。

湖畔的街市上号称有"商户千家"，但除了驿站旅馆前有一处带有屋顶的浴场，剩下的都是在大路旁的露天温泉，无论谁进去洗都可以。武藏便将衣服挂在树枝上，把大小两刀绑在上面，然后泡进一个露天的池子。

"啊。"他枕着石头，闭上眼睛。在温泉中揉一揉从今天早晨起便像皮袋一样僵硬的胸口，一种欲睡的快感顿时在血管里荡漾。

太阳开始倾斜。大概都是些渔家，湖畔上一户挨一户，

66

从屋舍间的缝隙里露出些许湖面，其上笼罩着一层暗红色的淡霭，看上去也像温泉里的热气。视线再越过两三块旱田便是大路，路上车水马龙，人流如织。

这时，那边卖油和山货的小店前出现了一名武士。"给我一双草鞋。"武士正借坐在小店的凳子上，重新整备鞋履，"我想那传言大概也传到这边来了吧。在京都一乘寺的垂松，有一名武士单挑吉冈一门的众人，这种精彩无比的比武近来实在少见。就是那个男人，他应该过来了啊，你有没有注意到？"

此人便是翻过盐尻岭后一路打听而来的武士。不过打听归打听，他对武藏似乎并不熟悉。被问起武藏的服装和年龄等特征时，他便含糊起来："啊，这个嘛……"

他找武藏到底有什么事呢？尽管人们很热心，可总是回答"没见过"，让他十分失望。"无论如何我也想见他一面……"草鞋绳早已系好，可他仍念叨个不休。

那人不是在找我吗？武藏隔着田地，从温泉中仔细打量起那个武士来。只见他皮肤黝黑，分明是饱经旅途的风吹日晒，年纪在四十岁上下。他并非浪人，而是拥有主家的武士。或许是斗笠细绳摩擦的缘故，他两鬓的头发蓬松而散乱。倘若是在战场上，此人必定风姿堂堂，也一定拥有一具久经铠甲磨炼的健硕之躯。

"嗯……没见过此人啊。"就在武藏思忖之时，武士已然离去。从他口称吉冈这点来看，说不定他也是吉冈一门的遗弟子。那么多的门下，其中一定不乏血性男儿，但也无法否定里面就没有那种设奸计复仇的阴险小人。

当武藏擦干身体，穿上衣服，刚走上大路，那个武士竟不知从哪里钻了出来，突然冲武藏打起招呼："请问——"只见他紧盯着武藏，"莫非，您便是宫本先生？"

## 二

武藏满脸狐疑地点点头。

"啊，果然不出所料。"盘问他的武士顿时为自己的第六感唱起凯歌，接着又怀念般说道，"终于见到您了，真是高兴。这次的旅行，我从一开始就有一种预感，总觉得能在哪里碰上您。"他显得怡然自乐。然后不等武藏发问，他便请求今夜与武藏同宿。"在下绝不是歹人。这话听起来虽有耍笑之嫌，但平时若在路上，在下身边都会有十四五名随从前呼后拥，还有人专门为我牵着换乘的马。不过为谨慎起见，在下就先通报一下姓名吧，在下乃奥州青叶城的主人伊达政宗公的臣下，名为石母田外记。"他补充道。

武藏答应下来，随其而去。不久，外记便决定在湖畔的一家客栈住下。刚一进去，他忽然说道："您要不要先洗个澡？"不过他随即又自我否定起来，"啊，对了，忘了您刚才已在露天的池子洗过了。失礼失礼。"说着他便解下旅装，拿起布手巾，悠然走了出去。

真是个有趣的人。但武藏仍不清楚此人究竟为何要寻找自己，又因何而待自己如此亲切。

"这位同行的先生不更换衣服吗？"客栈的女仆拿出棉袍劝武藏。

"我不需要。住不住这儿都还难说呢。"

武藏来到敞亮的套廊，远眺终于沉浸在暮色中的湖水，若有所思。"也不知她怎么样了……"不觉间，他的眼前再次浮现出阿通悲伤时的睫毛。

身后传来女仆轻轻摆饭的声音。不久，灯火便从背后映入过来。栏杆前面的涟漪由深蓝变为漆黑。

"唉，到这儿来还是选错了方向啊。都说阿通是被拐走了。连女人都会诱拐的恶人不会来到这繁华的街市。"

恍惚间，武藏只觉得耳边似乎传来了阿通的呼救声。尽管他已经释然地认为这冥冥中的一切都是天意，可想着想着，他还是不由得坐立不安。

"啊，实在是失礼了。"这时，石母田外记回来了，"请，请。"他立刻招呼武藏到席前就座。当他意识到只有自己穿着棉袍，便强求武藏也换衣服："您也快换上棉袍吧。"

武藏坚决回绝，说自己早已习惯风餐露宿，睡觉时是这一身，走路时也一样，很宽松，不会觉得束缚。

听武藏如此一说，外记一拍膝盖。"啊，没错。"他说道，"政宗公的风格也是如此啊，衣、食、住、行，莫不如此。在下一直觉得您必定亦是如此风骨，唔，果不出所料。"说着，他目不转睛地注视着武藏映在灯火下的面孔，看得出神。忽然，他蓦地回过神来说道："来，为我们的相识干杯！"说着，他洗了洗酒杯，殷勤地举起，似乎欲与武藏开怀畅饮。

武藏只是回之一礼，手仍放在膝盖上，问道："外记先生，您究竟为何如此好意？为何会一路追寻在下，如此热情呢？"

三

武藏认真地询问起对方追寻自己的缘由。外记闻言，这才意识到自己的一厢情愿，说道："是啊，也难怪您会怀疑了。但在下着实没有别的意思，倘若您硬要问同样身为路人的我为何会对您如此热情，一言以蔽之，大概是对您着迷了吧。"说完，他又重复了一遍，"哈哈哈，是一个男人被另一个男人迷住了。"

言毕，石母田外记以为已完全说清自己的心情，可武藏仍一头雾水，一点都没弄清楚是怎么回事。男人被男人迷住，这种事或许真的会有，可武藏从未有过这种经历，从未遇到过让自己着迷的男人。若说自己迷恋的对象，泽庵过于可怕，而光悦恍如隔世之人，至于柳生石舟斋则太过崇高，也很难称得上喜欢。回顾从前的知己，似乎还没有一个男人让他迷恋，可眼前的石母田外记竟对他脱口而出："我被您迷住了。"

这大概是追慕吧。能如此轻率地说出这种心情的男人，十有八九是轻薄之人。但从外记刚毅的风骨来看，武藏觉得对方不像那种轻薄之辈，于是问道："您说的着迷究竟是什么意思？"

听他愈发认真地追问，外记仿佛早就备好了下文，当即答道："自从听到您在一乘寺垂松的壮举，在下便开始仰慕从未谋面的您。请恕在下失礼。"

"那么，您当时也在京都逗留？"

"在下从一月便进京了，一直待在三条的伊达府中。您在一乘寺决斗的次日，在下去经常拜会的乌丸光广卿的府邸造访时，无意间在那里听到您的种种传闻，光广卿也说曾与您会过一面。在听闻您的年纪阅历后，在下便愈发仰慕您，一直希望能见您一面。没想到这次下乡，在下看到了您留在盐尻岭的告示牌，方知您也正走在这条路上。"

"告示牌？"

"是啊，就是您写的要等候奈良井的什么大藏，立在路边山崖上的告示啊。"

"原来您是看了那个啊。"

武藏忽然感到一种尘世间的讽刺。自己没能得遇欲寻之人，倒被意外的无缘之人找到。不过外记的衷情让武藏惶恐不已。无论是在三十三间堂的决斗，还是在一乘寺的血战，武藏总觉得留下了诸多惭愧和伤心，从来没有产生过一丝自豪的感觉。没想到这些事却震惊了世间，在天下掀起如此轩然大波。

"啊，那实在不是些光彩之事。"这是武藏的由衷之言。

他由衷觉得可耻，深感自己并无资格让对方仰慕。

不过外记却不以为然，说道："在年俸成百上万石的伊达武士之中从来不乏好武士，遍历世间的高手也绝不在少数，但像您这样的高人却是旷世罕见。所谓前途无量，说的便是您这等年轻人。在下实在敬佩不已。"他先是称颂，然后又道，"在下今夜终于得偿一夕之恋了。尽管给您添了麻烦，但还请与在下共饮一杯，畅叙心怀。"说着，外记重新洗了洗手上的杯子。


# 四


武藏这才打消顾虑，接过酒杯，立刻又如以往那样面红耳赤。

"雪国的武士个个健酒。政宗公是海量，勇将之下也无弱兵啊。"石母田外记边说边喝，一副怎么也不醉的样子。斟酒女仆已数次剪过灯芯，可他仍不罢休。"今晚就喝到天亮，畅谈到黎明吧。"

武藏也不慌不忙地说了声"好"，又含笑问道："方才您说经常去乌丸府中，那您与光广卿是至交吗？"

"倒也谈不上至交，只因为主公办事屡屡造访府中，而光广卿为人又不拘小节，便不知不觉间相熟起来。"

"在下也曾在本阿弥光悦先生的引见下，在烟花巷的扇屋见过他一次，看他秉性开朗，真不似贵为公卿之人。"

"开朗？仅此而已吗……"外记似乎对此评价稍显不满，说道，"倘若交往久了，想必您就会感受到他的激情和才智。"

"毕竟当时是在烟花巷中。"

"那倒也是，他也只能做出应付世俗的样子。"

"那么，那位大人真正的一面又在哪里呢？"

听武藏无意间如此一问，外记竟重新端坐，连用词都郑重起来，说道："是在忧郁之中啊。"接着又补充道，"而这忧郁又存在于幕府的专横之中。"

湖水泛起阵阵微波，白色的灯火在湖面上摇曳。

"武藏先生，您究竟在为谁磨炼武艺呢？"

如此的质问，武藏还是头一次遇到，但他还是坦然答道："为我自己。"

外记使劲点点头。"唔，那倒也是。"他随即又追问，"那自己又是在为谁呢？难道也是为了自己吗？像您这样的修行之人，恐怕绝不会只满足于自己卑小的荣辱吧……"

话题由此打开。不，毋宁说是外记主动制造了话题，借此吐露心声更为妥当。据他所言，如今表面上天下尽归家康囊中，四海升平，可这难道真的就是为民谋福的尘世吗？北条、足利、织田、丰臣，尽管几经沧桑，可受尽欺凌的总是黎民和皇室。皇室总被利用，百姓总被当作劳力驱使，而处在这两者之间的，便是那自赖朝以来只顾武家繁荣的武家政道。今日的幕府制度不也是对此的模仿吗？由于信长稍稍意识到了这种积弊，故也曾兴修大内以示世人，秀吉也曾请后阳成天皇巡幸，并制定了一些惠及百姓的福祉政策。但家康的政策归根结底还是意图建立以德川家为中心的社会，再次牺牲黎民的幸福和皇室的权威，谋求一个唯有幕府繁荣的专横时代，这种世道怎能不令人忧心。

"忧心此世道者，天下诸侯之中，除去我家主公伊达政宗外恐再无旁人。至于公卿之中，便是那乌丸光广卿等人了。"石母田外记说道。


# 五


武藏向来讨厌别人自夸，不过夸夸主人，听着倒也不是那么令人讨厌。尤其是这位石母田外记，似乎便是那种喜欢夸自家主人的类型。总之，其大致意思便是在当今诸侯之中，真心忧国并衷心于朝廷者，除了政宗再无旁人。

"啊，哦。"武藏唯有点头应承。说实话，他的那点知识也只能让他连连点头。

关原合战后，尽管天下大势已完全改变，可他只是觉得世道大变而已，至于秀赖一方的大坂系大名有何异动，德川系的诸侯有何企图，岛津和伊达等重量级人物又如何周旋，他从未认真思考过，相关的知识也极其肤浅。而且即使对于加藤、池田、浅野、福岛之类，他拥有的也仅仅是一个二十二岁青年的观察，至于伊达等人，他更是漠然。表面上是年俸六十余万石，实际上却是一个拥有百万石以上的陆奥地区的超级大藩，除此之外，他根本就没有一点像样的了解。所以，他唯有含糊其词，频频点头，此外便只能时而狐疑，时而听得入神。原来政宗竟是这般人物啊！

外记则继续向他列举无数例证："我家主人政宗，一年必两次举国内之物产，经近卫家之手献至宫中。无论发生什么战乱，也从不懈怠。其实在下此次进京，也是为了进献货物。由于顺利完成了差使，在回程中难得有了闲暇，便一个人边观赏路上风景，边返回仙台。"他继续道，"诸侯之中，城内专门设有天子玉座馆舍的，恐怕只有我们青叶城。据说御所改建之时，我家主人还曾专门拜领了一些古木，专程用船运回来呢。虽说如此，这馆舍却修得相当朴素，主人每日早晚必参拜一次，以遥表忠心。鉴于武家政道的历史，主人已抱定决心，一旦世上再次发生惨不忍睹的暴行，会借朝廷的名义向武家开战。"

说罢，外记又道："对了，说起来还有这样一段故事呢。那还是在渡海赴朝鲜的时候。朝鲜之役时，小西、加藤等人争名夺利，举止可疑的传言屡有耳闻，那么主公又是何种态度呢？在赴朝作战的阵营中，背插日之丸的背旗作战的只有主公一人。主公也不是没有家徽，可他为何要插日之丸旗呢？有人问起此事，据说主公是如此回答的，既然是率兵赴海外作战，政宗岂可只为伊达一家的功名而战？而且我也绝非只为太阁而战。我是将这日之丸的旗帜视作故乡的标志而拼死一战。"

武藏听得津津有味，外记也愈说愈动情。

# 六

"酒冷了。"外记忽然拍拍手叫来女仆。正要吩咐其继续添酒，武藏慌忙拦道："已经够了。我想要点开水泡饭。"他坚决推辞。

"什么？还没尽兴呢。"外记遗憾地喃喃道。但大概是忽然想起了对方的心情，他又吩咐道："那就拿饭来吧。"

即使在吃开水泡饭的时候，外记仍不忘频频夸赞主人。其中让武藏不得不倾心的，是伊达藩的所有人是如何以政宗公这一武道者为中心尽其武士本分的。即他们是如何通过磨合去尽武士的本分，完成这"士道"的。

说起如今的世上究竟有无士道，其实从很久以前武士兴起时起，那种空洞的士道便已存在。但这种士道尚未成熟便已沦为古老的道德，而在持续的乱世中，这种道义已败坏不堪。如今，在武士之间，这古老的士道已经消失，只有那种"武士至上""武士唯荣"的观念伴随着战国的狂风日益强盛。尽管新的时代正在走来，新的士道却尚未形成。因而，在那些自诩"武士至上""武士唯荣"者之中，也屡见那种比田夫和商人还低劣的卑鄙之徒。虽然低劣的武将必然会自取灭亡，可真正能意识到必须磨砺士道，并将其作为强国之本的武将，纵观丰臣系和德川系的所有诸侯，实在鲜见。

武藏被幽禁在姬路城天守阁里三年，在那段不见天日、每天只能苦读的日子里，他记得池田家那山一般的藏书中，有一本手抄本，上面的题签是"不识庵先生日用修身卷"。所谓"不识庵"，自然是指上杉谦信。书里记述了谦信日常的修身，以作对家臣的警示。读过此书，武藏不仅了解了谦信的日常生活，还知道了当时越后国富兵强的缘由，但他并未想到这士道。

可是今夜听了石母田外记的种种谈论，武藏不仅觉得政宗毫不逊于谦信，而且还能不知不觉于一团乱麻般的尘世中在伊达一藩培育出连幕府权力都不会屈服的"士道"，并将其不断磨砺，蓬勃发展。光是看看眼前的石母田外记，便可窥见一斑。

"啊，您看我，一高兴就光顾着说自己的事了……怎么样，武藏先生，何不去仙台逛逛？我家主公可是一位豁达之人。但凡有士道的武士，无论是浪人还是其他，他都会不拘一格，以礼相待。至于引荐，由在下负责就是了，还请务必赏光。借着这次良缘，如有必要，哪怕在下同行也无妨啊。"撤下酒席之后，外记热心劝道。

武藏只应了一句"请容在下考虑一下"，便起身离去。他来到另一个房间，躺在铺上，大脑仍十分兴奋。士道——当所有的思绪都萦绕在这两个字上时，他忽然反省起自己的武道。刀的功夫不能仅止于此，终究要升华为道。谦信和政宗倡导的士道中更关注军纪方面，那自己呢？自己必须将刀进一步深化，使其升华到更人性化的境界。一个人、一个小小的个体，究竟如何做才能与生命依托的自然融为一体，才能与天地宇宙共同呼吸，达到安身立命的境界，抑或根本就不可能？总之，自己一定要竭尽所能尝试，一定要完成此愿，将刀磨砺到"道"的境界。

做出如此决定后，武藏这才沉沉地睡去。

# 钱

## 一

一睁开眼，武藏便立刻挂念起来。阿通究竟怎样了？城太郎又走在哪里呢？

"啊，昨夜可真是畅快至极。"早餐时，武藏又碰到了石母田外记，不觉间再次天南海北地聊了起来。不久，两人离开客栈，汇入穿梭于中山道的人流。武藏总在无意间将眼神投向来往的人群，即使对略微有点相像的背影也会不由得一愣：那不会是阿通吧？

外记似乎看出了他的异常，问道："莫非，您在寻找您的旅伴？"

"正是。"于是，武藏简要说明了缘由，并说就算是去江户，也会心系二人的安危一路寻找，因而想取道他途。随后，他趁机对外记昨夜的款待致了谢，就要别过。

外记深感遗憾，道："好容易得遇一个好旅伴。既然如此，那也只能别过了。但请记住在下昨夜所说之事，还请务必赴仙台一趟。"

"承蒙好意。来日若有机会，再行拜访。"

"真想让您目睹一下那里的侠义风骨啊，要不听听仙台的民谣也不错。若不喜欢歌谣，去欣赏一下松岛的风光也行。总之我等着您。"

外记说罢，武藏便已率先一步，大步流星地朝和田岭方向走去。那身影可真让他难以割舍。而此时，武藏心里也闪过一个念头：将来有空时，自己一定要造访这位伊达的藩地。

在那个时代，能遇上这种旅人的恐怕不止武藏一人。毕竟那是一个朝不保夕、风云变幻的年代，诸国的雄藩都不断招贤纳士，顺便物色贤才并推荐给主公也是身为家臣者的重大职责之一。

"先生，先生！"忽然，武藏身后传来喊声。尽管一度朝和田岭方向走去，可不一会儿，他便忽然转过身返回下诹访的入口，站在甲州大道和中山道的岔道上。正在思量，一直注视着他的驿站壮工忽然朝他喊了起来。壮工中既有搬行李的，也有牵马的，由于去和田岭方向一路上坡，其中还有极其原始的滑竿轿夫。

"什么事？"武藏回头问道。

壮工们一面无所顾忌地上下打量他，一面抱着像木雕螃蟹一样的胳臂走了过来。"先生，刚才看您就像在寻找同伴，您的同伴究竟是美娇娘呢，还是随从？"

# 二

武藏既无行李让壮士们拿，也无意雇他们的滑竿。他有点烦躁。"不……"他只是摇摇头，默默地准备离开。可正要抬脚，他自己却也迷惘起来。往西还是往东？尽管他一度下定决心，觉得索性一切都听天由命，就这样赶赴江户，可他忽然间想起城太郎和阿通，便怎么也迈不出脚步。对，干脆就再搭上一天，在附近找找吧。倘若还没有线索，那就只好暂时放弃，先行一步了。

正当他打定主意之时，一个壮工再次靠上前游说。"先生，您若是要寻找什么，反正我们也是闲着没事晒太阳，您只管吩咐就是。"

其他人也附和道：

"至于脚力钱嘛，您看着给就是。"

"您寻找的究竟是女眷呢，还是老人？"

既然话都说到了这份上，武藏便索性说出缘由。他一五一十地说明了事情的经过，并问他们有没有在这条大道上看见那少年和年轻女子。

"这个嘛。"壮工们面面相觑，"我们谁也没有看见过，但也没什么，先生，我们分头到诹访盐尻的三条道上帮您找找就是，这也不是什么难事。那位被诱拐的女子也不可能翻越那没路的荒山野岭出去，而且这一带到处是蟒蛇毒虫，就算去打听，离开我们这些熟悉情况的人，恐怕谁去都是白费功夫。"

"有道理。"武藏点点头。壮工们的确言之有理。自己也不熟悉本地情况，与其在这里瞎碰乱撞，着急焦虑，还不如让这些人帮帮忙，说不定能立马打探到两人的消息呢。

"那就劳驾帮着找找吧。"

见武藏如此直率，壮工们也一齐答应下来："好！"然后喊喊喳喳地商量了一下分工。不久，一名代表来到武藏面前，讪讪地搓着手，说道："那，先生，呵呵，实在是难以启齿，毕竟我们都是靠出卖力气糊口的人，现在连早饭都还没吃呢。但我们保证傍晚前给您打听到他们的下落，能否先请您付一下半日的工钱和草鞋钱？"

"哦，那是当然。"武藏觉得这要求天经地义，于是简单清点了一下自己那点可怜的路银，结果即使全部倒给他们，也仍未达到他们要求的数额。

武藏比谁都深知钱的金贵。因为他孤独，而且一直以旅途为家。但他并不迷恋金钱。虽然孤独，但他也没有抚养别人的责任。他孑然一身，有时寄宿寺院，有时露宿山野，有时则受惠于知己的慷慨解囊。什么都没有的时候，不吃东西也无所谓，因为不久后事情总会解决。他一直以来便是如此流浪。

想来，武藏来此路上的所有费用全都是由阿通打理的。阿通从乌丸家收了不少路银，除了应付一路的开销，还分给了武藏若干，让他拿着用。他把阿通分给他的所有钱全都交给壮工们，说道："这些够吗？"

壮工们各自分了分，说道："好吧，就便宜您一些吧。那么，就请您在诹访明神的楼门那儿等着吧。傍晚之前，我们一定会给您带来好消息的。"说罢，他们便像一群小蜘蛛一样四散而去。

## 三

虽说让人分头去打探，可一天就这么白白等着也没意思。武藏也没闲着，从高岛城下出发，在诹访一带溜达起来。一整天光是打听阿通和城太郎的消息实在可惜，所以他也一直留意着这一带的地势、水文以及有无著名的武道家等。但遗憾的是，后两方面都没什么斩获。不久，黄昏来临，他便如约来到与诹访明神的社内，可楼门一带一个人都没有。

"啊，真累。"他喃喃着，一屁股在楼门的石阶上坐下。大概精神极度疲劳了，他平日很少一个人如此叹息。他觉得有些无聊，便在广阔的神社内溜达了一圈，可再次返回来时，仍未看见一个壮工的身影。

黑暗中不时传来咔嗒咔嗒踢东西的声音，武藏不由一愣，回过神般瞪大眼睛。后来，他终于放不下那声音，下了楼门的石阶，往幽深树荫中的一栋小屋里一瞧，原来里面拴着一匹神社的白马，正在踢地板。

83

"浪人，有事吗？"喂马的男子回头望望武藏，问道，"到这神社里有事吗？"他带着盘问的眼神。

武藏说明缘由，表明自己并非歹人，结果身穿白衣的男子竟捧腹不止："哈哈哈，哈哈哈！"

武藏登时火起，问男人因何发笑，可对方仍大笑不止，说道："就你这样的，居然还出来旅行？那道上苍蝇般的黑心壮工们既然先拿了你的钱，怎么还会乖乖地花一整天帮你找人呢？"

"那他们说的分头去找完全是假的？"

听武藏如此追问，男人反倒觉得他可怜，便一本正经地说道："这位旅人，你让人骗了。怪不得今天有十来个壮工从中午起就在后山的杂树林里围成一圈喝酒赌钱。大概就是那一伙吧。"然后，男子又列举了旅客在这诹访盐尻一带误中壮工们奸计而被骗走路银的若干实例，又道："这天底下都是一个样，今后你可要当心啊。"说罢，他抱着倒空的草料桶离去。

武藏一阵茫然，似乎突然意识到自己极不成熟。尽管对刀很自负，只要长刀在手，任何人都无隙可乘，可一旦混迹于尘世，仍免不了遭那帮无赖壮工的耍弄。他这才明白自己在世间的历练是何等不够。

"没办法。"武藏喃喃自语。他并不觉得悔恨，但这种不成熟将来也会是指挥三军时的不成熟。今后务要谦虚，对于尘世间的事情也要多加学习。他再次折回楼门。无意间一抬头，他才发现刚才离开的地方竟站着一个人。

# 四

"哦，先生。"一看到武藏，正在楼门前四处张望的人影立刻下了石阶，说道，"我只打探到了一个人的消息，赶来告诉您。"

"哎？"武藏反倒有些意外。再仔细一打量，这才认出对方是壮工中的一人。正因为在神社马棚前遭到了嘲弄，武藏才深感意外。尽管世上到处都有那种从他身上骗去半日工钱和酒钱的人，可当他明白并非所有人都是骗子的时候，还是非常高兴。

"你说只打探到了其中一个，那究竟是那个叫城太郎的少年还是叫阿通的女子？"

"是孩子，我打听到了领着孩子的奈良井大藏先生的行踪。"

"是吗？"这一句话就让武藏的内心敞亮了不少。

接着，这名正直的壮工叙述了具体过程。他那些骗了钱的同伴压根就没想去打探，全都沉迷在赌博中，唯有他同情武藏，便独自一人从盐尻找到洗场，向每个歇脚点的同伴打听，结果丝毫没有女人的消息，却从一个做午饭的客栈女仆那里打听到了奈良井大藏的下落，据说他们在中午前后穿过诹访，朝和田的山路方向赶去了。

"多谢你前来报信。"武藏想酬谢一下这位壮工的正直和功劳，可往怀里摸时，才想起路银几乎全被阴险狡猾的家伙骗去了，只剩下今夜的饭钱。但还是得有所表示，他仍这么想。随身携带的物品中已没有一件值钱的东西，他最终还是决定不吃晚饭，把钱袋翻了个底朝天，将仅剩的一点饭钱全都交给了男子。

"多谢。"正直的人尽的是本分，却得到了过分的谢礼，于是毕恭毕敬地接下钱，兴高采烈地离去。

自己已经连一文钱都没有了。武藏下意识地目送那背影离去。尽管是自己给人家的，可事后又忽然觉得有些走投无路。肚子从傍晚时分便频频在叫，但钱让那个正直人拿去无疑要比自己果腹值得多。而且当那名男子知道那是对他正直的犒赏之后，他明天也一定还会到街道上诚实地为其他旅人服务。

"与其在这一带借人家的房檐打发一宿，还不如现在就去追赶翻越和田岭的奈良井大藏和城太郎呢。"

倘若今夜能翻越和田岭，说不定明日便可在什么地方与他们邂逅。武藏忽然有了这个念头，便离开诹访的驿站，一个人大步流星地踏上久未走过的夜路。

## 五

武藏一向喜欢独自夜行，这或许源自他与生俱来的孤独性格。数着踏在路上的脚步，聆听着天空的声音，默默地走在漆黑的夜道上，武藏便会忘记一切，怡然自得。置身于喧嚣的人潮中时，不知为何，他的灵魂总会变得孤独，但一个人走在孤独的暗夜，他的心反倒会欢闹起来。因为暗夜独行时，在人潮中无法表露的各种真实心理便可无拘无束地浮现，而且还可以在冷静思考各种世态的同时脱离自我，像审视陌生人一样审视自己。

可是，当走了一程又一程的漆黑夜道上忽然出现一盏灯火时，武藏也不由得舒了一口气。"哦，看见灯火了。"人家的灯火！他蓦地回过神，内心竟因为对人的亲近和怀念而颤抖。但此时的他已经无暇自问这种矛盾的心理。"看来正燃着篝火，去烘烤一下夜露打湿的袖子吧。啊，肚子也饿了。若是能要点稗草粥之类那就更好了。"他不由自主地朝那灯火的方向加快脚步。

已经是半夜了吧。离开诹访已是傍晚时分，越过落合川的溪桥后几乎全都是山路。一岭是翻过了，可前面和田的大岭和大门岭仍重重叠叠地耸立在星空下。就在两座山梁间开阔的谷地边，一点灯火隐约闪现出来。可武藏走近一看，才发现只是一家歇脚的茶屋，檐前楔着四五根拴马桩。在这荒山野岭，而且还是深夜中，竟然还有客人，泥地房内噼噼啪啪的烧火声中掺杂着粗野之人的说话声。

"咦？"武藏站在檐前，不禁犹豫起来。若是寻常的百姓家或是樵夫的小屋，自己尚可请求暂时歇息一下，也可以要点杂粥喝。可既然是以旅人为对象的商家，就算只喝一杯茶，不放下茶钱也是无法离开的。无论他如何绞尽脑汁，身上也找不出一文钱来。可混杂在温热的烟雾中飘散出来的菜香却勾得他饥肠辘辘，让他怎么也无法离开。

"对，跟人家说明情况，哪怕用那东西来抵顿饭也行。"他想起来的抵押品是装在他的武者修行包中的一件东西。

"打扰。"尽管武藏犹豫再三、前思后想终于进去，可对于在里面吵吵嚷嚷的人们来说，他显然是一个不速之客。人们顿时吓了一跳，全都沉默下来，疑惑地盯着他。

泥地房的正中央挂着一口巨大的吊锅，炉灶埋在土里，不用脱鞋便可围在四周，锅里正咕嘟咕嘟地炖着山猪肉和萝卜。三名野武士模样的客人正坐在木桶和凳子上，吃着下酒菜，传递着酒碗。不时将喝空的酒壶埋在灰烬里，老板则背朝外面，边切着咸菜边与客人闲聊。

"什么事？"代替老板问话的是一名目光锐利、留着五分月代头的男子。


# 六


一嗅到山猪肉汤的香气，感受到暖烘烘的氛围，武藏的饥渴便一刻也无法忍耐。野武士模样的男子又说了些什么，但他连答都不答，径直走进去，在空着的凳子上坐下。

"老板，快给我备饭，泡饭也行。"

老板端来冷饭和山猪肉汤，说道："您是要连夜翻越山岭吧？"

"嗯，赶夜路。"话音未落，武藏已拿起筷子。当他端起第二碗山猪肉汤时，问道："今天白天，有没有一个奈良井的大藏先生带着一名小童翻山而去？"

"这……不知道。藤次先生和其他人有没有看到这样的旅人呢？"老板隔着泥地炉一问，凑在一起边喝边聊的三人全都爱搭不理地摇摇头。"不知道。"

武藏吃饱肚子，又喝干了一碗热水。身体是热乎了，可饭钱又成了他最头疼的问题。若是最初便据实相告再吃饭就好了，可其他三名客人正在饮酒，自己也无法乞求茶屋的怜悯，便只好先填饱肚子再说。可若是老板不答应，那又该怎么办呢？

若是老板肯答应，哪怕用插在刀鞘上的簪子来抵也行。武藏打定主意，说道："老板，请恕在下的不情之请。其实在下身上连一文钱都没有了，但也不是存心要赖，可否用在下携带的一样东西来抵价？"

没想到对方倒也好说话，"当然可以。您说的东西究竟是什么呢？"

"观音像。"

"哎，用那种玩意儿……"

"倒也不是什么名作，只是在下旅途无聊时用小刀刻的古梅木的小观音坐像，或许也抵不上一顿饭钱……请看。"

说着，武藏便开始解包袱的绳结，这时，炉子对面的三名野武士完全忘记了杯中的酒，目不转睛地注视着武藏的手。

武藏把包袱放在大腿上。包袱是用涂了柿漆的雁皮纸捻编织而成的，但凡修行武者，几乎都把贵重的东西塞在里面背在身上，而武藏的包中则只装着他刚才说的木雕观音、一件内衣和寒酸的文房用具。

武藏拿住包袱的一端一抖，只听吧嗒一声，一样东西随即沉甸甸地滚落到泥地上。

"啊？"惊叫声是从茶屋老板和炉子对面的三人口中发出的。武藏的视线也随之落在自己脚下，顿时一阵哑然。地上竟是一个钱包，庆长金币和各种钱币撒落一地。这是谁的钱？武藏想。另外四人也不相信自己的眼睛似的，连气都忘了喘，视线全被泥地上的钱币给夺走了。

武藏抖了抖包袱，又掉下一封书信。


# 七


武藏甚是奇怪，拆开一看，原来是石母田外记的留言，上面只写了"谨作临时花费"，但钱数不少。这一行字究竟是什么意思？武藏立刻明白了其中的奥秘。这是各国大名广泛采取的一种策略，不光伊达政宗如此。

招到有为的人才很难，可风云变幻的时代却越来越需要有为的人才。关原战败的流浪者到处都是，也都在不停地为食禄奔波，可其中称得上人才的却凤毛麟角。一旦发现一个，哪怕是拖家带口，大名们也不会嫌弃，立刻便以成百上千石的厚禄将其挖走。如果战争的硝烟再起，杂兵走卒要多少都能召集到，可那些难得的人才却可遇不可求。如今各藩全都瞪红了眼珠子四处物色人才，只要发现心仪之人，必会千方百计施以恩惠。或者也可事先达成默契，最典型的便是大坂城的秀赖，其赈济后藤又兵卫的事情天下无人不知。至于大坂城每年给归隐于九度山的真田幸村送去多少金银，关东的德川家康也早已调查得一清二楚。

一个闲居的孤独浪人不可能需要如此巨额的生活费，可是那些金银经由幸村之手，便化作几千人的生活费。这些人就隐匿于街市，在战争爆发之前只管吃喝玩乐，这一事实人尽皆知，无须赘述。由于一乘寺的传言，伊达家臣盯上了武藏并一路追来，这是再明白不过的事情了，显而易见，这钱也是外记以上意图的佐证。

真是令人棘手的一笔钱。若是用了，那便等于欠下了人情。若是当它不存在……

对，自己不正是看到了这笔钱才迷惘吗？若是当它不存在，不就什么事都没有了吗？想到这里，武藏收起脚下的钱，原封不动地将其放进包袱，说道："那么，老板，就请用这个来抵饭钱吧。"说着，他便把消遣时雕的木观音递了过去。

这一次，茶屋的老板是一百个不乐意。"不行啊，客官，我不要这玩意儿。"他完全不伸手接。

武藏追问为何，老板答道："客官竟然还问为何？您刚才说身上没有一文钱，我才说观音像也行……可现在看来岂止是有钱，您带的钱简直多得花不了。好了，别在那儿卖弄了，赶快付钱吧。"

三名野武士早已醒酒，眼馋得直咽唾沫。他们也在后面频频点头，支持老板的抗议。


# 八


这并不是我的钱——即使武藏想如此辩解，在此情景下也是愚蠢至极。"是吗……那就没办法了。"迫不得已，武藏只好拿出一片银子，递到老板手里。

"哎呀，我也没零钱找啊。我说这位先生，您就给些更细碎的小钱吧。"

武藏找了一下，可是钱包里除了庆长金币，货值最小的便是这银片了。"不用找了，就当作茶钱吧。"

"那太感谢了。"老板的态度顿时变得截然不同。

既然这钱已经动了，武藏便将其卷入腹带，又依照原样，把茶屋老板拒收的木雕观音像装进包袱背在背上。

"快请烤烤火吧。"说着，老板又殷勤地添起柴薪，而武藏则趁机来到外面。

夜仍很深，但肚子总算是填饱了。在黎明之前，赶紧从和田岭翻到大门岭去吧。倘是白天，这一带的高原本可以看到石楠花、龙胆和薄雪火绒草，可由于是夜里，四面只有一片茫茫的白露覆盖，仿佛丝绵一般。说起花来，此时的夜空倒更像是星星的花圃。

"喂！"武藏离开歇脚的茶屋，刚走了二十町左右，身后忽然传来喊声，"刚才那位先生，你忘记东西了！"

原来是刚才在茶屋的三名野武士之一。只见他一口气追到武藏身边，说道："脚力好快啊，这钱是你的吧？你出去一会儿后我们才发现的。"说着便将一片银子托在手掌心给武藏看，说是为了返还才追过来的。

"不，这钱不可能是我的。"武藏说道。可那男人摇着头，又把钱推回来，说这片银子的确是武藏钱包掉下时滚到泥地的角落里。由于那钱自己也从未数过，听对方如此一说，武藏也只能认为或许就是。谢过之后，武藏便将那银片收进袖子，但不知为何，他发现自己竟对这名男子的行为没有丝毫感激。

"请恕在下失礼，请问阁下是跟谁学习的武道？"男人仍不必要地在搭讪，跟在武藏一侧，举止实在奇怪。

"一个人闭门造车。"武藏冷冷地说道。

"我也是。虽然现在窝在这山上做这种行当，但以前我也是武士呢。"

"哦。"

"刚才一起的那几个人也都是。龙困浅滩遭虾戏啊。尽管大家都是靠打柴、在山上采草药糊口，可只要时机一到，虽然我们并没有焚梅的佐野源左卫门那样的胸怀，但哪怕仅凭这一柄山刀，一身破盔甲，我们也要借助有名大名的阵营，一展平日身手。"

"那你究竟是大坂一方，还是关东一方？"

"哪一方都无所谓。不过,还是要先看看形势如何再说,否则一旦盲目加入,一辈子就白搭了。"

"哈哈哈,聪明。"武藏并不想与其纠缠,尽量迈着大步,可那男子也随之大步跟进,实在没办法。而且更让人难以放心的是,男子竟越发主动地朝武藏左侧贴过来,这是有心人最忌讳的拔刀偷袭时的架势。


# 九


不过,武藏故意将这名凶暴旅伴盯上的左侧空了出来,让其有机可乘。

"怎么样,修行者?如不嫌弃,今夜就来我等的住处凑合一晚如何?这和田岭的前面是大门岭,就算想在黎明前翻过去,对于道路不熟的人来说也是很难的。再往前走,路也会越来越崎岖。"

"多谢好意,那就恭敬不如从命,叨扰一宿了。"

"那是最好,那是最好,只是没什么可招待的。"

"没事,只要有地方躺就行了。那么,府上在哪里?"

"就在从这谷道向左爬五六町远的坡上。"

"原来住在深山老林啊。"

"刚才也说过,在时机到来之前,我等只能暂且归隐山林,采采草药,打打猎,我们三个人一直这样生活。"

"对了,那两个人怎么样了?"

"大概还在吃酒吧。他们两个平时在那儿一喝就醉，将他们搀扶到小屋的肯定是我，不过今夜太麻烦了，索性就丢下他们不管了。哦，修行者，下了那边的山崖就是溪涧的河滩了，路不好走，当心脚下。"

"要到河对面去吗？"

"唔……要穿过那溪流狭窄处的独木桥，再沿着溪流往左爬……"说着，男子似乎在低崖半路停了下来。

武藏头也不回，就要过独木桥。这时，男子却突然跳过来，一下子掀起武藏脚下独木桥的一端，欲将他掀翻到激流中。

"你要干什么？"河中传来一声喝问。

男子一惊，连忙抬起头，但见武藏的脚早已离开桥面，宛如一只鹡鸰立在水花中的岩石上。

"啊！"

抛出的独木桥一端顿时溅起白色的飞沫。未等那伞状的水帘落到地面，河中的鹡鸰便啪的一下跳了回来，手起刀落，立时将这名狡猾的卑鄙之徒斩杀。对尸骸理都不理，就在尸体仍踉踉跄跄尚未倒地之时，他的刀早已在等着未知的下一波攻击了。只见他头发倒立，像一只发怒的鹜，仿佛满山皆敌。

果然，砰！一个震裂山谷的声音忽然从溪流的对面轰然响起。不用说，是猎枪的声音。弹丸嗖的一下正好飞越武藏刚才所在的位置，钻入后面山崖的土中，武藏也在同一个地方倒下。他朝对面的山谷一看，只见萤火般的红光若隐若现。

接着，两个人影渐渐爬到河边。先前一步见阎王的卑鄙男子刚才撒谎说两个同伴已在茶屋里喝得烂醉，谁知早就绕到前面，摩拳擦掌，做好了伏击武藏的准备。这一点也完全如武藏所料。所谓的打猎、采药之类当然是谎言，毋庸置疑，对方肯定是盘踞在这山里的贼人。不过，对方方才在路上所谓的"时机到来之前"倒或许是真的。

无论是什么样的盗贼，恐怕没有一个人愿意让自己的子孙世代都去做贼。作为生存于乱世的权宜之计，如今，各国的山贼、野盗和市盗都在激增。一旦天下大乱，这些人便会扛起那锈迹斑斑的大枪，穿上破烂的盔甲，义无反顾地加入战阵，恢复其铮铮铁骨。但遗憾的是，这些人并没有那种在雪日里为客人焚梅，等待时机却又将时机置之度外的雅怀。

# 焚虫

## 一

　　一人咬着火绳，似乎正再次填装弹药，另一人则猫着腰窥探这边。尽管武藏的影子已倒在对岸的崖下，可窥探者仍在猜疑。"没问题吧？"他悄悄问同伙。

　　尽管先前的一人又重新端起火枪，但还是点了点头。"没问题。"他说道，"手感很好，一枪击中。"

　　二人这才安下心，借着独木桥朝武藏走来。就在持火枪的人影刚来到独木桥中间时，武藏一跃而起。"啊！"扣在扳机上的手指自然失了准，弹丸砰地飞向空中，在山谷中间响。

　　二人扭头便跑，沿着溪涧逃命，武藏则紧追不舍。大概是被追急了，只听其中一人喊道："喂，逃什么逃啊?！对方才一个人，光我藤次一人也能把他收拾了！回来，帮我一把！"此人正是不带火枪的那个。他停了下来，不但自报名字叫藤次，而且从言谈举止来看，似乎也是这山寨贼窝的头目。

听他如此一喊，也不知是不是他的手下，总之另一名贼人也壮起了胆子。"哦。"他应答一声，把火绳一扔，立刻反握火枪，也朝武藏袭来。

武藏立刻感到这二人根本就不是什么野武士。尤其是挥山刀而来的男子，刀法中多少还算有些章法。但两贼人刚一接近他，就全都一下子被打飞出去。拿火枪的男子被斜着从肩膀深深劈下，半个身子软绵绵地从溪流边上跌落。刚才还吹着大话、自称藤次的那名贼人头目则捂着手上的伤，仓皇地从山谷往上奔去。武藏跟在哗哗滚落的土石后面紧追不舍。

这里已是和田与大门岭的交界处，因山毛榉很多，人称"山毛榉谷"。登上山谷尽头，有一户掩映在一丛山毛榉中的人家。说是人家，却也只是由山毛榉的圆木搭建而成的巨大棚屋而已。武藏眼前忽然现出微微的光。尽管屋内也点着灯火，可武藏的眼睛所看见的似乎是有人拿着纸烛站在屋前映过来的光。

只见贼人头目呼哧呼哧朝烛光逃去，大声喊着："灭灯！"

正用衣袖护着烛火站在屋外的人影说道："怎么了？"分明是女人的声音，"啊，这么多血！让人砍了？刚才山谷传来火枪声，我就担心是不是出事了……"

贼人头目回头注意着逼来的脚步声，气喘吁吁地再次骂道："别、别瞎扯了！快把灯灭了！屋里的灯也灭了！"

他连滚带爬地钻进泥地屋，女人也随即吹灭了烛火，慌忙躲藏起来。不久，当武藏站到屋前的时候，屋里的灯火也已熄灭，推推门，门也紧紧地关着。


二


武藏愤怒了，但愤怒并非那种遭对方算计或受骗时的愤怒，而是一种无法容忍这蝼蚁般的鼠辈横行于世的愤怒，即所谓的公愤。

"开门！"武藏试着喊了一声。当然，门是不可能打开的。尽管是那种一踢即烂的防雨门，但为防万一，武藏还是与门口保持着四尺多的距离。那种敲门或是晃门的鲁莽行为，但凡稍微有点心眼的人都不会那样做。

"不开是吧？"

门后仍悄无声息。于是武藏两手抱起一块大小适中的石头，猛地朝门扔去。由于瞄准的地方正好是门扇的连接处，两扇门顿时倒向里面。一把山刀随即从下面飞来，男子立刻连滚带爬地朝屋子深处逃去。

武藏一个箭步跳上去，一把抓住对方的脖子。

"啊，饶命！"恶人一旦阴谋败露，必会做出示弱求饶状。但他并非像扁蜘蛛那样完全告饶服输，而是仍不断地寻找机会，与武藏肉搏。正如武藏最初察觉的那样，此人不愧是贼人头目，手上的确有两下子。

武藏毫不客气，啪啪两下封住其手头的攻势，正要将其扭倒在地，男子猛然间爆发出毕生的蛮勇之力，抽出短刀就朝武藏捅来。"浑、浑蛋！"

"你这鼠辈！"话音未落，武藏便一把抓起对方，咚的一下扔到相邻的屋子。也不知是对方的手还是脚碰到了炉子上面的吊钩，噗的一下，朽烂的竹子折断，火山般的白灰也顿时从炉口喷起。

为了阻止武藏近前，借着蒙蒙的烟灰，对方抓起东西就朝武藏扔，什么茶釜的盖子、柴薪、火箸，还有瓶瓶罐罐等，纷纷朝武藏飞来。等烟灰稍稍落定后再仔细一看，原来扔东西的并非那男子。他身体的某处看起来已受重创，早已直挺挺地躺在柱子下面。而嘴里仍"畜生畜生"地骂个不停，抓起东西就朝武藏扔的，似乎是男子的妻子。

武藏当即便将那女人按倒在地，可女人仍不罢手，甚至还拔出发簪反握在手，大喊着"畜生"朝武藏狠狠地刺来。当那只手也被武藏踩在脚下后，女人又咬牙切齿，冲着已昏过去的丈夫懊恼地叫骂："你啊你，到底是怎么了！真没出息，竟会败在这么个毛头小子手里！"

忽然，武藏一愣，不禁放开那女人。可女人竟比男人还勇敢，一跳起来，便拾起丈夫丢弃的短刀，再次朝武藏捅来。

"哦，大婶？"

听武藏意外的一声，女人也是一愣。"哎？"然后气喘吁吁地打量上起武藏的脸，突然说道，"啊，你？这不是武藏吗？"

# 三

如今仍在直呼武藏幼名的人，除了本位田又八的母亲阿杉，还会有谁呢？武藏困惑不已，直瞪瞪地望着狎昵地唤着自己幼名的女子。

"哎呀，阿武，你已经长成一个英武的武士了。"多么熟悉的女人的声音。原来是曾在伊吹山做艾蒿，后来又以女儿朱实为诱饵在京都开起茶屋的那个寡妇阿甲。

"你怎么会在这种地方？"

"你这么一问，我实在是羞于启齿啊。"

"那么，倒在那里的……是你的丈夫？"

"你大概也听说过吧，这就是原先在吉冈道场的祇园藤次的悲惨下场。"

"啊，吉冈门的祇园藤次？"武藏顿时哑然，一句话都说不出来。

在师门倒闭之前，藤次把为振兴道场而募集的捐款全部卷走，与阿甲一起私奔，最终沦为一个为武士所不齿的卑劣者。当时的京都都传遍了，武藏也小有耳闻，但没想到他竟沦落至这般境地。虽然这只是他人的沦落，武藏仍觉得凄凉不已。

"大婶，你快赶紧照看他一下吧。我若早知道是你的丈夫，就不会让他吃这样的苦头了。"

"我真恨不得地上能有个洞立马钻进去啊。"阿甲来到藤次身边，又是给他喂水，又是包扎伤口，然后对着半昏迷的藤次讲起与武藏的关系来。

"哎？"藤次仿佛被打进了还阳气似的，翻眼说道，"那你……就是那个宫本武藏？啊，丢死人了。"看来他还是知道羞耻的。他抱着头连连致歉，半天也不好意思抬起头来。

纵然是逃离武门沦为山贼也要活下去，从大处来看，这也不过是生生轮回的尘世中的沧海一粟而已。想到此，武藏只觉得可悲又可怜。此时的他早已忘记了憎恶，夫妇二人也仿佛迎来了意外的贵宾，连忙打扫尘芥，擦拭炉沿，添起柴薪。

"也没什么好招待你的。"

看到对方要温酒的样子，武藏说道："我已经在山下的茶屋吃饱了，不用再麻烦了。"

"可是多年不见了，咱们就聊聊山中夜话，尝尝我的一点心意吧。"说着，阿甲又是把锅放在炉子上，又是取来酒壶，频频劝酒，"真想念伊吹山下的那段日子啊。"

外面，山里的夜风在呼啸。即使关紧门，炉中的火焰也仍朝黑黢黢的天棚上使劲舔去。

"一晃这么多年了，都说说吧……对了，先不说这些，朱实后来怎么样了？有没有听到她的消息？"

"听说她在从叡山到大津途中的山顶茶屋里卧病数日，可后来又夺了同伴又八的东西逃走了……"

"看来那孩子也命苦啊。"阿甲不由得想到自己，黯然低下了头。


# 四


　　不止阿甲，祇园藤次也是一副深感羞愧的样子，连说今夜之事纯属一时的恶念，等他日出人头地之时，必会以原祇园藤次的身份向武藏致歉，所以今夜的事情还请付之流水，不要介怀。沦落为山贼的藤次就算恢复成从前的样子，应该也不会有多大的改变，但起码路上的旅客能稍微好过一些。

　　"大婶，你最好也不要再这么提心吊胆地过日子了。"

　　被硬灌进肚里的酒让武藏开始有了醉意。他如此一劝，结果阿甲答道："你以为我喜欢做这种鬼事情啊。我们原本决定逃离京都，打算到新城江户去大赚一把，可途中这死鬼一时手痒，竟在诹访赌博，细软和路银全都给输光了。无奈，我便想起原先曾靠采艾蒿为生的事，只好靠在这里采点草药再到市镇上售卖糊口。今夜已经吃过苦头了，以后万不敢再有这种恶念了。"这个女人还是老样子，一喝醉便又会露出从前的媚态。

　　她到底有多大年纪了呢？这个女人似乎没有年龄。猫一旦饲养在家里，便会在主人的膝盖上做出媚态，而一旦放归山上，即使在暗夜里也会变得两眼放光，哪怕是行路的病人，哪怕是路边送殡的灵柩，它也会毫无顾忌地扑过去。阿甲便很像这种动物。

"对吧，死鬼。"说着，阿甲回头望望藤次，"刚才听武藏说，朱实似乎也去江户了。我们也设法筹点钱，到人间去过点像样的日子吧？只要捉到那孩子，或许又会有发财的机会呢……"

"嗯，嗯。"藤次抱着膝盖，含糊地答应着。这个男人自从与阿甲厮混到一起，大概也有了跟先前被这女人抛弃的本位田又八同样的后悔吧？武藏只觉得藤次是那样可怜。接着，他又可怜起又八来。不久，他想起自己也曾差点被这个女人诱入她设下的魔渊，不禁浑身起了一层鸡皮疙瘩。

"是雨吗？那声音。"武藏抬头望望黑乎乎的屋顶。

阿甲带着略醉的眼神说道："不是，那是因为风大，树叶和小树枝不断地折断落下来的声音。山中就是这样，晚上就没有不落东西的时候。就算是月亮出来，星星出来，树叶也照样会落下，山土也照样会被冲下，有时还会下雾，还会有瀑布的水溅过来呢。"

"喂。"这时，藤次抬起脸，"天马上就亮了，人家也一定累了，你赶紧铺好被褥，好让人家歇息一下。"

"好的。武藏，里面挺黑的，当心脚下。"

"那就借住到明早吧。"说着，武藏起身，跟着阿甲向昏暗的走廊深处走去。

# 五

武藏睡的地方是支在圆木上的一处小板房，板房就搭建在山谷间的山崖上。尽管夜里看不大清楚，但地板下面应该就是那千仞深的谷底。

雾气飘落，瀑布的水每次吹打过来，小屋就会像船一样摇动。阿甲在木条地板上踮着白皙的脚，悄悄返回前面生有炉子的房间。这时，凝望着炉火陷入沉思的藤次立刻投过狡黠的眼神，问道："睡了吗？"

"好像睡了。"阿甲跪到一旁，"怎么办？"她咬着藤次的耳朵小声道。

"叫来。"

"下手？"

"当然。不只为了贪欲。杀了那小子，也算是报了吉冈一门的仇。"

"那我去去就来。"

阿甲到底要去哪里呢？只见她掖起下摆，来到户外。深夜，深山，在阵阵阴风中径直奔去的白皙的脚和飘散的头发，不是魔性的猫又是什么呢？栖息在大山中的并不只限于鸟兽，转瞬间，从她奔走过的山峰、溪谷和山田各处汇集而来的人已不下二十个。他们训练有素，动作悄无声息，比拂过地面的树叶还静。一汇集到藤次的小屋，人群便议论道："一个？武士？钱带了吗？"

众人一阵窃窃私语，指手画脚，传递眼神后便各自按照部署准备。其中一部分拿着捕猎山猪的枪矛、火枪和大刀，窥探小屋的外面，另一部分则从小屋的侧面下了绝壁，绕到了谷底。部署就此完成。

其实，搭建在山谷的这间小屋便是他们的陷阱。尽管小屋里铺了草席，堆积了许多晾干的草药，还放置了药碾子等制药工具，可这些只是喂给落入陷阱之人的安眠药，原本他们就不是采集或晾晒草药的。

武藏也不例外，往小屋一躺，清爽的草药气息立刻便诱出他的困意，手尖脚尖上涌上一股微微发胀的疲劳感。不过，从小就在山上长大的武藏还是觉得这间搭建在山谷的小屋有点不对劲。自己出生的美作山里也有这种采草药的小屋，可草药全都怕湿，像这种搭建在茂密丛林中，连瀑布水都能溅过来的地方，是无法保持干燥的。

枕边的碾药台上放着生了锈的铁灯盏，借着微微摇曳的灯火四下打量，便能发现一些不对劲的地方，那便是四个房角木材之间的接口处。尽管都是锔起来的，可锔的洞眼却很粗劣，而且每个接口与木头表面的新茬处全都错开了一两寸之多。

"哈哈。"他的睡脸上不禁浮出一丝苦笑，脸却仍贴在枕上。在静谧雾气的包围中，他隐约感到一种奇怪的动静。

# 六

"武藏……睡了吗？睡下了吗？"阿甲悄悄蹭到隔扇外，小声地试探道。在侧耳细听到武藏的鼻息声后，阿甲悄悄打开隔扇，蹭到武藏枕边，悄悄说道："我把凉水给你放在这里了。"她故意朝武藏的睡脸说着，然后放下盆，又悄悄地返回隔扇外面。

"好了吗？"熄灭了主房里的灯火，正在等待的祇园藤次悄悄问道。

阿甲使了个眼色，道："睡得就跟死猪一样……"

藤次似乎觉得好极了，从走廊跳到后面，瞅瞅黑暗中的山谷，然后一闪一闪地挥舞起火绳。这是暗号。山崖中支撑的底柱顿时被卸下，只听轰的一声，伴随着巨大的声响，屋顶、木板全都支离破碎，瞬间便被吞入千仞的谷底。

"噢！"一直悄无声响的贼人这才像狩猎得手的猎人现身时般大声喊了起来，接着便兴奋得像猴子一样，纷纷向谷底滑去。遇到棘手之人的时候，他们总是这样，让旅人连同睡觉的小屋一齐摔到山谷里，然后就可以不费吹灰之力从死尸身上大肆掠夺他们想要的东西。次日，一间简易的小屋便又会被搭建在绝壁之上。

谷底也有一群贼人早就绕到前面候在那里。只等小屋的木板和柱子四散落下，他们便立刻像看见骨头就没命似的狗一样猛扑过去，开始寻找武藏的尸体。

"怎么样？"上面的人也下来了，"找到没有？"众人一起搜寻起来。

"没看见啊。"有人说道。

"瞎说！"

可不久后，同样茫然的声音再次响起："没有啊，怎么回事？"

眼睛比任何人都红的藤次叱骂起来："不可能！也许是碰在途中的岩石上撞飞了。再好好找找那边。"

话音未落，他们正在四处探寻的岩石、水和草上，忽然间全都映出了通红的晚霞色。

"哎呀！"

贼人们全仰脸望向空中。坐落在七十多尺高的绝壁上的藤次的房子屋顶、隔扇、窗子等全喷出了火红的烈焰。

"哎呀，哎呀，快来人啊！"只有一个人在发疯般喊叫，无疑是阿甲。

"不好，快去看看！"于是，贼人们立刻攀着崖道和藤蔓开始往上爬。断崖上的那栋房子在烈焰和山风的呼号下，几近灰烬，再看那阿甲，正头顶着纷飞的火星，被反绑在附近的树上。

对方究竟是何时，又是如何逃脱的呢？居然让武藏逃了，贼人们简直无法相信。

"快追！就凭我们这么多人——"

藤次根本没有勇气说这些。但不知武藏底细的其他贼人自然不会就此善罢甘休，他们立刻化为一股旋风从后面追去，却连武藏的影子都没看见。武藏究竟是逃到岔路里去了，还是真的在树上睡熟了？就在他们彷徨之际，在山中大火的掩映中，和田岭和大门岭全都露出了泛白的晨姿。

# 东下的娼妓

## 一

甲州大道上没有像样的行道树，驿传制度也颇不完备。

从前——听起来虽然很久，其实也没有多么久远，直到永禄、元龟、天正年间，这里还是武田、上杉、北条以及其他人交战时的军用道路，到了后来旅人们便开始在这路上往返，因而这里自然就没有主道与小道之分。

最让来自上方地区的人苦不堪言的，便是旅舍的不便。比如早上起程的时候，即使让客栈做点便当，也全都是些原始简陋的东西，不是将年糕用竹叶一卷，便是用槲树的干树叶将米饭粗陋地包起来。总之，这里仍流行着藤原时代的原始风习。不过，即使在笹子、初狩、岩殿一带的偏僻旅店里，最近旅人也拥挤得不同寻常，而且比起上行者，下行的旅客更多。

"啊，今天又过了一批。"在小佛岭上休息的旅人望着从身后登上来的一群旅人，将他们当成了一道风景。

不久，人群终于吵吵嚷嚷地上来了，仔细一看，果然不是一般人，光是年轻的娼妓就有三十多人。看孩子的侍女也有五人，再加上二十来岁的成熟女人、老婆子还有男人们，起码是个有四十口之多的大家族。此外，马背上还堆满了衣箱、长箱等大件行李。这时，只见一个四十岁上下的大家族主人模样的男子说道："若是让草鞋磨出了水泡，就换上草履，系上草履带子。什么没法走了？说什么呢？照看孩子，孩子！"光是赶这些习惯了跪坐的娼妓们走路就让他口干舌燥了。

正如路人们悄声议论的那样，这种上方地区娼妓们的输送，隔不上三天便会有一批。他们的目的地自然是那新城市江户。自从新将军秀忠坐镇江户城之后，上方的各种事物便开始急剧流入到新将军的膝下。因此，东海道和水路方面几乎挤满了官用运输、建材输送以及往来的大小名，这种娼妓的行列便只好忍受交通不便，取道中山道或甲州道了。

今天赶至此地的这批娼妓的老板是伏见人，名叫庄司甚内。也不知是出于何种考虑，他原本是一个武士，如今竟做起了妓馆的主人，由于能言善辩、机智过人，攀上了伏见城的德川家，取得了移居江户的官方许可。他还怂恿其他同业者，让娼妓们陆续由西边流向东边。

"喂，休息，休息。"一来到小佛岭上，甚内便发现了一处歇脚的好地方，"虽然还有点早，在这先吃点便当吧。阿直婆，去给小姐和侍女们分点便当。"

于是，一大捆便当从行李上卸下，随着干叶卷的米饭一个个被分发下去，女人们便各自分开，贪婪地吃起来。她们个个面色发黄，尽管戴着斗笠或捂着手巾，可头发上面仍落了一层白花花的尘土。也没有茶水，就这么干巴巴地咂着嘴吃，看到这情形，还能有谁会想起"将来谁人怜红颜"的诗句呢，因为眼前的她们既无色也无香。

"啊，真好吃。"她们由衷地说道。倘若她们的父母听到这话，一定也会止不住落泪。

这时，其中的两三个娼妓无意间看到一个旅人模样的年轻人路过，顿时喊喊喳喳起来："啊，真精神。"

这边刚一嘀咕，另一个娼妓又说了起来："那个人啊，我很熟哦。他是以前经常和吉冈道场的门人们来玩的客人。"

二

从上方到关东，比从关东到陆奥还要远。今后会在什么样的地方落脚呢？心里毫无着落的女人们一听说有个在伏见相识的客人正路过，顿时生出欢闹的眼神。

"哪个人？"

"就是背上挂着大刀，大摇大摆走过来的那个年轻人。"

"那个留着额发的修行武者啊。喊一声试试，他叫什么名字？"

尽管在小佛岭上受到了如此多的女人的注目，佐佐木小次郎却毫不知情，只是招了招手，随即从驮马和人群之间穿过。

这时，一个假声假气的声音喊了起来："佐佐木先生，佐佐木先生——"但小次郎仍未意识到是在喊自己，头也不回地继续走。

"额发先生——"

对方又喊了这么一句，小次郎觉得太不像话了，这才皱着眉回过头来。

正坐在驮马脚边吃便当的庄司甚内连忙呵斥女人们："干什么？真无礼！"说着，他抬头看了看小次郎，只觉得此人十分面熟，便想起有一次很多吉冈门人一起来伏见的店里玩乐时，曾与此人打过招呼，"哎呀哎呀。"他连忙拍拍身上的草叶站起来，"这不是佐佐木先生吗？您这是去哪儿啊？"

"原来是角屋的老板啊。我正要下江户呢，敢问你们这是要去哪里？简直就像大搬家嘛。"

"我们搬离了伏见，正迁往江户呢。"

"为何要舍弃那么古老的一座城，搬到那前途难料的江户城呢？"

"水积淀太久，里面净是些腐败物，水草就不开花了啊。"

"就算去了江户城，那里大概也只有筑城和制造枪炮的活计吧，至于青楼之类的悠闲买卖恐怕还做不来吧。"

"话可不能这样说。就连那难波城刚拓荒时，娼妓都还赶在了太阁大人前头呢。"

"可不管怎么说，那里连个住的地方都没有啊。"

"现如今，那里正在热火朝天地盖房子呢，上面已经批给了我们一块湿地，叫苇原，有好几十町步大呢。其他同行们已经去填埋沼泽、着手动工了，所以我根本就不担心，车到山前必有路嘛。"

"什么，德川家连你们这种人都会送几十町步的土地？是白给吗？"

"谁会出钱去买那芦苇遍地的沼泽地啊？不光如此，就连施工的石头木材等，也会替我们出不少呢。"

"哈哈……原来是这样，那也难怪你们拖家带口全都离开上方了。"

"您不是也一样，想去谋个一官半职吗？"

"不，我一点也不想做官。既然成了新将军的落脚之处，将来也会成为布政天下的中心地，所以我必须得去见识一下。当然，倘若是将军家教头之类的位子，去做做倒也未尝不可……"

甚内沉默了。他通晓世间冷暖、发财机遇和人情世故，虽然他并不知道对方功夫如何，但听对方的口气，便觉得此人根本就不值一谈。

"行了，得上路了。"于是，甚内便将小次郎撂在一边，催促起来。这时，清点娼妓人数的女仆阿直却忽然说道："啊，小姐们怎么少了一个啊。到底少了谁？几帐还是墨染？啊，两个人不都在那儿吗？奇怪，到底是谁不见了？"

# 三

由于根本就无意与娼妓同行，小次郎便独自在前面走了起来，可留在身后的角屋人却为了寻找那一名落伍者而全都无法上路。

"刚才到那边时，还跟我们在一块儿啊。"

"到底是怎么回事？"

"不会是逃跑了吧？"

人们顿时议论纷纷，还有两三人特意返回原路寻找。看到她们吵吵嚷嚷的样子，老板甚内与小次郎道完别便回过头问道："喂喂，阿直，刚才有人说逃了一个，究竟是谁逃了？"

俨然就像自己遭到老板的问责一样，被唤作阿直的那名年长女仆连忙答道："是朱实。就是您在木曾路上遇到的那个，您问她做不做娼妓，结果就收留了她。就是那个旅途上的姑娘。"

"找不到了吗，那个朱实？"

"大家都在担心她是不是逃走了，刚才有人都找到山麓那边了呢。"

"我既没有跟她订立任何合约，也没有垫付她卖身钱，她只是说愿意做娼妓的工作，求我带她到江户去，我看她姿色不错，便答应收留她。走到这里虽是损失了些旅店钱，不过也没有办法。那种人就不用管了,我们先上路吧。"

若今夜能在八王子住下来,明天就能进入江户了。哪怕走一点夜路,也要赶到八王子。甚内急匆匆地在前面赶起路来。

这时,路边忽然传来了声音:"诸位,十分抱歉。"朱实突然现身,加入已经起程的一行人中。

"你刚才去哪里了?"阿直斥责道,"你一声不吭就躲进了岔道。想逃就逃吧,没人拦你。"接着,她又十分夸张地说起同行的女人们不知有多担心她。

"可是……"不管对方怎么骂,怎么发火,朱实仍是笑盈盈的,"刚才有一个相熟的人路过,我怕他见了我生厌,就慌忙躲到了后面的树丛中。没想到下面竟是悬崖,一下子滑下去了,就成了这样……"然后,她便净说些衣服破了、胳膊划破了之类,尽管嘴上说着抱歉,脸上却没有丝毫致歉的意思。

走在前面的甚内听到后面的说话声,喊道:

"喂,姑娘!"

"叫我吗?"

"是啊,你叫朱实吧?真是个难记的名字。你若真想做娼妓,干脆就取一个更好记的名字。你真的决定要做娼妓吗?"

"做娼妓还需要什么决心吗?"

"这种职业可不是干了一个月后,觉得不喜欢就能随便撂挑子的事。毕竟当了娼妓之后,就再也无法拒绝客人的

116

要求了。若没有这种决心怎么能行？”

“反正我作为女人最重要的身体已经被男人糟蹋够了。”

“但也不能因此更糟践自己啊。在到江户之前，你最好先好好考虑一下。没事，路上花的那些小钱和住店钱之类，我是不会跟你要回来的，你放心好了。”

# 玩火

## 一

昨晚，高雄的药王院里不知从何处来了一位求宿的老人。这位老人让男仆挑着行李箱，带着一名十五岁上下的少年。

"参拜就放在明天了，今晚先请求借宿一宿。"黄昏时分，此人站在药王院大门处如此求道。

不过，老人今天早上却很早就起来了，带着随行的少年在山上绕了一圈，直到中午时分才回来。看到这里在经历了上杉、武田、北条等人的战乱后也变得荒废不堪，他说道："这些钱就请用作庙宇的修缮费吧。"捐献了三枚黄金之后，他立刻开始穿草鞋。

药王院的别当不禁为这个出手阔绰的怪人而吃惊，仓皇送出门来。"请问尊姓大名？"

另一个僧人立刻说道："啊，都已经记在登记簿上了。"然后将登记簿拿给他看。

别当一看，只见上面写着"木曾御岳山下百草房奈良井屋大藏"。"原来是先生您啊。"别当顿时敬重有加，一再为昨夜的招待不周致歉。

奈良井大藏这名字是在全日本所有神社佛阁的捐赠簿上都能看见的名字。无论是哪里的簿子，上面记的必然是黄金多少枚。在有的灵地，他甚至还会捐赠出几十枚黄金。他究竟是出于癖好、沽名，还是完全出于诚心呢？这一点除了他本人似乎无人知晓。总之，作为当世的一个奇人，连这里的别当似乎也久知他的大名。

别当又是急忙挽留，又是邀请其参观宝物，大藏却已经与随从出门而去。"在下想到江户待一段时间，以后再另行瞻仰吧。"说罢便行礼而去。

"那就由贫僧送至山门吧。"别当跟了出来，"今夜在府中下榻吗？"

"不，在下想在八王子住下。"

"那便可轻松上路了。"

"如今八王子是谁在辖制？"

"最近刚进入大久保长安的管辖。"

"啊，由奈良奉行迁来的——"

"听说佐渡的金山奉行也在其管辖之下。"

"毕竟是个了不起的人才啊。"

下山后，太阳还未落山，大藏三人的身影便已出现在繁华的八王子二十五宿的大路上了。

"城太郎，咱们住哪里呢？"大藏回过头来，朝着一直像钱袋子一样缠在他身上的城太郎问道。

城太郎当即答道："大叔，寺院就算了吧。"

于是三人便选了市镇中最气派的一家客栈。

"打搅，住店。"

客栈一看大藏气宇轩昂，连行李箱都有人挑，当然不敢怠慢，连忙招呼："客官到得挺早啊。"说着便将三人带到隔着中庭的里间殷勤款待。

可是不久后太阳落山，客人渐渐多起来的时候，老板和伙计一齐过来说道："实在是不情之请。没料到敝店一下子住进来这么多房客，楼下的客厅反倒变得吵闹起来，可否请您移驾二楼……"对方惶恐地恳求。

"当然可以。生意兴隆是好事啊。"大藏爽快地答应，让人带着手头的行李急忙朝二楼搬去。而与此同时，另一群人则擦肩而过走进了这里，正是那角屋的娼妓一行。


二


"哎呀，我怎么住到了这么个破旅店里。"来到二楼之后，大藏便大发牢骚，环顾住处。不巧又赶上最忙乱的时候，他喉咙都喊破了，伙计却怎么也不上来，连膳食也没有。终于等来了饭食，却又迟迟不来人撤下去，而且楼下和二楼还不断传来吧嗒吧嗒匆忙的脚步声。大藏很生气，但一想到伙计们应接不暇的样子也够可怜的，便再也发不起火。

大藏头枕着胳膊，在未收拾的房间里躺下，却忽然想起了什么，一下子又抬起头。"助市！"他喊了一声男仆，却不见人影，于是又喊起城太郎，"城太郎，城太郎！"

结果，连城太郎也不知到哪里去了。大藏走出房间一看，只见二楼的客人全伏在下临中庭的走廊栏杆上，俨然在赏樱花似的，俯看着楼下的内客厅，吵嚷个不停。城太郎也混在里面，窥探着楼下的情形。

"喂！"大藏将城太郎捉来，瞪他一眼，道，"瞎看什么呢?！"

城太郎将即使在家里也不离手的长木刀挂在榻榻米上坐了下来，说："其他人也都在看嘛。"他理直气壮地申辩道。

"那其他人都在看什么？"大藏也并非毫无兴趣。

"看什么？看住在楼下内客厅的那群女人呗。"

"就这些？"

"嗯，就这些啊。"

"那有什么好看的？"

"我怎么知道。"城太郎老实地摇摇头。

其实，让大藏烦躁不已的与其说是伙计们的脚步声和住在楼下的角屋女人们的喧闹声，毋宁说是那些从楼上窥探的二楼客人的吵闹声。

"我要去外面街上溜达一会儿，你尽量待在房间里，哪里也别去。"

"既然要逛街，把我也带去吧。"

"不行，晚上不行。"

"为什么？"

"跟你说过多少遍了，我晚上出去不是为了游玩。"

"那是干什么？"

"信仰。"

"信仰？白天时不是已经做得够多了吗？就是神仙和寺庙晚上也会睡觉啊。"

"并不是只有求神拜佛才是信仰，我还有其他祈愿。"大藏说着便不再回应他，"我想把褡裢从行李箱里拿出来，能打开吗？"

"打不开。"

"助市应该拿着钥匙。他去哪儿了？"

"刚才去楼下了。"

"又去洗澡了？"

"到楼下偷看那群女人的房间去了。"

"那家伙也……"大藏咂舌道。"给我叫来，快点！"说着，他重新系起衣带。

三

角屋一行至少四十人。客栈的内客厅几乎全被他们占满了。男人们住在靠近柜台的房间，女人们则住在中庭对

122

面的房间。她们欢闹得过了头，简直不是一般的兴奋。

"明天我可不走了。"有的娼妓甚至还让人特意擦了萝卜泥，涂抹在白萝卜一样的脚底的发烫处。尚有点精气神的则借来破旧的三味线弹，至于脸色苍白的，则已经盖着被子面朝墙壁睡下了。

"看上去可真好吃啊，给我也来点吧。"有的在争抢食物，还有的则面对灯笼，给留在上方的心上男人挥笔疾书，映出一副沦落苦海的背影。

"明天就到江户了吧？"

"谁知道啊。刚才在这儿一问，说是还有十三里多呢。"

"多浪费啊！就这么望着夜灯闲着。"

"喂，你可真会为老板着想啊。"

"瞎说……真让人上火，我头发根都痒痒了。借我发簪用用。"

一听说是京城的娼妓，纵然是这般光景，也足以让男人们瞪起眼珠子。洗完澡出来的男仆助市连洗澡后很可能会着凉的事都抛在脑后，隔着中庭的花草丛窥得出神。

忽然，他的耳朵一下子被人从后面揪住。

"别太过分了。"

"啊，痛！"助市回过头来，"怎么，原来是城太郎啊。"

"阿助，在叫你呢。"

"谁？"

"你的主人啊。"

"骗人。"

"不骗你，说是又要出去呢。那个大叔，从年头到年尾，怎么就知道走路啊。"

城太郎正要跟在助市身后跑起来，一个声音忽然从中庭的树荫里响起："城太郎！那不是城太郎吗？"竟有人在喊他的名字。

城太郎一愣，一本正经地回过头。表面上，他似乎忘记了一切，任由命运驱赶，可在心灵的角落里，他仍无时无刻地惦念着走失的武藏和阿通。

刚才喊他的是个年轻女人。难不成……他心里顿时咯噔一下，立刻透过巨大的八角金盘的树荫仔细朝对面望去。"谁？"他畏畏缩缩地靠近。

"我。"说着，树荫后的玉面女人钻出来，站到城太郎面前。

"我当是谁呢。"城太郎失望地说了一句。

朱实咂舌道："什么啊，你这孩子。"积聚的感伤无处发泄，她竟恨恨地捶起城太郎的背来，"好久没见了。你怎么到这种地方来了？"

"我还想问你呢。"

"我……你肯定知道吧。与蓬之寮的养母分开了，然后就遇到了各种事。"

"那……你不是正与那些女人在一起吗？"

"我还在考虑呢。"

"考虑什么？"

"到底是做那种工作，还是放弃……"尽管对方只是一个孩子，可除他之外，似乎也没有人能倾听朱实的叹息。

"城太郎，武藏先生现在怎么样了？"不久后，朱实才不动声色地问道。其实她最初想问的似乎只有这个。


# 四


一听对方打听武藏的消息，城太郎立刻显出一副想要反问对方的神情，说道："我不知道。"

"为什么，你怎么会不知道呢？"

"在路上全走散了，跟阿通姐也走散了，跟师父也走散了。"

"阿通姐是谁？"朱实忽然留意起他的话，接着像是忽然想起似的说道，"啊，是吗？那个人至今仍在纠缠武藏先生啊。"她喃喃道。在朱实的想象中，武藏一直是一个四处漂泊的修行者，是一个树下石上之人，她总觉得自己的思恋无论如何也难以实现，尤其是想到自己放荡的境遇，便愈加自暴自弃。总之，这是一份难圆的恋情。可是她万万没想到，武藏的生活中居然还重叠着另一个女性的影子。想到这里，她便再也无法甘当那被掩埋在灰烬下的烈火。

"城太郎，这儿人多眼杂，咱们到外面说吧。"

"去街上？"城太郎本来就想出去，被她如此一引诱，二话不说便答应了。

于是，二人打开客栈庭院的门，来到夜晚的大路上。

人称"二十五宿"的八王子的灯火看上去比此前任何地方的都要繁华，尽管秩父和甲州边境的山影严严实实地围住了城镇的西北面，可华灯初上的这一边却充斥着酒馆的喧闹声、牛马贩子的吆喝声、织布房的机杼声、批发场官吏的叱骂声和街巷艺人孤寂的音乐声，展示着人间的繁华。

"我从又八哥那里听到过不少有关阿通这个人的事情，她究竟是一个怎样的女人？"朱实似乎对此特别在意。至于武藏的事情，暂时先放在心中的某一角落也没关系，但对于阿通，她的心里则开始燃烧起一股烈焰般的焦虑。

"当然是好人喽。"城太郎故意渲染道，"又温柔，又体贴，又漂亮。我非常喜欢阿通姐！"

听城太郎这么一说，朱实越发感到一种威胁。但这种威胁，任何女人都不会表露在脸上。相反，她也跟着微笑起来。"是吗，是这么好的人啊。"

"还有，她什么都会做。既会吟和歌，又擅长写字，笛子也吹得不错。"

"女人就是笛子吹得再好，也成不了什么的。"

"可是，大和柳生的大老爷，还有其他人，都夸赞阿通姐呢。只是若让我说，她只有一点不好。"

"女人都是一样，谁都会有一大堆脾气。只是有的人会像我一样坦诚地表露出来，有的人则装出一副贤淑的样子，巧妙地掩饰起来，只有这点不同而已。"

"不是这样的。阿通姐只有一个缺点。"

"那是什么？"

"动不动就哭，是个爱哭鬼。"

"哭？那，为什么要那样哭呢？"

"一想起她的武藏先生就哭呗。跟她待在一起时，就这一点让我郁闷，我不喜欢。"

说话最起码要先看看对方的脸色如何，可城太郎毫不顾忌，天真得过了头。结果，莫说是朱实的心了，她的全身简直都燃起了忌妒之火。


五


尽管眼睛和身体里全燃起了无法掩饰的忌妒之火，可朱实仍想知道更多。"那，你那阿通姐到底有多少岁？"

城太郎打量了朱实一眼，仿佛在进行对比。

"差不多大吧。"

"跟我？"

"但阿通姐更漂亮、更年轻。"

本来问到这里后中止话题就行了，可朱实仍不罢休。"武藏先生可不是平常的粗心之人，他一定很讨厌那种爱哭鬼吧。那个阿通一定是想通过哭来抓住男人的心，就像角屋的那种女人一样。"

哪怕面对的是城太郎，朱实也努力想使他对阿通产生不好的印象，可结果却恰恰相反。

"才不是呢。师父表面上并不温柔，心里却喜欢阿通姐呢。"

朱实终于逼城太郎说到了这一步。她的脸色已经难看得不能再难看,心里燃起熊熊炉火,倘若路边有条河,她一定会毫不犹豫地跳进去。若非眼前的对象只是个孩子,她一定还有更多的话想说,但看到城太郎的脸色,她便没有兴致了。

"城太郎,过来。"她忽然看到一条岔道里挂着红灯笼,便一把拽住城太郎。

"啊,那不是酒馆吗?"

"没错。"

"女人喝什么酒啊。"

"可我突然就想喝。一个人喝怪难为情的。"

"那我也不好意思啊。"

"城太郎想怎么着都行,想吃什么就吃什么。"

往酒馆里一瞧,幸亏没有其他客人。朱实简直比跳河还失去理智,一进去便面朝墙壁坐了下来。"拿酒!"接着便一杯接一杯地把酒灌入身体。当城太郎吓得连忙阻止她时,已经无能为力了。"别烦我!干什么,你这孩子!"她竟用胳膊将城太郎甩开。"再拿酒来……拿酒!"可是她的脸却像着了火一样。朱实伏在桌上,连呼吸都痛苦。

"不行,别再喝了。"城太郎左右为难,担心地劝阻道。

"没事,反正你喜欢阿通姐。我啊,我讨厌那种女人,那种用眼泪来笼络男人感情的女人,我最讨厌。"

"可你身为女人竟然喝酒,我更讨厌。"

"对不起。可不喝酒我心里难受啊……像你这样的小屁孩是不会明白的。"

"快付钱走人吧。"

"我怎么会有钱呢？"

"没有？"

"去跟住在客栈的京城角屋的老板要！反正我已经把自己卖了……"

"你哭了？"

"怎么，不能哭吗？"

"刚才还那样嘲笑阿通姐哭鼻子，你自己怎么也哭起来了呢？"

"可我的眼泪跟她的眼泪不一样。啊，真烦人，干脆不活了！"

说着，朱实起身便要朝外面的黑暗中跑去，城太郎慌忙抱住她。看来这种女客人十分少见，酒馆的人一直在笑。这时，一个睡在角落里的浪人忽然睁开眼睛，醉眼惺忪地目送着二人离去。


# 六


"朱实姐，朱实姐，你可不能死啊。"

城太郎在后面追。朱实在前面跑。路越来越黑，越跑越黑。无论前面是黑暗还是沼泽，朱实似乎都会冒冒失失地向前跑去，可她心里清楚，此时的城太郎一定正哭着喊着在后面呼唤自己。

少女的芳心刚刚萌芽，就被另外一个男人——那个吉冈清十郎糟蹋了。当她义无反顾地冲向住吉的大海时，她真想就这样跑向死的彼岸。可如今的她即使再有那样的悔恨，也不会再有那种纯真了。傻子才会寻死呢！她一面对自己说，一面不由得在前面跑。她觉得城太郎在身后追着好玩，想故意折腾他。

"危险！"忽然，城太郎大喊起来。朱实的眼前已现出护城河的水流。城太郎从后面一把搂住犹豫的她。"朱实姐，不要死，你不要死！死了能有什么用？"

被拉回来后，朱实仍不依不饶。"可是，你和武藏先生不是都把我当成坏人吗？我就是死了，也要把武藏先生装在心里带走，决不会成全那个女人！"

"怎么了？到底是怎么了？"

"别管我，让我跳到那河里去！走开，走开，城太郎！"说着，朱实两手捂脸，潸然泪下。

看到她那样子，城太郎也不禁被一种莫名的恐惧攫住了。他自己也想哭。"回去吧，好吗？"他劝道。

"真想见见他啊。城太郎，快去给我找来，快把武藏先生找来！"

"不能往那儿走，危险啊。"

从二人跑出酒馆的岔道时起，浪人就尾随而来。此时，他正吸着鼻子，从狭窄护城河环绕着的宅邸一角走来。"喂，小孩，这女人我回头会替你送回去的，你先走吧。"说着，他一把将朱实抱在腋下，轰赶城太郎。

来人是一个三十四五岁的魁梧男人。贪婪的圆眼凹陷，胡子茬乌黑发亮。这大概是关东的风习吧，越接近江户，便越会发现一个非常惹眼的现象：人们的衣服及下摆很短，刀却很大。

"咦？"城太郎一抬头，但见一条旧刀痕正从对方的下巴一直伸到右耳，像桃子上的裂口一样歪在脸上。好凶悍的家伙！大概是害怕了，城太郎不禁咽了口唾沫，连忙说道："不用，不用。"说着就要把朱实往回领。

这时，浪人又说道："你看，这女人气也消了，也不哭闹了，还在我的怀里睡着了。我给你带回去行了。"

"不行啊，大叔。"

"回去！你不回去是吧？"说着，对方慢慢伸出手，抓住城太郎的脖子。

城太郎则用力站稳，就像罗生门前渡边纲击败恶鬼时一样，拼命抵住对方的胳膊。"你、你要干什么？"

"你这小鬼，想喝点阴沟里的水再回去？"

"你说什么？"此时，城太郎已好歹能够到比身子还长的木刀。他身子一扭，拔刀就朝浪人的腰上打去。可是一瞬间，他自己的身体也一下子飞到空中，虽然没有落到沟里，但仍然撞在了石头上。他惨叫一声，便一动不动了。

# 七

不只是城太郎，但凡是个孩子都会昏厥过去。他不像大人那样老练，一遇上事，就凭他那股急性子，哪怕只是轻轻一弹，也会将他弹过鬼门关。

"喂，小孩。小孩……喂。"

恍惚间，城太郎只听得耳边不断传来呼唤声。他睁开眼睛，审视着众人。

"你醒过来了？"

被众人如此一问，城太郎顿时害羞地一把拾起自己的木刀，迈开步子。

"喂喂，跟你一起来的那个女人呢？"客栈的伙计慌忙抓住他的手腕。

城太郎闻言才知道，原来这些人全是住在后面的角屋的人和客栈的伙计，他们是来找朱实的。

也不知是谁发明的，被当成宝贝一样在上方颇为流行的"灯笼"如今似乎也传到了关东，只见提着灯笼的男子和拿着棒子的年轻人都问道："有人告诉我们，说你和角屋的女人让武士给抓住，遇到麻烦了。你知道她去哪里了吗？"

城太郎摇摇头，说道："不知道，我什么也不知道。"

"一点不知道？瞎说，你怎么会一点都不知道呢？"

"让人抱到那边去了，我只知道这些。"城太郎含糊其词。除了怕自己被连累进去，事后会挨奈良井大藏的骂，他还有一个理由，即他觉得当众说出自己被甩晕的事情实在丢人。

"哪边啊？那个武士到底逃到哪个方向去了？"

"那边。"城太郎用手随便一指。"追！"人们立刻奔了起来，不一会儿，前面便有人喊了起来："在这儿，在这儿！"等灯笼和木棒汇集到一起时，却只见朱实衣冠不整，正躺在一户农家的茅草屋后面，看样子是被人按到了堆在那儿的干草上。听到脚步声，她慌忙站了起来，头发和衣服上全都是稻草和干草，衣领敞开，衣带也松松垮垮的。

"啊，究竟是怎么回事？"用灯笼一照，人们顿时感到了某种兽行，但最终没有人说出口，而且连追赶禽兽浪人的事也都忘了。

"快，回去吧。"人们伸出手，朱实却一下子甩开，只顾将脸贴在小屋的板壁上抽泣个不停。

"好像是醉了。怎么会在外面喝酒呢？"人们在旁边守了一会儿，任由她哭泣。城太郎也从远处窥见了这情形。他的大脑里无法明确地描绘出她究竟遭遇了什么，但他还是忽然想起了与朱实完全无关的经历。那时他住在大和柳生庄，在马草棚的稻草中，他曾与客栈的少女小茶又撕又咬。就在那小狗嬉闹般的过程中，他体味到了一种生怕听到别人脚步声的快感。

"走吧。"城太郎顿觉无趣，跑了起来。他一边跑，一边为刚才一度逛到鬼门关又游荡回人世的灵魂而唱起歌来：
"野外野外的金菩萨，十六岁的姑娘你知道吗？迷途的姑娘
你知道吧。敲你一下铿铿响，问啥你也铿铿响。"

# 草云雀

## 一

原以为闭着眼也能回到客栈，可城太郎头也不回地跑了一阵后，却怀疑起自己所跑的路来。"咦，不对啊。"他环顾前后，"来的时候不记得走过这地方啊。"他终于发现自己走错了路。

眼前是一片武家人士聚居的区域，以一座古堡遗迹为中心。古堡的石墙应该曾被他国军队占领过，断壁残垣，损毁严重，但其中的一部分似乎已被修复，变成了如今统辖此地的大久保长安的官邸或私宅。

与战国后发展起来的构筑在平地上的城堡不一样，这是极旧式的、豪族时代的城堡，所以既无护城河环绕，亦无城墙，也没有唐桥，四周只有长满了灌木的野山。

"啊？谁呢……那种地方竟然也会有人？"城太郎站立的路的一侧是环绕在城堡下的武士宅邸的围墙，另一侧是水田和沼泽。再往旁边则是野山的后山，险峻无比，像突然从地里冒出来一样突兀在眼前。

这一带既无道路也看不到石阶，恐怕是这城堡的后门。可是就在刚才，当城太郎无意间抬头时，却望见那野山的绝壁上竟有一人垂下绳索滑下。绳索的前端似乎带着钩子，只见那人滑下后，便踩在树根或岩石上，从下面把钩子抖开，然后再次把绳端抛到下面，继续滑落。最后，当人影来到水田与山的交界处后，便立刻隐没在那里的灌木丛中不见了。

城太郎顿时好奇起来，竟连自己远离客栈迷失在此地的事都忘了。可是无论他把眼睛瞪得多么大，也什么都看不见。正因如此，他的好奇心反倒更让他无法离开这里。他将身子往路边的树后一贴，等候起那人影来。不久后，那人影一定会穿过田畦，来到他的面前。

他的期待果然没有落空，尽管等了很长时间，可不久后，那个人终究还是慢吞吞地从畦道那边走了过来。

"原来是个拾柴的啊。"

有的山民为偷窃别人山上的木柴，有时甚至只是为了一捆木柴，也会铤而走险翻越险崖，难不成……城太郎忽然感到无聊和厌倦。可是接下来，令他瞪目的一幕再次在他眼前上演，不仅满足了他的好奇心，甚至令他恐惧得发抖。从田畦爬上路边的人影并未察觉到躲在树后的瘦小身影，从他身边悠然穿过，可就在这一刹那，城太郎却大吃一惊，差点没叫出声来。原来，那竟是城太郎一直跟随的奈良井大藏。

不过，城太郎立刻怀疑起自己。"不，大概是认错人了吧。"他试图否定刚才看见的一幕。一旦怀疑，他也不禁相信是自己弄错了。再看看那大步远去的背影，脸上包着黑布，下穿黑色的瘦腿裙裤和绑腿，脚上穿着轻便的草鞋，而且还背着一个沉甸甸的包袱。那健硕的肩膀和腰身，怎么看都不像是年越五十的奈良井大藏。


二


正当城太郎盯着看时，前行的人影又朝左侧的山丘拐去。城太郎想都没想就开始尾随。反正他也要寻找回去的路，周围却连个问路的人都没有，说不定漫不经心地跟人影走，还能找到客栈呢。他只不过如此想想而已。

可是，前行的男子拐进岔道后，便将沉甸甸的背囊卸在路标下面，读起石头上的文字来。

"奇怪……怎么还是看着像大藏先生啊。"城太郎越发怀疑。这一次他决定真的躲藏起来，跟踪一下查看个究竟。

由于男子已登上山丘的小道，城太郎随后也看了看石头路标上的文字，只见上面写着"首冢之松由此往上"。

"就是那棵松树？"从下面就能望到松树枝，于是城太郎便从后面悄悄跟上去。只见男子已经在松树下坐下，叼着烟袋抽了起来。

"没错，越发像大藏先生了。"

当时，这一带很少有乡民和商人抽得起烟。据说是南蛮人教会了日本人抽烟，但即使烟草开始在日本种植之后也仍是奢侈品，就算在上方一带，除了那些奢华之人，一般的人也抽不起。不仅因为其价钱昂贵，还因为日本人的身体尚未适应吸烟的毒害，有不少人一抽就会头晕目眩或口吐白沫。所以烟草虽好，可人们仍将其当作魔药。奥州的伊达侯等人作为六十余万石的领主，据说便是烟草的喜好者，甚至他的起居录上都有如此记载：早上三袋，傍晚四袋，寝前一袋。

这些事情城太郎并不知道，但有一点他还是明白的，即：烟这玩意儿可不是什么人都抽得起。而且，他平时也看见过大藏用陶制烟管抽烟的情形。当然，大藏抽烟并没什么奇怪的，他毕竟也是木曾首屈一指的大户主人，可是现在，望着首冢的松树下像萤火虫一样一明一灭的烟火，城太郎不觉疑窦丛生。他已经习惯了冒险，不知不觉间便已经爬至附近的树丛里。

不久，男子悠然收好烟管，一下子站了起来。蒙在脸上的黑布已经摘下，面孔也看得更清了，果真是奈良井大藏。只见他把黑布像手巾一样往腰里一掖，绕着深深扎根于大地的巨松根部转了一圈，然后不知从哪里捡起一把铁锹攥在手里。

只见大藏像拿手杖一样竖起铁锹，站在那里凝望了一会儿夜色。城太郎也才注意到，原来这山丘就位于本宿和布满城堡与官邸的住宅区中间。

"唔。"大藏独自点点头，忽然挪开松树根北侧的一块石头，照着石头下面挖了起来。


# 三


大藏挥舞着铁锹，头也不抬，一个劲地挖土。眨眼间，一个差不多能站下一人的大坑已经挖成。这时，他用腰间的黑布擦了一把汗。草丛乱石后面，城太郎像块石头一样贴在地上，睁大眼睛。虽然眼前之人确是大藏，他却觉得那人与自己认识的大藏判若两人。

"好。"只见大藏跳进坑中，只将头露出地面。原来他正在用脚夯实土坑的底部。倘若他要将自己活埋在坑里，再盖上土，自己就非阻止不可了。尽管城太郎如此想，可这完全是他在杞人忧天。不一会儿，大藏又从坑里跳了出来，将放在松树下的囊状物拽到土坑旁边，解开扎住囊口的麻绳。

城太郎原以为那只是一个包袱，不料竟是件无袖皮外罩。再打开外罩下面幕布一样的包裹，数目惊人的金锭一下子露了出来，全是生金。由于这种金锭是将熔化的黄金灌注在劈成两半的竹节间铸造出来的，又称"竹流竿金"，共有好多块。

本以为只有这些，可当城太郎继续看时，只见大藏又解开腰带，从钱袋、后背和身上其他地方抖搂下几十枚庆长金币。他迅速将金币与金锭一起包进无袖皮外罩，像踢死狗一样咕咚一下踢进土坑中，盖上土，再用脚踩实，然后又把石头放回原来的位置。

为了不引人注意，他还在新的土块上撒了一些枯草和树枝之类，这才终于恢复打扮，变回了平时的奈良井大藏，草鞋、绑腿等不用的东西被绑在铁锹上扔进了人迹罕至的树丛中。然后，他穿上旅行服，又在胸前挂上行脚僧般的褡裢，穿上草履。"啊，累坏我了。"他一个人喃喃着，迅速走下山丘的另一侧。

城太郎立刻站到了刚才的埋黄金处，但怎么看都看不出翻动过的痕迹。他像盯着魔术师的手掌一样凝视着大地。

"对，如果不回去，一定会引起他的怀疑。"

街市的灯火已经在望，自己的归途也已大致辨清，城太郎便选了一条跟大藏下山时不同的路，一溜烟地往山丘下奔去。当他若无其事地爬上客栈二楼，进入自己的房间时，幸好大藏还未回来。男仆助市正形单影只地靠在行李箱上，流着口水睡得正香。

"喂，阿助，要着凉的。"城太郎故意将其晃醒。

"城太郎啊……"助市揉揉眼睛，"你怎么这么晚才回来，跟主人连个招呼都不打，你到底到哪儿疯去了？"

"你说什么呢！"城太郎还嘴道，"我可老早就回来了。你睡得迷迷糊糊的，怎么会知道。"

"撒谎。你不是拉着角屋的那个女人到外面去了吗？现在就跟我装模作样，将来还不反了天了。"

不久，回到客栈的奈良井大藏打开拉门，走进屋内。

"我回来了。"


# 四


无论紧走还是慢走都是十二三里的路。若想在太阳落山之前赶到江户，必须尽早上路。角屋一行人天还不大亮就离开八王子了。奈良井大藏等人则在慢悠悠地吃了早饭后才从客栈起程，而此时太阳已经很高了。

尽管担行李箱的男仆和城太郎照例跟随在左右，可由于目睹了昨晚的事情，今天的城太郎面对大藏总觉得有些别扭。

"城太郎。"大藏回过头来，冲着他心不在焉的脸说道，"你今天是怎么了？"

"啊？"

"你怎么回事？今天怎么没精打采的啊？"

"嗯……大藏先生，若每天都这样，我什么时候才能找到师父啊。所以我想与先生就此分别，自己去找……不知行不行？"

大藏当即说道："不行。"

城太郎刚想跟平时那样纠缠，却突然把手缩了回去。"为什么？"他畏缩地问道。

"歇一会儿。"大藏说着，在武藏野的草地上坐下。然后朝担着行李的助市摆了摆手，示意他继续往前走。

"大叔，我想无论如何也要尽快找到师父，所以我觉得最好还是一个人走。"

"说不行就是不行。"大藏沉着脸，吧嗒吧嗒地抽了几口烟，然后说道，"从今天起，你就是我的儿子了。"

由于问题重大，城太郎不禁咽了口唾沫。但看到大藏随之默默地笑了，他便以为是玩笑，说道："不行，我不愿当大叔的儿子。"

"为什么？"

"大叔是商人吧？我想做个武士。"

"如果寻根究底，我奈良井大藏也不是商人。我一定会让你成为一个伟大的武士，你就给我做养子吧。"

看来是真的，城太郎不禁哆嗦起来。"那，大叔为什么会突然说起这种事来？"

大藏忽然拉过城太郎的手，一面将其紧紧搂在怀里，一面贴在他耳朵上小声说道："你都看到了吧，小家伙？"

"什、什么？"

"我昨晚做的事。为什么看？为什么要偷看别人的秘密？"

"对不起，大叔，对不起。我谁都不会说的。"

"小点声。既然你都看见了，我也不责备你了，但你得做我的儿子。否则，虽然你挺招人喜欢的，我还是得杀掉你。怎么样，选哪一个？"

# 五

自己或许真的会被对方杀掉，城太郎生来第一次知道了什么才是真正的恐惧。"抱歉，对不起。你别杀我。我不想死。"城太郎像只被人捉住的云雀一样，在大藏的怀里轻轻地挣扎。他害怕一旦自己拼命挣扎，对方立刻就会下杀手。

不过，大藏手上的力气绝没有大到能将城太郎的心脏捏碎的程度。只见他将城太郎轻轻地搂在怀里，用稀疏的胡子蹭着城太郎的脸说道："那你做我的儿子？"胡子很是扎人。

软绵绵的力量很恐怖，一股大人的气息缚住了城太郎的身体。这是为什么呢？城太郎自己也弄不清楚。若只是危险，比这更危险的事他经历过很多次。他从来都是天不怕地不怕，可这一次，他却像个婴儿似的束手无策，怎么也无法从大藏的膝盖上逃脱。

"你选哪一样？当我的儿子，还是被我杀死？喂，快说！"

城太郎终于哭起鼻子来。他不断用脏兮兮的手擦着脸，连泪滴都变成了黑色，挂在鼻子两侧。

"你哭什么？难道当我的儿子不幸福吗？你若想当武士，那就更不在话下了。我一定会把你培养成一个好武士的。"

"可是……"

"可是什么？干脆点！"

"可是……大叔干的营生，是偷盗吧？"尽管用力很轻，可若是大藏的手没有抓住，他一定会立刻一溜烟地逃走。可大藏的膝盖却像深渊，让他连站都站不起来。

"哈哈哈。"大藏啪地拍了一下城太郎颤抖的背，说道，"所以你才不愿意做我的儿子？"

"嗯……嗯。"城太郎点点头。

于是大藏抖动着肩膀大笑道："我或许是一个盗天下者，但我和那些卑鄙的劫路强盗以及溜门窃贼不一样。家康和秀吉，还有信长，不也都是盗取天下之人吗？你若在我身边待久了，就会知道我的为人。"

"那，大叔不是盗贼？"

"这种不划算的买卖我是不会做的。我可是那种胆子更大的人。"

城太郎已经不知道该如何回答才好。

大藏把他从膝上放下来，说道："走吧，别哭了。从今天起，你就是我儿子了。我会疼你的，但绝对不能透露昨晚的事。你若透露出一个字，我就立刻把你的头揪下来。"

# 拓荒者

## 一

　　本位田又八的母亲来到江户，已是当年五月末的事情。天气已经明显变热。这年的梅雨期或许是干梅吧，一滴雨都看不见。

　　"这种荒草丛生芦荡遍地的沼泽地，干吗要把家建在这里啊？"一来到江户，阿杉的第一印象便转化为这唠叨声。从大津出发，历经近两个月，如今她终于抵达了这里。她似乎是取道东海道来的，一路上由于宿疾和求神拜佛，耽搁了不少时间，回首历程，简直如诗歌"朝辞白帝彩云间"中所说的那样遥远。

　　最近，高轮大道上已有了行道树，也有了里程碑。从河口通往日本桥的路是新市街的干线，比较好走，但满载着石头和木材的牛车川流不息，再加上造房子和运土填沼泽造地等施工工程，脚下愈发难行，而且又不下雨，白色的尘土满天飞扬。

"啊，什么？"突然，阿杉一下子怒目而视，瞪着正在施工中的一户民家，里面正传出笑声。原来是泥瓦匠正在抹墙，一块壁土忽然从抹子上飞来，弄脏了她的衣服。

尽管已上了年纪，可这位婆婆还是无法忍耐这种事情。一直以本位田家掌门人的身份跋扈到这把年纪的她顿时火冒三丈。"喂，壁土都溅到路人身上了，却不道歉，亏你们还笑得出来？"

倘若是在老家的田里，她这样吼上一嗓子，佃户和村民们立刻都会乖乖致歉。可是拥到新江户来团弄泥土的泥瓦匠们却挥着抹子嗤笑起来。"什么？奇怪的老太婆，叨叨什么呢？"

阿杉愈发愤怒。"刚才是谁在笑？"

"我们大伙啊。"

"什么？"匠人们的嘲笑让阿杉气得肩膀高耸。

真是白活这么大岁数，不吱声不就行了，驻足的路人全都为阿杉捏了把汗，可依着她的性格哪肯善罢甘休。只见她二话不说就踏进泥地，一把抓住泥瓦匠们脚踩的木板。"是你吧？"说着便掀翻了木板。

泥瓦匠们一下子从板上翻落，弄得满头都是灰泥。"可恶！"他们立刻高高蹦起，冲到阿杉面前，一副恨不能一把揪住她的架势怒道，"滚！滚出去！"

阿杉却叉着腰，丝毫没有流露出老年人的胆怯。匠人们一下子被这气势震慑住了。他们没想到竟会遇到这样一个老太婆，看她的打扮和言辞，也能猜出是个武士的母亲，一旦搞砸可就不好了。于是，匠人们的脸上顿显惧色。

"以后若敢再这样无礼，我饶不了你们。"阿杉这才罢休，朝路上走去。驻足的路人目送着她倔强的背影，逐渐散去。

这时，一个泥脚上还粘着刨屑的泥瓦匠小学徒却忽然从工地一旁跑了出来。"喂，老太婆！"话音未落，便将提桶里的淤泥往她身上一倒，立刻藏了起来。


二


"干什么？"阿杉回过头来的时候，恶作剧者早已不见了。她发现浇在自己背上的壁土，紧锁双眉，脸都气歪了。"笑什么？"她冲着发笑的路人发泄起来，"嘿嘿嘿，有什么可笑的？别以为就我一个是老人，不久后你们也都会变老。我老婆子千里迢迢来到这里，你们不但不体恤我，还往我老婆子身上泼泥，又龇着牙嘲笑，这难道就是你们江户的人情？"

阿杉似乎并未意识到，她越是骂，来往的路人便越是驻足观看，越发笑个不止。

"江户江户，好像全日本再也没有比这儿好的地方了，到处都传疯了，我还以为真的上了天堂呢，可来这儿一看，什么啊，到处都在毁山填河，挖沟造海岛，全都是尘土，而且人情冷漠，世风低俗。在京都，在西边，我还从未遇到过这样的事情呢。"

骂完之后，阿杉似乎解了口气，丢下仍在嬉笑的人群，恨恨地加快脚步离去。

城里到处都是新木头新墙壁，看着晃眼，而一走到空地，尚未完全掩埋的地上仍会露出干枯的芦苇根。干牛粪的气息直到人的眼睛和鼻子。"这就是江户？"阿杉处处对江户不满意，甚至觉得在新修建的江户城中，最古老的物件似乎便是自己。

的确，在这片土地上生活的几乎全都是年轻人。开店的老板是年轻人，骑马的官差、按着草笠大步路过的武士、劳工、匠人、小贩，还有步卒与部将，所有人都是年轻人。这里完全就是年轻人的天地。

"若不是来寻人，这破地方我一天都不想待……"阿杉咕哝时，不觉又停下脚步。因为这里也在挖沟，她只能绕路。挖出的土不断地被车拉走。芦苇荡刚被填埋，木工们便立刻在上面建起房子。他们还没走，敷着香粉的女人们便已在短帘后面刷起眉毛，卖起酒，或是挂起生药的招牌，堆放起绸缎布匹来了。

这一带正在整修连通旧千代田村和日比谷村的奥州大道的田中小道，当然一片杂乱，倘若再往江户城周边走走，那里也有太田道灌以后于天正年间来到这里成为新领主的大名的小路和宅邸区，多少也体现出一点城市的厚重，但阿杉尚未走到那里。由于这两天看到的、走到的全是迅速开发的地区，她便以为这就是江户的全部，不免焦躁起来。

阿杉无意间向还未挖成的枯壕桥畔一望，只见那里有一间临时搭建的小棚，四面挂着席子，削尖的竹子钉在压板上，入口则挂着短帘，一杆小旗伸出外面。仔细一看，上面写着一个"汤"字。于是，她将一枚磨光的永乐钱交给伙计，进了澡堂。冲洗汗臭并非她的目的。她借了根竹竿，将衣服脏的地方洗了洗，便晾晒在小棚一旁，然后只穿一件贴身单衣，在刚才洗的衣物下面抱起干瘦的细腿，望着路上的光景，等待着衣服晾干。


三


阿杉不时摸摸晾晒的衣服。太阳挺毒，本以为衣服很快会干，却迟迟未干。由于只穿着单衣和贴身裙，本不讲究外表的她也在意起路人的目光来，一直躲在澡堂后面。

这时，路对面忽然传来了说话声："这块地有多少坪？便宜的话可以谈谈。"

"总面积至少有八百坪。刚才给出的价已是最低，没法再让了。"

"太贵了。你不觉得有点离谱吗？"

"哪儿的话，光是填土花去的工钱就不是个小数。而且这一带已经没有地皮了。"

"什么，别的地方不都在填吗？"

"可这儿还是遍地芦苇的时候，就已经被大家疯抢一光了，静待买家的地块连十坪都没有了。当然，若是靠近隅田川的河滩附近，倒是还有一点。"

"真的有八百坪吗？就这么一点地。"

"你若不信，可以自己拉绳子量量看嘛。"

只见四五名商人在口干舌燥地交涉一宗土地交易。阿杉隔着路隐约听到那价钱，眼睛都睁圆了。在乡下，几十块能产稻米的田地，在这里却只值一两坪的钱。如今，江户的商人就像患了热病似的，都在做土地的投机买卖，刚才那样的情景随处可见。

"既不能产米，也不是城里，为什么这里的人们会花那样的天价去买呢？"她实在觉得不可思议。

不久，大概是交易谈妥了，只见刚才站在填埋地上的人影击掌后散去。

"咦？"

正当阿杉呆呆地望着那光景的时候，背后竟来了一个人，悄悄将手伸进她的衣带。阿杉一把抓住对方的手。"小偷！"她大喊一声。而她的零用钱包已经掉出腰带，正被那名不知是土工还是轿夫的男子抓在手里。男子往大路上跑去。

"抓小偷！"仿佛人头被拿走一样，阿杉紧追不舍，紧紧抓住男子的腰，"快来人啊！来往的各位，快抓小偷啊！"

对方打了阿杉几个耳光，可她还是不撒手。男子终于被逼急了。"烦死了！"说着，他抬脚就朝阿杉的肚子上踢去。

小偷的失策之处便是将阿杉看成了寻常的老太婆。"呜!"尽管阿杉惨叫一声倒在地上,可与此同时,即使只剩一层贴身单衣也会插在身上的小刀却一下子被她拔了出来。她立刻还以颜色,朝对方的脚踝上刺去。

"啊,痛!"拿着钱包的小偷拖着跛脚又逃了十间左右,后来大概是失血过多,竟瘫坐在路上。

刚才在填埋地上击掌而去的那人叫半瓦弥次兵卫,此时他正带着一名手下走在路上。"咦?那家伙不是前一阵子还在我那儿游手好闲的甲州人吗?"

"好像是。他手上还攥着一个钱包呢。"

"刚才就听见有人喊抓小偷,原来这家伙离开我那儿后,手脚还是不干净啊。哦,那边有个老婆婆倒在地上。我去抓那甲州人,你先去照看一下那老婆婆。"说着,半瓦一把抓住就要逃走的跛子的脖子,就像摔蝗虫一样将其扔到空地上。


四


"头儿,那家伙应该是拿了老婆婆的钱包。"

"钱包我已经夺回来了。那老人怎么样了?"

"没有大碍。虽然一度昏了过去,可一醒过来就'钱包、钱包'地呼喊起来。"

"可她怎么还坐着?起不来了吗?"

"让那家伙踢着一边的肚子了。"

"你这家伙！"半瓦瞪了小偷一眼，朝手下吩咐道，"阿丑，打桩！"

打桩——一听这两个字，小偷顿时像脖子被架上刀一样哆嗦起来。"头儿，您就原谅我这一回吧。以后我一定痛改前非，好好做事。"他跪倒在地，连磕头带作揖。

半瓦摇摇头。"不行，不行。"

这时，手下已跑过去带来两名正在建便桥的木匠，接着用脚示意着空地的中央，对木匠说道："打在这边。"于是，两名木匠便将一根木桩打进地里。

"半瓦大人，这样可以吗？"

"好好。把那家伙绑在那儿，头旁边再给我钉一块板子。"

"您要写点字吗？"

"对。"

半瓦借用木匠的墨斗，用角尺笔写下了如下几行字：

此一小贼，前几日尚是本瓦作坊之混吃者，因再度作恶，故将其曝晒七日七夜，以示惩戒。

木工町弥次兵卫

"多谢。"写完，半瓦将墨斗还给木匠，又拜托造桥的木匠和附近的土工道，"拜托，请不时拿点剩饭什么的给他吃，别让他饿死了。"

大家异口同声应道："知道了。那我们就好好嗤笑他一下。"

这里所谓的"嗤笑",便是商人社会中最严厉的制裁。由于武家之间常年战乱,治安和刑法极不完善,为了维护自己的秩序,商人便发明了这种私刑。尽管新兴的江户政权已建立町奉行等组织,并沿用了从前的大庄屋制度,正在努力构筑起新的统治秩序,可民间的旧习却并非立刻就会销声匿迹。不过,对于正在构筑中的混乱社会来说,这种私刑似乎还有存在的必要,因而町奉行也无意取缔这种行为。

"阿丑,把钱包还给那老婆婆。"等把钱包还回阿杉手里后,半瓦又道,"真可怜,这么大年纪了,还一个人承受旅途劳顿……她的衣服呢?"

"洗了,正晾在澡堂子一边呢。"

"那,你拿着她的衣服,把她背起来。"

"带回家?"

"对。若是只惩戒小偷,却把老人撇下,说不定哪个恶人又会起歹意。"

当手下抱起阿杉半干的衣服,背起她跟在半瓦身后离去后,簇拥在大路上的围观人群也逐渐散去。

五

日本桥竣工后还不到一年。比起在后来的锦绘等绘画上看到的景象,眼前这真实的河面是那么宽阔,两岸筑起

153

的新石墙是那么雄伟，白木的栏杆是那么清新。镰仓船，小田原船，过桥的船只多得都挤到了桥边。河对岸，浑身鱼腥味的人们则吵吵嚷嚷地忙着叫卖。

"痛……呜，痛。"尽管阿杉不停地皱眉，在半瓦手下的背上哼哼不已，可鱼市上的鼎沸人声也让她瞪大了眼珠。

听到不时从手下背上传来的呻吟声，半瓦回过头。"马上就到了，再忍忍。又不会伤及性命，您就别那么哼哼了。"路人频频侧目，半瓦只好如此提醒。

之后，阿杉就变得像婴儿一样乖巧，把脸贴在手下的背上。

锻冶町、枪町、绀屋町、叠町，这里的街市全都是按不同的职业划分的。而半瓦在木工町的家十分特别，屋顶的一半是用瓦葺成的，谁都能一眼看到。两三年前，一场大火之后，街市的房子就都变成了木板屋顶，而以前则几乎全是稻草屋顶。由于弥次兵卫只在朝着大路的一面用了瓦片，所以才被人们"半瓦、半瓦"地戏称起来，他也自鸣得意。当初移住到江户时，他还只是一介浪人，由于他极具才气与侠气，善于笼络人心，就成了商人，开始承接建造屋顶的生意，不久又承接起诸侯大名的工程，并兼做土地买卖等，现如今已成了甩手掌柜，还获得了"头儿"的特殊敬称。

如今的新江户，被唤作"头儿"的特殊权势者除了他还有很多，已经成为一个特殊族群。不过即使在这一群体里，他也算得上是个颇有影响力的"头儿"。

正如商人们将武家尊称为"武士"一样，他们将这一族尊称为"侠客"，倒不如说将他们当成了与自己一样居于武家之下的朋友。自从来到江户之后，尽管这些"侠客"的风俗和精神面貌都产生了很大变化，但他们并不是受到江户的影响。早在足利朝末年的乱世就有了人称"茨组"的党徒，当然，那些人当时还未被尊称为"侠客"。据《室町殿物语》等记载："其装束者，茜染下带系于裸身，小王打上带缠绕数重，三尺八寸之朱鞘刀，刀柄缠至一尺八寸，二尺一寸之打刀亦同。头发散乱，系麻绳以为头巾，扎黑革之绑腿，常二十余人同行，间或肩扛钉耙、钺之类……"

当时人们一见到他们，便顿生恐惧，慌忙让路。"这就是赫赫有名的茨组，不要说话，千万不要靠近。"这些所谓的"茨组"，尽管嘴上高唱王道仁义，却公然打着"劫夺强盗乃武士之惯习"的旗号，经常外出劫掠，而一旦发生街头巷战，他们便会化为无赖，无论是敌人还是朋友都会出卖。所以一旦世道恢复和平，他们便会遭到武家和民众的共同驱逐，性质恶劣者甚至会被逼至山野，沦为劫匪，而一些有骨气者则发现了江户这一片新天地，看中了正在这里兴起的文化。"我们要以正义为骨，以民众为肉，以侠义为皮，做一个堂堂的侠客。"于是新兴的侠客便从各种职业和阶级中脱颖而出，如今已经闻名遐迩。

"我回来了。快来人！我带回来一个客人。"一回到家，半瓦便冲着粗犷的商铺风格的房子里嚷嚷。

# 打架河滩

## 一

看到半瓦心地善良，阿杉便在其家里住了下来。不觉间，一年半的时间一晃而过。在这一年半里，阿杉究竟做了些什么呢？其实也没什么，身体康复之后，她便一直惦念着：不觉间打扰了人家这么长时间，我也该告辞了。就这么今日复明日，明日复后日，一面惦念一面悠闲地过了下来。但即使想告辞，也很少能和半瓦弥次兵卫碰上面。即使偶然碰面，半瓦也总是说："用不着如此着急，慢慢寻找那仇敌就是。我的人也会一直帮您留意。等打探到武藏的下落，我也会助您一臂之力。"听他如此说，阿杉便又不愿离开了。

在半瓦家里一住就是一年半，就连最初厌恶江户风土人情的阿杉，也切实感受到了江户人的热情。多么自由的生活！她试着眯起眼睛，审视这片土地上的人们。尤其是半瓦的家里，这里既有百姓出身的懒汉，也有关原落败的浪人，还有卷走了父母一生积蓄逃出来的败家子，甚至不乏那种受过黥刑、前一天才刚出牢狱的人。所有人都在半瓦这名家长的庇护下过着大家族式的生活，在杂乱、粗犷和散漫中维持着一种井然有序的阶级制度。

他们以"磨炼男人"为信条，以"六方者道场"为门户。在这种六方者道场里，头儿的下面有大哥，大哥的下面有手下，手下当中又有严格的新老区别，其他诸如客人规矩、朋友礼节等，虽无明文规定，却也非常严谨。

"若您实在闲得无聊，不妨帮着照顾一下年轻人的生活。"由于弥次兵卫曾这么说过，阿杉便把许多懒散者的浆洗缝补等活计全都集中起来，每每召集女缝工来帮着整理。

"不愧是武士家的掌门人，看来本位田家也颇有家风。"过惯了粗野生活的人全都交口称赞。阿杉严格的起居与家政管理也让他们深感赞叹，而且这也有助于纠正六方者道场的风纪。

所谓"六方者"，也与"不法者"的意思相通。这其实只是一个绰号，是人们从配着长柄的大小两刀、撑着两条光腿和两根鞘尾走路的侠客姿势中想象出来的。

"一旦发现那个叫宫本武藏的武士，立刻向老婆婆报告。"尽管半瓦的手下一直都在留意，可都过了一年半了，武藏的名字在这江户仍杳无音信。半瓦从阿杉口中了解到她的愿望和境遇后深感同情，因此他对武藏的看法自然便是阿杉对武藏的看法。"多么了不起的老婆婆。可恨的是武藏。"他还特意在后面的空地上为阿杉建了一室，在家时还早晚前去请安，奉若宾客。

手下人不解，便问道："善待宾客是好事，可您身为头儿，为什么要如此郑重呢？"

半瓦是这样回答的："最近我一看到老人，哪怕是别家的老人，也想尽一点孝道。由此你应该能明白我对死去的父母是多么不孝了吧。"


二


街市上的野梅凋谢了。现在的江户几乎还没有樱花，仅仅能在近山的崖上看到一些发白的山樱。不过近年来，竟有一些奇人在浅草寺前移植了不少樱花行道树，尽管树还很小，据说今年的花蕾却不少。

"老婆婆，今天我想陪您去浅草寺那边走走，不知您愿意去吗？"半瓦劝诱道。

"哦，我也是信观世音的。那你可一定要带我去。"

就这样，阿杉也加入进来。半瓦让手下菰十郎和侍童小六带了便当等，从京桥堀乘船出发。一说"侍童"，听起来似乎很文雅，可半瓦的这位侍童却脸带伤疤、肌肉发达、生性好斗，撑得一手好橹。

当船从护城河划到隅田川的时候，半瓦命人打开食盒，说道："老婆婆，今天其实是家母的忌日。可就算我想去扫墓，故乡也远在他方，于是便想去浅草寺参拜一下，做件善事。所以就权当是出来游山玩水，来，喝一杯吧。"他拿起酒杯，手伸出船舷，用隅田川的水涮了一下杯子，然后为阿杉斟上酒。

"是吗？你可真是宅心仁厚。"阿杉不由得想到不久后也会降临到自己身上的死亡，接着又想起了又八。

"来，喝一点不会有事吧？虽然是在水上，可是有我等服侍，您安心喝就是，醉了也无妨。"

"可今天是令堂的忌日，喝酒合适吗？"

"六方者最讨厌的就是撒谎和虚情假意。而且这些人都是门徒，不大懂事，没事的。"

"好久没喝酒了。但同样是喝酒，我从没有像现在这么畅快啊。"于是阿杉又喝了一杯。

从隅田宿方向流到这里的大河波澜壮阔，靠近下总的岸边是郁郁葱葱的森林，河水冲刷着树根，在阴涂处呈现一片蔚蓝，显得安静而深邃。

"哦，黄莺叫了。"

"梅雨时节，连白天都会有子规声呢……但现在还不是子规啼叫的时候。"

"敬您一杯。头儿，今天我老婆子也沾了您供养的光啊。"

"是吗，您能高兴，我也深感欣慰。来，再来一杯。"

这时，正摇橹的侍童眼馋地说道："头儿，能不能让我也喝点？"

"正因为你摇橹摇得好，才把你带出来。路上喝酒危险，回去后爱喝多少喝多少。"

"忍耐可真是件痛苦差事。在我眼里，这河里的水简直都变成酒了。"

"去，把船往那边撒网的渔船边靠靠，买点下酒菜。"

侍童心领神会，于是将船摇近。一阵交涉后，渔夫便把船板打开，要他将所有打上来的鱼都拿走。全都是珍稀鱼类，这让一直生长在山里的阿杉惊讶得双眼圆睁。在船底活蹦乱跳的有鲤鱼、鳟鱼、鲈鱼、虾虎、黑鲷，还有斑节虾和鲇鱼。

半瓦立刻蘸着酱油吃起银鱼，并劝阿杉也品尝一下。

"我不大吃生的。"阿杉摇摇头，吓得慌忙推开。

不久，船只抵达了隅田河滩的西岸。一上河滩，浅草寺观音堂的茅草屋顶便从岸边森林中露了出来。


# 三


一行人下船上了河滩。阿杉有点醉意，大概是年龄的原因吧，下船时总觉得脚底下有点踉跄。

"危险，让我拉着您吧。"

半瓦刚牵住阿杉的手，阿杉便甩开他。"没事，不用。"她原本就不喜欢别人把她当成老人看待。

手下菰十郎和侍童小六拴好船，跟在后面。河滩开阔无边，眼前全是石头和水。一些正在河滩上翻着石头捉蟹的小孩望见上岸的人影，便喊道："大叔，买点吧。老婆婆，买点吧。"

孩子们一齐围到半瓦和阿杉周围，纠缠着要两人买。

半瓦似乎很喜欢孩子，面对着纠缠丝毫不觉得厌烦。"什么啊，螃蟹啊。螃蟹可不要。"

"不是螃蟹。"孩子们一齐把兜在衣服下摆中的、装在兜里的以及拿在手中的东西给半瓦看，"是箭镞，是箭。"争着说道。

"什么，箭镞？"

"嗯，是箭镞。浅草寺旁边的树丛里有埋着人和马的坟冢，参拜的人都往那儿供箭镞呢。大叔也去供供吧。"

"箭镞我不要。但钱还是会给你们的，这下该行了吧？"

半瓦给了钱后，孩子们散去，又挖起箭镞来。他们的父母则从附近的茅草屋中出来，把钱收走。

"真是的！"半瓦见状似乎不悦，他咂着舌，把视线岔到一边。阿杉则恍惚地望着辽阔的河滩入了神。

"这里竟有那么多箭镞，看来这河滩上也发生过战争啊。"

"我也不清楚，但这里还被称作茬土庄的时候，就经常发生战争。往远了说，治承年间，源赖朝从伊豆渡海过来，就是在这河滩上召集关东大军。还有南朝的时候，新田武藏守在小手指原一战中纵横驰骋，也是在这一带遭到足利一方的箭雨乱射。至于近的，天正年间，太田道灌一族以及千叶氏一党就曾几度在这里兴衰，其遗迹据说就是这前面的石子河滩。"

菰十郎和侍童二人边说边走，已来到浅草寺的佛殿走廊，率先坐下。

阿杉抬眼一看，所谓的寺院徒有其名，只是一座破烂的茅草堂和堂后僧人住的破房子而已。"什么啊，这就是江户人常说的金龙山浅草寺？"她有些失望。在看惯了奈良京都一带古文化遗迹的阿杉眼里，这里太过原始了。

旁边就是隅田川的下游大川，即使在平常，河岔的水也会没到佛殿的墙根来。发洪水时，河水大概就会冲刷到森林的树根吧。围绕着佛殿的树木全都是历经千年的乔木。忽然，不知何处传来了采伐乔木的斧头声，不时传来怪鸟啼叫般砑砑的声音。

"啊，您来了。"突然，头顶上传来一声问候。

谁？阿杉吃了一惊，抬眼一看，只见佛殿的屋顶上坐着一个和尚，正在用茅草修缮屋顶。

看来，连这城市的边缘都有人熟知半瓦弥次兵卫的面孔。只见半瓦从屋下面寒暄道："辛苦了。今天又在修屋顶啊。"

"是啊，这边的树林里栖息着大鸟。无论怎么修，它们也还是会啄走茅草，叼到它们的巢里去，所以就经常漏雨，真让人头痛啊。我马上就下去，请您稍候。"

四

供上神灯，在堂中坐下。怪不得会漏雨呢，无论墙壁上，还是屋顶内侧，都有星星般的光线透进来。

"如日虚空住，或被恶人逐。堕落金刚山，念彼观音力。不能损一毛，或值怨贼遶。各执刀加害，念彼观音力。咸即起慈心，或遭王难苦。临刑欲寿终，念彼观音力。刀寻段段坏……"与半瓦并排的阿杉从袖中取出念珠，已然进入了万念皆空的状态，吟诵起《普门品》来。起初是低声，不久便似忘记了半瓦及其手下的存在，声音愈来愈高，面孔看起来也像是被附了体。

诵完一卷之后，她颤动地掐着念珠，口中吟道："众中八万四千众生，皆发无等等，阿耨多罗三藐三菩提心。南无大慈大悲观世音菩萨，还请看在我老婆子诚心向佛的份上，保佑我能早一天杀死武藏。保佑我杀死武藏，保佑我杀死武藏。"然后，声音和身体又突然沉了下去，叩拜在地，"保佑又八那畜生成为一个好儿子，替本位田家光宗耀祖。"

看到阿杉祈祷完毕，守堂的僧人便说道："那边已经烧开水了，请用杯粗茶吧。"

为了阿杉，半瓦和手下也都跪麻了腿，只见他们揉着腿站起来。手下菰十郎问道："这儿已经能喝酒了吧？"

得到允许之后，他立刻跑到堂后僧房的走廊里打开便当，并让对方烧烤他在船上买的鱼。"这附近虽无樱花，但感觉就像是来赏樱似的。"当面前只剩下侍童小六的时候，他便彻底放松下来。

半瓦包好布施，说道："这些请权添作修葺屋顶的费用吧。"说着，他捐献了若干香资，无意间往墙壁上参拜者的捐赠牌一看，不禁瞪大了眼睛。多数人的捐献额要么跟他刚才捐赠的差不多，要么在他之下，只有一人的捐献数额超群，写着黄金十锭，署名信浓奈良井宿大藏。

"法师。"

"请讲。"

"请恕在下冒昧地问一句，若说黄金十锭，在当今应算是巨资了。那个奈良井大藏真的就那么有钱吗？"

"贫僧也不清楚，他只是去年年底随意来参拜的，还说这关东第一的名刹居然如此凄惨，这钱就添作修建宝寺的木材费吧，留下钱后便离去。"

"世间竟真有如此洒脱之人啊。"

"可是，贫僧后来又听说，那大藏先生给汤岛的天满宫敬献了黄金三锭。至于神田的明神神社，由于那里供奉着平将门公，他便说人们纷传的将门公谋反之事乃天大的错误，关东的开化也有将门公的一份功劳，于是就献纳了黄金二十锭。世上还真有这种不可思议的奇人……"

就在这时，河滩与寺院之间的森林里忽然传来一阵杂乱的脚步声。


## 五


"小孩，要玩到河滩上玩去！别到寺里来捣乱！"值守的僧人在走廊上喊道。可闯进来的孩子们仍像鱼群一样一下子汇集到走廊里，纷纷说道："不好了，大师。""不知从哪里来的一名武士在河滩上跟一群武士们打起来了。""一个人对四个。""连刀都拔出来了。快去看看吧。"

值守僧人一听，立刻穿起草履，口里还咕哝着："又打起来了？"刚要赶去时，又回过头来对半瓦和阿杉等说道："贵客，请恕失礼。怎么说呢，这里的河滩动不动就会成为决斗的场地，有特意骗出来的，还有群殴的，天天都是血雨腥风。每次都会被奉行所索要检讨书，只好去看一下。"

孩子们早已跑到了河滩的森林边上，兴奋地大喊大叫。

"决斗？"喜欢看热闹的半瓦的两个手下，还有半瓦，也都跟着跑去。阿杉则最后一个穿过森林，站在河边的树下远望。但她腿脚慢，跑到近处看时，已经没有一个打架者的影子了，而且就连刚才还在喧闹的孩子们、奔出去的大人们和附近渔村的其他男女们，也全都悄无声息地躲在森林里或树后，大气都不敢喘一下。

阿杉觉得奇怪，但她立刻也屏住了呼吸，只能凝神远望。目之所及全是遍布着石头和水的广阔河滩，水天一色，唯有燕子在天地间翱翔。再仔细一看，只见远处正有一名武士踏着清澈的水流和乱石走来，一脸若无其事。若说人影，只有这一个。

武士十分年轻，背着大太刀，身穿舶来衣料制成的牡丹色武者外褂，甚是华丽。也不知他是否意识到了树荫后众人的目光，总之他毫不在乎。忽然，他停下脚步。

"啊！啊！"这时，阿杉附近的旁观者低声喊了起来。阿杉也一愣，睁大了眼睛。就在距武士身后十间远的地方，有四具尸骸横躺在那里，惨不忍睹，决斗的胜负一目了然。面对四个人的围殴，独自一人的年轻武士似乎取得了完全胜利。

可是，四人之中还有一个伤势较轻者，多少还有些气息。武士一惊，回过头时，只见尸骸中一个浑身是血的家伙鬼魂般追了上来。"还没……没……胜负还没……休逃！"

武士重新转过头，静候对方。

"还没……我、我、我还活着！"只见火球般的负伤者呼喊着又杀了过来。而武士则后退一步，将其让了过去。"这样还活着吗？"

对方的脸就像被切开的西瓜一样，顿时被一刀劈成两半。武士背上的杀人之刀是一把人称"晾衣杆"的长刀，无论是他越过肩膀握刀柄的手，还是劈开对方头颅的手，速度都快得让人来不及反应。


# 六


武士擦拭着刀，然后在河流中洗起手来。即使那些每次都在这里观看决斗的人，也都为其沉着冷静的神态感叹不已。而由于这一幕太过凄怆，有人光是看看便吓得面如土色。总之一时间，所有人都沉默了。

这时，只见擦净手的武者欠起身喃喃着："真像岩国川的水啊，不由让我想起了故乡。"他平静地看了会儿辽阔的隅田川和不时掠过水面的燕子那泛白的腹部。不久，他突然疾走起来。尽管已不必担心尸骸会再次追上，但他似乎想到了之后的麻烦。

忽然，他在河滩上发现了一条带着橹的小船，大概觉得正好可以乘用吧，便径直上了船，准备解开拴着的绳子。

"啊，武士！"喊话者是半瓦的手下菰十郎和侍童小六。二人边喊边跑向河滩。"你要把这船怎样？"他们责问道。

武士身上仍散发着一股血腥味，裤子上和草鞋绳上也沾着溅上的血迹。"不行吗？"武士松开绳子，微微一笑。

"当然。这是我们的船。"

"是吗？那我给钱行不行？"

"开什么玩笑，我们又不是摆渡的。"

面对以一人之力斩杀四人的强悍武士，仍能以如此粗暴的语气与其对话，这无疑是关东的新兴文化在侍童小六和菰十郎身上的一种表现，是新将军的威势和江户风土的一种展现。

武士并未道歉，但也没敢硬来，只见他下了小船，默默地朝河滩下游走去。

"小次郎先生！这不是小次郎先生吗？"阿杉忽然挡在他的前面。两人一碰面，小次郎不禁"啊"了一声，这才将凄怆的表情从脸上丢掉，换上笑容。"您怎么在这儿？啊，我还一直惦记着您后来怎么样了呢。"

"我今天跟收留我的半瓦主人和年轻人来拜观音呢。"

"上次是什么时候来着？对对，记得上次在叡山见到您的时候，您说要去江户，我就直觉有可能会碰上您，没想到竟会是在这里。"小次郎说着回过头来，望了望呆住的菰十郎和侍童小六，"那，他们也是跟老婆婆一块的？"

"对。只有头儿是个堂堂之人，其他年轻的全都是些粗野之人。"

阿杉居然站着跟这小次郎亲密地攀谈起来，众人深感惊讶，半瓦弥次兵卫也十分意外。于是，半瓦也走了过来。"刚才手下对您多有冒犯，"他谦恭地致歉，"正巧我们也正要赶回去，如不嫌弃，就由在下送您过去吧。"他邀请道。

# 刨屑

## 一

几人乘小船同归。有个词叫"同舟",人一旦将自己的身家托付于同一条船上,心自然就会融合到一起,不用说还有酒和新鲜的鱼。而且阿杉与小次郎自见第一面起就不可思议地情投意合,分别之后,心里话也积攒了不少。

"你还在修行吗?"

阿杉一言,小次郎便一语:"您的宏愿还没实现?"小次郎所说的阿杉的宏愿,自然是指"斩杀武藏"一事了,但最近丝毫没有武藏的消息。

"不,我听说,去年秋冬之时,他还曾拜访过两三名武艺者呢。他一定还在江户。"小次郎用力说道。

这时,半瓦插进话来:"在下虽不才,不过听了老婆婆的身世,也想帮她一把,可至今仍没有武藏那家伙的一点消息啊。"就这样,话题便以阿杉的境遇为中心,找到了切合点,"今后还请多多关照。"半瓦说道。

"哪里哪里。"说着，小次郎洗了洗酒杯，不光给他斟上，也顺次给他的手下斟上了酒。

由于方才已在河滩上目睹了小次郎的实力，一旦误会解除，侍童小六和菰十郎自然就无条件地尊敬起他来。而半瓦弥次兵卫见小次郎是自己一直照顾的老婆婆的朋友，也可谓肝胆相照。被众多后盾围着，阿杉不禁感慨万千，说道："都说'世间总有好人在'，果真不假，无论是小次郎先生，还是半瓦的弟兄们，都如此关照我这个老婆子……这让我怎么说好呢，这也算是观世音的护佑吧。"她感激涕零。

眼见话题行将沉闷，半瓦说道："对了，小次郎先生，刚才您在河滩上结果的那四人究竟是什么人啊？"

半瓦的问题正中小次郎下怀，他开始了一贯擅长的阔论。"他们啊。"小次郎若无其事地一笑，"他们本是出入于小幡府中的几个浪人，前些日子，我五六次造访小幡，与之谈武论道时，这几个家伙总是横插一杠子，他们不光是在武道上，在功夫上也自以为有两下子，于是我就说，那你们就到隅田河滩来试试吧，来多少我都会奉陪，好让你们见识见识岩流的秘术和晾衣杆的厉害。于是今日就来了五人，其中的一个刚打照面就逃走了。哎呀，看来这江户还是有许多耍嘴皮子的人啊。"说着，便端着肩膀笑了起来。

"您所说的小幡是……"半瓦问道。

"你不知道？就是甲州武田家那位小幡入道日净的后人

勘兵卫景宪啊。后来被大御所收留，如今已是秀忠公的武道老师，自立门户。"

"那个小幡啊。"如此有名的人物，小次郎竟如老朋友般如数家珍，半瓦望着他的脸，不禁暗暗佩服：这名年轻的武士虽然还留着额发，竟是如此了不起。


二


六方者单纯，而市井之事却复杂得很，可侠客们偏偏要单纯地活在市井里。半瓦完全为小次郎倾倒。此人了不起！一想到这里，秉性单纯的侠客便一条死理地迷恋下去。"跟您商量个事，如何？"他立刻便与小次郎商谈起来，"平时一直有四五十个年轻人跟随在下，住处后面也有一块空地。若是在那儿建一处道场，您看如何？"他不觉透露出想将小次郎留在自家的意向。

"这个嘛，帮你教一下也未尝不可，但诸侯们都在三百石、五百石地抢我呢，这也实在让我为难啊。不过，我自己早就打定主意，千石以下决不考虑。所以眼下嘛，尽管我仍在借住的公馆里赋闲，可毕竟也是欠着对方的人情，不好贸然脱身。要不这样吧，若是一个月来个三四次，我倒是可以教授一下。"小次郎说道。

一听此话，半瓦的手下便越发敬重小次郎。尽管小次郎的话语间总是暗含着不谦虚的自我吹嘘，但半瓦之流怎可能听出来。"那样也行。那就拜托了。"半瓦谦逊地说道,"请一定来玩。"

阿杉也接过话茬:"那我们就等着你了。"

当小船进入京桥堀的拐角处时,小次郎说道:"就在这儿把我放下来吧。"说罢登陆而去,那牡丹色的武者外褂便淹没在城内的尘土中。

"真是个可靠之人。"半瓦仍在感叹不已。

阿杉也极力称赞道:"这才是真正的武士呢。像这种人,大名们就是花五百石都抢不着啊。"说着,她忽然又喃喃自语起来:"若是又八那不争气的畜生也能有如此出息就好了……"

时隔五天,小次郎来到半瓦家。四五十名手下便逐次到他所在的客厅里问安。

"这儿的生活倒是挺有趣。"小次郎说着,似乎由衷地感到愉快。

"我想在这儿建一处道场,可否看一下?"半瓦殷勤地邀请着,将其带到了宅院后面。那儿是一块两千坪左右的空地,空地上有一处染坊,晾晒着许多染好的布匹。由于那儿是半瓦租出去的,所以只要收回来,想扩多大就能扩多大。

"若是这儿,路人连来都不会来,根本用不着建道场,露天即可。"

"那,下雨的日子呢?"

"我也不是每天都能来,就先露天将就着练吧。只是

172

我的训练比起柳生或城里的师父们要粗暴一些，弄不好甚至还可能出残废，死人也是有可能的。倘若这一点不能担待……"

"当然，当然能理解。"于是，半瓦便将手下们召集起来，令其起誓服从小次郎。


## 三


练功一月三次，每次定在逢三的日子，一到这一天，小次郎便会现身半瓦家中。

"侠客中又增添了一倍的侠客呢。"

附近都传扬起来。小次郎华丽的身姿无论待在哪里都会受到瞩目。

"下一个！下一个！"只见小次郎手持枇杷木的长太刀，一面大声吆喝，一面在染坊的晾晒场上训练众人，原本华丽的身姿如今更引人注目。他究竟到何时才会元服呢？都到了二十三四岁的年纪，却仍留着额发，露出一只膀子时，便连里面那耀眼的桃山刺绣的衬衣都会露出来，袖带也用的是紫色皮革。

"我早就说过，一旦被枇杷木打中，连骨头都会烂，所以一定要想好了再过来。快，下一个！怎么不过来？"

正因服饰艳丽，言语中透出的杀伐之气也就越发恐怖。而且说是练功，可这位教头毫不留情。在这块道场上，今天虽只是第三次练功，可半瓦家已经有一人残废，四五人受伤，躺在里面呻吟不止。

"不练了？没人出来了？你们若是不练，我也乐得回去。"

小次郎刚要开始那一贯的毒舌，人群中一个手下犹豫着站了起来。"好，我来打头阵。"可当他来到小次郎面前，刚要捡起木刀，只听咔的一声，他连刀都没能拿起来就趴在了地下。

"刀法最忌讳的就是大意。咱们刚才练的就是这个。"说着，小次郎又环顾周围三四十人。大家全都咽了一口唾沫，被他严厉的训练方式吓坏了。

手下们立刻将趴在地的男子抬到井边，往他身上浇水。

"不行了！死了！"

随后又有人跑过来，吵嚷不已，而小次郎却理都不理。"这么点事就吓成这样，那干脆别练了。你们向来不是自诩为'六方者'和'侠客'，动不动就会打起来吗？"只见他穿着短皮裤，一面在空地上转来转去，一面教训道，"反省一下吧，六方者！你们不是让人踩一下就会打起来，碰一下刀鞘就会拔刀跟人家拼命吗？可是一旦动了真格，怎么都变成孬种了？争女人，拼意气，为了这些无聊的事都能豁出生命，却没有一点为大义献身的勇气，做什么都凭意气用事，这样怎么行！"他趾高气扬，继续说道，"没有经历过修行的自信，称不上是真正的勇气。快，起来！"

正当小次郎大放厥词时，有人忽然从后面袭来。可是他一哈腰，偷袭者便一个跟头栽倒在前面。

"痛！"男子顿时惨叫着瘫坐在地上。原来就在小次郎闪身的一瞬，枇杷木刀早已啪的一下打在了对方的腰骨上。

"今天就到此为止吧。"小次郎扔掉木刀，去井边洗手。方才被他的木刀击杀的手下此时已像蒟蒻一样惨白，早已在井旁的水槽中死去。而小次郎就连在那死人旁边洗手时，都未说上一句宽慰的话。

然后，小次郎穿上衣服。"听说葭原那边最近人不少啊……你们一定很熟吧，今晚谁领我去逛逛？"他若无其事地笑道。

## 四

想玩乐时毫不客气，想喝酒时张嘴就要。尽管有炫耀之嫌，却也堪称爽快。半瓦将小次郎的这种行为视作豪爽的表现。"还没逛过葭原？那可得去看看。本来在下陪您去也行，可无奈家里出了死人，必须处理后事。"说着，便把钱交给侍童小六和菰十郎两名手下，吩咐道，"你们快领先生去。"并令其好好服侍小次郎。

尽管临出行时，两人还被半瓦特意叮嘱了一句："今晚你们俩万不可贪玩，要好好侍奉先生，领先生好好玩玩。"可一出门，二人立刻将他的嘱咐忘到了脑后。

"喂，兄弟，像这种差使，要是每天都能有就好了。"

"师父，像逛葭原这种事，以后您要多跟头儿提提啊。"

二人欢闹不已。

"哈哈哈，好吧，那我以后多提提。"小次郎走在前面。

太阳一落，江户便一片漆黑。在京都，就连边缘地带都不会如此昏暗，奈良和大坂的夜晚则会更亮。尽管来江户已一年有余，可小次郎仍未习惯这种黑暗。

"路怎么这么难走。要是带灯笼来就好了。"

"打着灯笼去烟花巷？那还不招人笑话。先生，那边是大土堆，请走下面。"

"可这儿到处都是水洼啊。刚才就滑到芦苇中去了，还弄脏了草履。"

这时，水面忽然发红起来。抬头一望，连远方的天空都成了红色。一轮晚春的明月正挂在那片闹市上方。

"师父，就是那儿。"

"哦……"当小次郎瞪大眼睛时，三人已过了桥，小次郎却忽然返回。"这座桥的名字怎么有点奇怪啊？"他读起木桩上的文字来。

"这儿叫老板桥。"

"的确是这么写着，可为何叫这名字？"

"大概是因为一个叫庄司甚内的老板开了这片烟花巷吧。烟花巷流行的小曲中甚至还有这样一首呢。"说着，菰十郎便在花街红灯的映照下低声唱了起来，"老板前那竹窗棂，一节都令人忘情。老板前那竹窗棂，哪怕一夜诉衷情。老板前那竹窗棂，千年万代云雨情，云雨情……莫怨啊莫怨，藕断情亦连。"

"也借给先生一个用吧。"

"什么？"

"用这玩意儿捂着脸走啊。"

说着，侍童小六和菰十郎二人抽出暗红色的布手巾罩在头上。

"这样啊。"小次郎也学着二人的样子，将缠在裤腰上的红小豆色绉绸罩在额发上，一直拉到下巴上。

"好一副侠骨之风啊。"

一过了桥，眼前的街道上已是华灯绚烂，格子门前人影如织。


## 五


小次郎等人掀开这家的短帘又揭起那家的短帘。其中既有染成暗红色的短帘，也有用阴文印染着黄色花纹的短帘。还有一家青楼的短帘上垂着铃铛，客人挑帘而入时便会发出悦耳的铃声，娼妓们闻声后自会来到窗格子前迎接。

"师父，遮起来也没用啊。"

"为什么？"

"您刚才说是头一次来，可刚才去的那家青楼的女子中，就有个女人一看见您便一声惊叫，随后就躲到了屏风后。师父，我看您就如实招了吧。"

尽管菰十郎和侍童小六都这么说，小次郎却不记得。

"奇怪啊。什么样的女子？"

"您就别装了。快进去吧，刚才那家。"

"我真的是头一次来。"

"进去看看就知道了。"

三人返回刚才那家。短帘上印着裂成三块的巨大三叶槲纹样，边上还有"角屋"二字。柱子和走廊都像寺院一样粗犷，走廊的下面甚至还埋着尚未干枯的芦苇。既不古朴也不淡雅，家具和隔扇也都新得直刺人眼。

三人所进的是二楼的一间临街大客厅，上一拨客人的残羹冷炙和擤鼻涕纸散落一地，仍未打扫。打杂的女人们像苦工一样，正在忙乱地收拾。一个叫阿直的老女人走进来，直说每晚忙得连睡觉的时间都没有，若是一连这么干上三年，恐怕连老命都得搭进去。

"这也配叫青楼？"小次郎望望天棚上无数的竹节，苦笑道，"怎么倒有点乱世的感觉啊。"

阿直辩解道："这里只是临时的，后面正在兴建正式的馆舍呢，是连伏见和京城都不会看到的馆舍。"接着，她又盯着小次郎说道，"武士大人，我好像在哪里见过您。对对，是去年，就在我们从伏见赶来的途中。"

尽管小次郎已经忘记，可听她如此一说，也想起了在小佛岭上遇见角屋一行的事来，方知那庄司甚内便是这儿的主人。"是吗……我们可真是缘分不浅啊。"于是也渐渐有了些兴致。

菰十郎说道："当然不浅了，毕竟这儿有师父熟悉的女子嘛。"他揶揄着，让阿直赶紧将那女子唤来，并将那女子的长相和打扮都告诉了阿直。

"啊，我明白了。"听了菰十郎的描述，阿直立刻前去，可等了半天也没领来，而且当菰十郎和侍童小六到走廊看时，楼内似乎已乱成一团。

"喂，喂。"二人于是喊来阿直，责问是怎么回事。

"不见了。您让我唤来的那女子不见了。"

"那就奇怪了。怎么就不见了呢？"

"刚才还跟甚内先生说起这事，老板也莫名其妙呢。上次在小佛岭上，那位武士大人与甚内老板聊天的时候，那个姑娘就曾躲起来过。"


# 六


这里是刚上了梁的施工现场。屋顶虽已盖上，但还没有墙壁和壁板。

"花桐姑娘，花桐姑娘。"这时，远处传来阵阵呼唤声。寻找自己的人影已好几次穿过那堆成山的刨屑和木材之间，朱实连大气也不敢喘一下，悄悄地躲着。所谓花桐，便是她来到角屋后新取的名字。

"真是讨厌的女人，又没人能替她去应付一下。"

开始时，得知客人是小次郎，朱实才躲了起来，可到了后来，她憎恨的就不止小次郎一人了。清十郎可憎，小次郎也可憎，在八王子时将醉酒的自己拖到草料棚强暴的浪人也可憎，每夜都把自己的肉体当作玩物的玩客们也都可憎。这些全都是男人，男人才是自己的仇敌。可同时，她却又是在为寻找男人而生。寻找像武藏那样的男人。哪怕类似的人也行啊，她甚至想。倘若能遇到一个类似的人，即使不是真爱，或许也能让自己得到些许安慰。尽管她这么想，却从未遇到过这样的玩客。

就在这种追寻与思恋之中，朱实渐感自己已离武藏越来越远，酒也喝得越来越多。

"花桐……花桐。"这时，与工地紧连的角屋后门传来老板甚内的声音。不久，小次郎等三人的身影也出现在工地中。

就在连连的牢骚和不迭的致歉中，三人终于从空地走向大路。大概是死了心回去了吧，朱实终于松了一口气，探出头来。

"啊，花桐姑娘，原来你躲在这儿啊。"厨房的女人就要狂喊。

"嘘。"朱实慌忙摆摆手，示意她不要出声，然后她窥探着大厨房说，"有没有冷酒？给我喝一口。"

"哎？酒？"

"嗯。"厨房的女人似乎被朱实的脸色吓坏，给她倒了满满一壶。只见朱实一仰脖，咕咚咕咚眨眼便喝了个干净。

"你去哪儿？花桐姑娘，你要去哪儿？"

"吵什么吵。我去洗洗脚就回房。"

厨房的女人这才安下心来，关上门。可朱实脚上还粘着泥土，就顺手摸过一双草履穿上。"痛快！"她摇摇晃晃地朝大路走去。

被红色的灯影染红的大路上，清一色都是男人们喧闹嬉戏的身影。朱实不断地咒骂着："都是些什么玩意儿！这些畜生！"接着便吐了口唾沫，跑了起来。

路立刻暗淡下来，白色的星光浮在水沟中。正当她望得出神时，后面忽然传来啪嗒啪嗒的跑步声。

"啊……是角屋的灯笼。什么混账玩意儿，光想好事，看到人家迷失街头，就想敲骨吸髓地逼人给他挣钱，就是把我们的血和肉当成工地上的木头也毫不心疼……谁还会跟你们回去！"这世上的一切都成了朱实敌视的对象。她漫无目的地径直朝黑暗中奔去，只有沾在头发上的一片刨屑在黑暗中随风摇曳。

# 枭

## 一

小次郎酩酊大醉。当然，这无疑是在别家妓院疯玩的结果。

"肩……搭把肩……"

"怎、怎么搭啊，师父？"

"就是要你们两个从两边架着我。我……走不了了。"

于是小次郎靠在菰十郎和侍童小六的肩上，跟跟跄跄地从肮脏的深夜花街上往回走。

"我都劝您住下来了，可您——"

"那样的地方能住吗？喂，再回一趟角屋看看。"

"算了吧。"

"为、为什么？"

"就是把那个躲藏起来的女人硬抓回来，玩起来也没意思啊……难不成您让那女人迷住了？"

"呵、呵、呵。"

"您又想起什么了？"

"我可从未迷恋过什么女人……我不是这种性格，因为我有更大的抱负。"

"那，师父的抱负是……"

"那还用说。既然是以武立身，那就要成为天下第一武者，再成为将军家的教头。"

"真不巧……将军家已经有柳生家了……还有一个叫小野治郎右卫门的人最近也被推举上去了。"

"治郎右卫门……那种人也配？我连柳生家都不惧……你们都给我瞧好了，我马上就会把那些家伙踹下来让你们瞧瞧。"

"小心！师父，我看您还是先留神脚底下吧。"

烟花巷的灯火已经落在后头，路上连个人影都没有。三人刚好来到一条未挖好的沟边，堆起的泥土将柳树掩埋过半，另一边则残留着低低的芦苇和水洼，泛白的星影更浓了。

"要滑了！"

当菰十郎和侍童小六架着硕大的累赘正要从土堆上下去时，小次郎忽然"啊"地惊呼一声，被小次郎一下子甩开的两人也喊了起来。

"什么人？"小次郎往土坡中间一闪，又喊了一声。

话音未落，只听嗖的一声，尽管一刀劈空，从背后袭来的男子并未收住脚步，"啊"的一声跃进了下面的沼泽地。

"不记得了吗，佐佐木？"这时，不知从何处传来一声应答。

"上一次，你竟敢在隅田河滩上连斩我四名同门！"另一个声音说道。

"哦。"小次郎这才跳上土坡，循声望去，只见土堆后、树后和芦苇中竟潜藏了至少十个身影。一看到他站在那里，众人顿时呼啦一下，全端着利刃逼了上来。

"我当什么人呢，原来是小幡的门人啊。上次来了五人，折了四人，不知今夜又有几人想来找死？不想活的我全都成全你们。卑鄙者，来吧！"说着，小次郎的手已探过肩膀，背上的爱刀晾衣杆的刀柄随之发出一声鸣动。


## 二


小幡勘兵卫景宪的宅邸背靠着平河天满宫，后面是一片森林。他在旧房子的茅草屋旁接上新的讲堂和玄关后，便在此处招募门人。

勘兵卫原是武田家的家臣，是甲州武门中名气颇高的小幡入道日净的血脉。武田灭亡后，长久以来一直隐遁山野，到了勘兵卫这一代才被德川家康招出，也曾参加过实战，可由于年老多病，便请辞说想讲讲多年来参悟的兵法，安度余生，于是搬到了如今的地方。

为此，幕府还专门把下町的一片区域送给他作住宅用地，勘兵卫却拒绝说："我乃甲州出身的一介武夫，不习惯住在奢华的深宅大院里。"于是便把平河天满宫的一处古农舍改为宅邸，却总是深居病室，最近似乎连教授门人之事都不大露面了。

宅邸后方的森林里有很多枭，白天都会听到枭的鸣声，于是勘兵卫自号"隐士枭翁"，有时还笑称自己的一把病骨"也是枭中一员"。

他的病似乎便是今天所说的神经痛。一旦发作，从坐骨附近开始，半个身子都会剧烈疼痛。

"师父，好点了没有？您哪怕喝一口水也好啊。"平时一直服侍在身边的是一名叫北条新藏的弟子。新藏是北条氏胜之子，为继承父亲遗学，完成北条流的兵法，他成了勘兵卫的入室弟子，从少年起便砍柴担水，勤学苦练。

"行了……我轻松多了……天就要亮，你也一定困了，去睡吧，睡吧。"勘兵卫的头发已经全白，躯体像老梅树一样枯瘦。

"您不用挂心，新藏我早已睡过午觉。"

"不，能替我教授的只有你一人。白天也连一点睡觉时间都没有……"

"可徒儿觉得，不眠也是一种修行。"新藏按摩着勘兵卫单薄的脊背，无意间看到灯盏的油就要耗尽，便起身去取油壶。

"咦？"伏在枕头上的勘兵卫忽然抬起瘦削的脸，灯光冷冷地映在脸上。

"怎么了？"新藏拿着油壶，望着师父的眼睛问道。

"你大概也听见了吧……水的声音……在石井一带……"

"哦……是人的动静。"

"这种时候能是什么人呢？或许又是弟子们晚上出去玩了吧。"

"我也觉得差不多，我先去看一下。"

"去好好训斥他们一顿。"

"不过师父也累了吧？快休息吧。"

夜色开始泛白的时候，病人的病痛也终于止住，安然睡去。于是新藏轻轻地把被子拉到勘兵卫肩头，打开后门。抬眼一看，只见在石井的水槽处，吊桶早已被绞了上来，两名弟子正在清洗手和脸上的血。

三

北条新藏见状就是一愣，顿时皱起眉头。他连短皮袜都没脱就径直跑到井旁。"又出去了！你们……"他的语气中分明透着叹息和惊讶——我都那样阻止了，你们怎么还这样？可事到如今，再怎么训斥也无济于事了。

石井后面还有一名由二人背回来的重伤门人，就要断气似的正呻吟不止。

"新藏先生。"一看到他的身影，正在清洗血迹的两个门人顿时哭丧起脸，忍着泪水，"遗、遗憾！"仿佛弟弟向哥哥诉苦一样，两人带着撒娇般的呜咽咬牙切齿地骂道。

"混账！"好在新藏并未揍他们，不过声音却严厉至极，"混账东西！"他又骂了一声，"都告诉过你们多少次了，你们不是他的对手，我再三劝阻，你们怎么又去了？"

"可是……可是……那佐佐木小次郎几次三番来羞辱病床上的师父，又在隅田河滩上杀了四名兄弟，我们怎么能咽得下这口气……太过分了！新藏先生居然还要我们忍气吞声，甘受耻辱，这也太过分了！"

"我哪里过分了？"新藏年纪虽轻，却是小幡门中的高足，勘兵卫患病期间又代掌一门，"若是能让你们去，我新藏早就第一个冲上去了。虽然那个小次郎从前些日子起便几次三番地来找茬，对病榻上的恩师大放厥词，对我们也视若无睹，我却不是因为怕他才不理他的。"

"可世人不这么认为啊，而且那小次郎还到处中伤师父和师父的兵法。"

"随他说好了。但凡了解师父的人，有谁会相信那臭小子的浑话？"

"你怎么想我们不管，但我们这些门人可是忍无可忍。"

"那你们想怎么样？"

"杀死那家伙，让他尝尝厉害。"

"你们不听我劝阻，不但在隅田河滩上让人家杀死四个，今晚不也照样是大败而归吗？真是耻上加耻。给师父脸上抹黑的不是小次郎，而是门下的各位，难道不是吗？"

"你这话太过分了！凭什么说我们玷污了师父的英名？"

"那么，你们杀了小次郎了吗？今夜被杀的，恐怕又全是咱们同门吧。各位并不清楚那人的手段。虽然那个小次郎年龄不大，名气也不高，而且粗野傲慢，可是他拥有一种天性神力，虽然我也不清楚他究竟是如何炼成的，他善使那把素有晾衣杆之称的大刀的实力是无法否定的。一旦小觑了他，那就大错特错了。"

说话间，一名门人突然逼到新藏面前，当面和他顶撞起来："那无论他多么嚣张我们都没办法了？原来你竟是如此惧怕小次郎！"

## 四

"随你们怎么说吧。"新藏点着头，"若你们觉得我是胆小鬼，那把我当成胆小鬼就是。"

这时，在地上呻吟的受伤男子在二人脚下痛苦地求道："水……给我水。"

"哦……马上就来。"二人从左右抱住他，正要从吊桶里舀水给他时，新藏却连忙阻止。"等等。一旦给他水喝，他立刻就会断气。"

正当二人犹疑之时，受伤男子却忽然探头把脸伸到了吊桶里。可是刚喝了一口，翻了白眼。

晨月下传来阵阵枭啼，新藏默然离去。回到房中，他立刻悄悄窥了下勘兵卫的病室。勘兵卫仍在沉沉的昏睡中。

他松了口气，退回自己的房间。未读完的兵书仍摊在书桌上。最近他每夜都照看师父，连看书的时间都没有。当他在桌前坐下沉下心来时，这才感觉到连夜来的疲劳。新藏在桌前抱着胳膊，不禁长叹一声。除了自己，还有谁能照看那病床上垂暮的师父呢？虽然道场里还有几名入室弟子，可全都是粗野的习武后生。那些走学者就更不用说了，个个狂妄不羁，耀武扬威，没有一个能理解师父孤寂的心情，动不动就会跟外人意见不合斗起来。

这次的事情也是因此而起。新藏不在时，佐佐木小次郎口称要跟勘兵卫请教兵法前来拜访，门人便让他见了师父，可没想到，口称请教的小次郎竟出言不逊，大放厥词，似乎是专程来驳斥勘兵卫的。门人弟子们便将其拉至别室，诘责其不逊，不料小次郎竟愈发放肆，丢下挑衅的一句"随时恭候"便拂袖而去。

原因总是很小，可结果却常常很大。再加上小次郎又在江户到处诋毁，说小幡的兵法浅薄，甲州流则是自古以来的楠流和唐书六韬的翻版，完全是捏造的假兵法等。这些话语传到门人的耳朵里后，众人更是义愤填膺。决不能让他活着！门人全都发誓要找他复仇。

这个想法刚提出来时，北条新藏就反对。首先问题没那么严重，其次师父尚在病中，且对方并非兵法者。此外还有一个理由，那就是师父的儿子余五郎仍在旅途中未归，门人们断不可寻衅滋事。尽管新藏一再告诫，可门人们还是背着他擅自行动，先是在隅田河滩上与小次郎决斗，后来仍不接受教训，又纠集起来于昨晚伏击小次郎，反倒再遭痛击，十人之中活着回来的没有几人。

"真让人头痛……"新藏对着就要熄灭的短架灯长叹几声，又抱着胳膊埋下头来。


# 五


北条新藏枕着胳膊，不觉昏昏睡去。当他猛然醒来时，只听得某处隐约传来骚乱的人声。他立刻明白，一定是门人们在聚集，同时又想起凌晨的事情。可是那声音很远，窥探讲堂，里面也没有一个人影。

于是新藏穿上草履往后面走，穿过一片长满嫩竹的青青竹林后，就连围墙都没有了，森林径直延伸向平河天满宫。抬头一看，聚集在那里的果然是小幡兵法所的门人们。只见凌晨时还在井边清洗伤口的二人用白布将胳膊吊在脖子上，面色苍白，正在向同门们描述昨夜的惨败。

"也就是说，你们去了十个人，可仅仅因为一个小次郎，就折损了一半？"一人问道。

"实在遗憾，面对他那柄人称晾衣杆的快刀，我们怎么也讨不到便宜。"

"可村田、绫部等人平时是那么苦练剑法。"

"但这二人反倒最先被斩杀，剩下的也全都是重伤或轻伤。与惣兵卫虽然坚持着回来了，可喝了一口水后，就在井台上断了气……实在令人扼腕。各位，还请谅解。"

说毕，大家全都黯然地沉默了。平素只崇拜兵法的这一派人多数都认为刀只是步卒所学之物，绝非为将者应关注的对象。孰料如今竟发生了这等事情，面对一个佐佐木小次郎，众多同门竟先后被杀。他们不禁哀叹起自己在平时一直轻视的武道上的无力。

"到底是为什么？"不久，一人呻吟起来。

沉重的沉默中再次响起枭的啼鸣。忽然，仿佛一下子想起个好主意似的，只听一人兴奋地说道："我的堂弟在柳生家做事。要不就找柳生家商量一下，借他们一臂之力如何？"

"混账！"好几人同时骂道，"这种事也说得出口？那才是往师父脸上抹黑呢。"

"那……那该怎么办？"

"就我们这些人，再给佐佐木小次郎下封战书。当然，暗夜伏击之类最好是别干了，那样只能越发给小幡兵法所抹黑。"

"再下决斗书？"

"不管失败多少次，我们也决不可退缩。"

"当然。不过，若是让北条新藏听到就麻烦了。"

"当然不能让病床上的师父和他那个爱徒听见。好，我们现在就去神社借笔墨，写好决斗书，然后找人给小次郎送去。"

于是众人站起身，悄悄走向平河天满宫的神官家。这时，走在前面的一人忽然"啊"地惊呼一声，退缩起来。

所有人都像木头一样僵在原地，一齐呆呆地盯着平河天满宫前殿后面那古旧的走廊。结着青梅的老梅树影映在洒满阳光的墙壁上。从刚才起，小次郎就一只脚踩在那栏杆上，注视着森林中群集的人。


# 六


一瞬间，众人像是被摄去了魂魄一样，顿时脸色苍白。他们仿佛在怀疑自己的眼睛，仰视着走廊上的小次郎，不仅声音，连呼吸都停止了，全身僵硬。

小次郎面含傲慢的微笑，俯看着呆若木鸡的众人，说道："听你们刚才一席话，看来你们还是死不改悔啊，说什么还要给我小次郎下决斗书，要跟我谈判。省省吧，用不着跑腿了。我知道你们不死心，迟早还会报复，所以连昨夜的血手都没有洗，就追随着你们这些败类来到这平河天满宫等候天亮了，让我等得好烦啊。"

小次郎又耍起他一贯的毒舌，众人全都被他的气势震慑住，连大气都不敢喘。于是小次郎又说道："就算是要决斗，你们小幡的门人是不是也要看看老黄历选个良辰吉日呢？还是说就像昨晚那样，单等对手酩酊大醉回家时在路上伏击暗杀才行，否则刀就拔不出来了呢？为什么不说话？还有没有喘气的？一个一个来也行，捆在一起上也行，就你们这种败类，就算是披铁甲，鸣鼓杀来，我佐佐木小次郎也不会逃走。怎么？还决斗吗？还有没有硬骨头的？"

"……"

"听着！你们好好竖起耳朵给我听着！我小次郎，刀法系富田五郎左卫门生前所传，拔刀的技法则是秉承片山伯耆守久安的秘诀，然后又刻苦钻研，独创了岩流一派。你们这些只知死抠书本讲义，什么《六韬》如何、《孙子》又作何说之类，只会空修行的家伙，跟我相比，能力怎么会是同一个档次，胆魄又怎么会相同呢？虽然我并不清楚你们平常跟小幡勘兵卫都学了些什么，但何为兵法？我刚才就已经亲自给你们上了一课。至于理由，不是我自夸，像昨夜那样的暗杀，就是胜了，恐怕一般人也会及早撤到安全的地方，直到今早前后才能安下心来。而我呢，在将你们杀得落花流水后，仍继续追击，突然出现在你们的大本营，不等你们商量好善后的对策就发动突然袭击，让你们闻风丧胆，这才是兵法的极致。"

"……"

"佐佐木虽是武者却不是兵法家，竟胆敢来到兵法的道场大放厥词——上一次不就有人如此骂我吗？不过如此一来，你们也算是明白了，佐佐木小次郎不仅是数一数二的武豪，在兵法上也达到了极致。哈哈哈！真是滑稽，我竟然给你们代授起兵法课来。我若是越俎代庖倒出我的智慧，恐怕那病人小幡勘兵卫就要丢掉饭碗喽。啊，喉咙渴了。喂，小六，菰十郎，真不长眼力，快给我拿杯水来。"

小次郎回头一吩咐，前殿一旁顿时传来底气十足的应答，原来是菰十郎和侍童小六。两人立刻用陶器打来水，递给小次郎。"师父，打不打？"

小次郎喝完水，将陶器丢在满脸茫然的小幡门人面前。"问他们去。你问那些呆子去吧。哈哈哈，瞧他们那样子。"

小六刚骂了一句，菰十郎又接上一声："活该！没出息的东西！师父，走吧。看他们那样，哪有一个敢跳出来啊。"

# 七

小次郎率领着两名六方者，大摇大摆地消失在平河天满宫的鸟居之外，而北条新藏则站在树荫后一直目送他们离去。

"狗东西……"新藏喃喃着，全身像吞下了隐忍的苦水一样战栗不已。可现在除了吐出一句"走着瞧"，他还能干什么呢？

当头挨了一棒后，呆立在前殿后的门人们没吭一声，脸像白纸一样。诚如小次郎所说，他们的确被小次郎的战法打了个措手不及。一旦被胆怯之风吹过，他们便再也无法恢复最初的活力。同时，刚才心头燃起的熊熊怒火似乎也变成了一堆死灰，没有一个人敢朝小次郎的身后大喊一声"我来"并追过去。

这时，一名门人从讲堂方向跑来，说刚才城里的棺材铺送来了五口棺材。真的订了那么多吗？这名门人有些怀疑，便跑来核实。但众人似乎连嘴巴都懒得张开了，并不回答他。

"棺材铺的人还等着回话呢……"

听到催促，一名门人才开口道："尸首还没收回来呢，还不大清楚，但大概还需要一口吧，你把后面那口也订一下，已经送来的就先放在堆房里吧。"他语气凝重地说道。

不久，棺材便被放到了堆房，同时，一口一口棺材的幻影也堆进了每个人的大脑里。

守夜是在讲堂里进行的。为了不让病室里的师父知道，门人们极其安静地为同伴送行，可勘兵卫似乎仍察觉到了隐情。但他什么都没问，侍奉他的新藏也什么都没说。

从这一日起，原本激昂的门人几乎全像哑巴一样变得沉默阴郁，而看似比任何人都消极、胆小的北条新藏的眼底则燃烧起一股无法忍耐的东西。等着瞧吧！就这样，他悄悄地在等待着来日。

就在这等待的日子里，一天，新藏忽然从师父的枕边发现有一只枭停在外面一棵大榉树的树梢上。无论什么时候望去，那只枭都停在同一处树梢上。即使看到白天的月亮，那只枭也会噭噭地啼叫。

夏天一过，从入秋时起，勘兵卫的病就越来越重，还得了并发症。快了，快了！在新藏听来，枭的啼声仿佛是在告知师父的死期。尽管勘兵卫的儿子余五郎仍在旅途中，可闻知变故后，便立刻回信说马上回来，所以四五天来，新藏一直在担心究竟是那人回来得早，还是师父去得早。

无论如何，北条新藏决断的日子都已经临近。就在余五郎即将赶回来的前夜，他留下了一封遗书，告别了小幡兵法所的大门。

"请恕徒儿不辞而别之罪。"他站在树荫中朝师父的病室恭敬地拜了拜，辞别而去，"令郎余五郎明日就会回来，徒儿也可放下照料病榻之事放心地离去了，只是不知能否在您生前提小次郎的首级再见您一面。万一徒儿也栽在小次郎手里，被其反杀，那徒儿就先行一步，在黄泉路上等您了。"

# 守夜童子

## 一

这里是距下总国行德村约一里路的一处贫寒村落。不，它的户数很少，甚至不足以称得上是村子。村子坐落在一片荒野上，矮竹、芦苇和杂树丛生，村里人称为"法典原"。

眼下，一名旅人正从常陆路方向走来。自从相马的将门在坂东横行霸道、恣意妄为，这一带的道路和树丛便一片萧萧。

"奇怪啊。"宫本武藏不禁在暮色中止住脚步，站在野路的路口迷茫起来。秋日已西沉在荒野的尽头，四周的水洼也变成红色。脚下已经昏暗，连草木的颜色都辨不清了。武藏在寻找灯火。他昨晚就睡在荒野里，前天夜晚也是枕着山石入眠的。

四五日前，武藏在栃木一带的山岭遇上了暴雨，从那以后，他身体就有些倦怠。虽不知伤风感冒是什么滋味，可他总觉得今晚的夜露是那么让人生厌。哪怕是茅草屋也好，他真希望能看到一盏灯火，吃上一顿温热的杂粥。

"似乎闻到了海潮的气息，看来再走四五里就是海了。对，就迎着潮风走。"想到这里，他便又在野道上迈开步子。可是，他也无法确定自己的感觉究竟准不准。倘若海也看不见，又找不到人家的灯火，今夜就只好在秋草中与胡枝子共眠了。

当红日完全沉下后，今夜一定又会升起一轮巨大的明月吧。满地的虫鸣让武藏的耳朵都麻木了。哪怕只是他一个人的脚步声，秋虫似乎也惊吓不已，有的还跳到了他的裙裤和刀护手上。倘若懂得风雅，大概也能愉快地享受这迟暮之旅吧。尽管如此想，可当武藏扪心自问"你快活吗"的时候，他觉得自己恐怕只能做出"否"的回答。

怀念人情，渴望食物，厌倦了孤独，肉体已经对修行感到了疲劳。说实话，他的确是这么想的。他原本不是浅尝辄止之人，而是抱着苦涩的反省一路走下来的。他决心从木曾、中山道去江户，可进入江户后，他仅待了数日便离开，又踏上了陆奥之旅。

从那以后，正好又过了一年半多。如今，武藏打算再赴只作过短暂停留便离去的江户。为什么要离开江户急匆匆赶往陆奥呢？他是要追赶在诹访客栈邂逅的仙台家的家士石母田外记，想返还对方偷偷放进自己旅包内的巨款。无功受禄对他来说是一副沉重的负担。

"倘若侍奉仙台家，那倒可以另当别论……"武藏有自尊，哪怕是修行疲劳，旅途饥渴，过着风餐露宿的漂泊生活也未动过那些钱。"太小瞧我了。"一想起这些，他的嘴角便浮现出微笑。即使伊达公出六十余万石来迎奉他，也无法满足他的宏大愿望。

"咦？"脚下忽然传来巨大的水声，武藏便在刚踏上的土桥上停了下来，朝昏暗小河的坑洼里窥探。


二


桥下传来哗啦哗啦的水声。荒野尽头的云仍泛着红色，河沟里却格外黑暗。

"水獭？"站在土桥上的武藏探头望向桥下，立刻就在那里发现了一个年幼的乡民孩子。虽然是人类的孩子，脸却跟水獭差不多。孩子也好奇地从桥下仰望土桥上的武藏。

于是武藏便招呼了一声。一看到孩子，他便想打招呼。他一贯如此，也没什么特别的理由。"小孩，在干什么呢？"

"泥鳅。"乡民的孩子只回答了两个字，然后又把小箩筐浸在小河中，哗啦哗啦地抖搂起来。

"泥鳅啊？"哪怕只是这种毫无意义的对话，在这旷野中听上去也无比亲切，"能捞到很多吗？"

"已经是秋天了，不怎么有了。"

"能不能分给我一点？"

"泥鳅？"

"就用这手巾给我包上一把吧，我给你钱。"

"我也想给你点，可今天的泥鳅是要供我爹的，不能给你。"说着，小孩便抱着箩筐从河沟里跳出来，像松鼠一样在野胡枝子中跑去。

"机灵鬼。"武藏被撂在那里，脸上浮出一丝苦笑。他不禁想起了自己年幼时的情景。朋友又八大概也有这样的童年吧。城太郎也是，刚见面的时候，正好也是这么大的小孩。那么后来城太郎又如何了呢？如今他又在哪里做着什么呢？自从和阿通走散，掐指算来，今年已经是第三个年头。当时城太郎十四岁，"啊，他今年也已经十六了。"自己如此贫困，他却一直奉自己为师，追慕着自己。可自己又给了他什么呢？只是让他夹在阿通和自己之间，历尽旅途的劳苦罢了。

武藏再次伫立在荒野中。城太郎，阿通，各种追忆让他暂时忘却了疲劳，路却越来越无法分辨了。值得庆幸的是，天空还有一轮圆圆的月亮，耳边还有群鸣的秋虫声。阿通就喜欢在这种夜里吹笛，所有的虫声听起来都像是阿通和城太郎的声音。

"有人家！"终于发现了灯火。一瞬间，武藏忘记了一切，迅速朝那盏灯火走去。走近一看，他才发现原来是座独门独户的院落。歪斜的屋檐上长满了高高的芒草和胡枝子，墙上则胡乱地爬着葫芦花，看起来就像硕大的露珠。

他刚一靠近，旁边便传来一声愤怒的鼻息声。原来是拴在屋子一旁的一匹无鞍的裸马。听到马的动静，点着灯的屋内顿时传来了喊声："谁？"

抬头一看，竟是刚才不愿分给自己泥鳅的那个小孩。真是有缘，武藏不禁浮出微笑。"能留我住一宿吗？天一亮我自会离开。"

听武藏这么一说，小孩竟与方才不同，盯着武藏瞅了一会儿，然后率直地点点头："啊，行。"


## 三


这屋子实在破烂不堪，一旦下起雨来不知又会如何，屋顶上和墙壁上都有月光透进来。就算解下旅装也没有钉子可挂。虽然地板上铺着席子，可下面仍有风漏进来。

"大叔，你刚才说想要泥鳅吧？你喜欢泥鳅？"孩子怯生生地上前问道。

武藏似乎忘记了回答，直盯着孩子的脸。

"你在看什么？"

"几岁了？"

"哎？"孩子一愣，"我的年龄？"

"嗯。"

"十二。"

乡民中居然也有如此英气的孩子，武藏仍呆呆地望着。

小孩一脸污垢，就像未洗过的莲藕，满头的蓬发弥漫着鸟粪般的臭味。他脸蛋胖乎乎的，污垢中的一双眼睛炯炯有神，甚是可爱。

"小米饭倒还有一点，泥鳅也已经给爹供过了。你要吃的话，我给你撤下来。"

"真不好意思。"

"要喝热水吗？"

"也来点。"

"你等着。"说着，孩子啪嗒一声打开板门，消失在隔壁房间里。那边忽然传来折柴和扇炭炉的声音，屋子里顿时充满了炊烟，聚集在天花板和墙壁上的无数昆虫全被炊烟驱向了外面。

"做好了。"不一会儿，小孩随意地将食物摆在地板上。有咸泥鳅、黑味噌，还有小米饭。

"好吃。"

看到武藏吃得高兴，小孩似乎也很高兴。"好吃吧？"

"我想表达感谢，不过你家主人已经睡了吧？"

"这不还没睡吗？"

"在哪里？"

"这儿。"小孩指了指自己的鼻子，"除我之外再没旁人了。"他说道。

武藏询问起他靠什么生存，他便回答说以前曾务过一点农，可自从父亲患病之后，就不再务农，靠赶马糊口了。

"啊……油着完了。客人，睡觉吧。"

烛火虽已熄灭，可在这透着月光的屋里却毫无不便。武藏盖着薄薄的草被子，枕着木枕，靠着墙睡下。迷迷糊糊快进入梦乡时，大概是感冒尚未痊愈的缘故，冷汗竟一阵阵从毛孔里冒出。

每一次，武藏都能在梦中听到下雨般的声音。不知不觉间，彻夜啼鸣的虫声便把他诱入了梦乡。若不是那磨刀石发出的声音，他一定不会从美梦中惊醒。

"咦？"他忽然起身。忽悠，忽悠，忽悠，小屋的柱子竟微微晃动，板门对面则传来磨刀的声音。在磨什么呢？不过，这却不是首要问题。

武藏立刻握住枕下的刀。这时，隔壁房间里传来一个声音："客人，还没睡着？"


## 四


小孩明明是在隔壁的房间，怎么会知道自己已起来了呢？为孩子的机敏而惊愕的同时，武藏并未回答，而是反问了一句："你怎么在深更半夜里磨东西啊？"

小孩哈哈大笑。"我当什么呢，原来大叔是害怕这个才睡不着啊。没想到你看上去那么强悍，内心却这么胆小。"

武藏沉默了，只觉得自己像是在与附在小孩身上的邪魔对话。咯哧，咯哧，咯哧……小孩的手仍在磨刀石上移动着。无论是刚才无畏的话语，还是摇晃着磨刀石的那股底气，都让武藏深感惊奇。

于是，武藏便从板门缝里窥了一下。对面是厨房和一间两坪大小、铺着草席用来睡觉的小屋。皎洁的月光从天窗上照下来，月光下，一个桶放在地上，小孩正握着一把刃长一尺五六寸的野砍刀专心地研磨。

"你要砍什么呢？"武藏从门缝里问道。小孩回头看了看，仍一言不发，继续使劲研磨。不久，刀便明晃晃放起光来，他这才擦掉上面的水迹。"大叔。"他望望武藏，问道，"大叔，用这个能将人的躯干砍成两半吗？"

"这……得看你的本事了。"

"若说本事，我自信有两下子。"

"你究竟要砍谁？"

"我爹。"

"什么？"武藏惊愕不已，不禁打开板门，"小孩，你是在开玩笑吧？"

"谁跟你开玩笑。"

"要砍你爹？如果这是真的，那你就不是人的孩子了。就算你像野鼠或土蜂一样，是在旷野中这处孤零零的茅屋里长大的孩子，也该明白所谓的父母之恩啊。就连野兽都有反哺的本能，你却为了砍你爹而磨刀。"

"可是，我若不砍开，就无法拿走啊。"

"拿到哪儿去？"

"山上的墓地。"

"哎？"武藏这才再次将目光投向屋内一角。从刚才起，他就看到那儿有样奇怪的东西，没想到竟是小孩父亲的尸骸。再仔细一看，尸骸枕着木枕，盖着一件脏兮兮的百姓的衣服。此外还有一碗米饭和水，刚才分给武藏吃的煮泥鳅也盛在木盘中供在那里。

看来，泥鳅是这具佛身生前最喜爱的东西了。父亲死后，小孩一定是想起了这点，才在深秋拼命抓泥鳅，然后又在那小河里清洗。而武藏竟毫不知情，还要让小孩分给他一些。他不禁为自己说过的无心之话感到羞耻，同时也为这小孩的胆魄而咋舌，久久地盯着小孩的脸。为了将父亲的遗骸送到山里的墓地，一个人拿不动，他便想将尸体砍成两半后带走。

"你父亲什么时候死的？"

"今天早晨。"

"墓地远吗？"

"就在前面半里左右的山里。"

"那你怎么不求人送到寺里去呢？"

"没钱。"

"那我施舍你些吧。"

可是小孩却摇摇头。"爹最讨厌别人的施舍，也讨厌寺院，所以用不着。"


五


一字一句，小孩的每句话中都透着一股古怪。想必他的父亲也不是寻常的乡野村夫，而是颇有来头之人的后代。武藏便由着他，只出了把力，帮他将尸骸运到了山里的墓地。而且直到山下都用马背驮着，只是在攀登崎岖的山路时，才由武藏将那具佛身背上去。

说是墓地，其实不过是在巨大的栗子树下孤零零地放了一块天然的圆石头而已。山上连一个祈福用的塔形木牌都没有。

埋完尸骨，小孩供上花，说道："我的爷爷、奶奶和母亲也全都长眠在这里。"然后双手合十。

这究竟是什么因缘呢？武藏也一起祈福。"墓石并不算旧，看来是到了你爷爷那一代才定居在这一带吧。"

"嗯，听说如此。"

"那之前呢？"

"据说曾是最上家的武士，可在战败逃亡的时候把族谱和所有东西都烧了，什么都没有留下。"

"既然是如此的家世，最起码也该在墓石上刻上你爷爷的名字之类啊，怎么连家徽和年号都没有呢？"

"说是爷爷临死前有过吩咐，不让在墓上写任何东西。虽然蒲生家和伊达家都来招纳过，爷爷却说一士不奉二主。若是将名字等刻在石头上，反会使前主人受辱，而且既然已成了百姓，就不要再刻什么家徽之类了。"

"那，你总该知道你爷爷的名字吧？"

"说是叫三泽伊织，可我爹说既然成了百姓，就一直叫三右卫门。"

"那你呢？"

"三之助。"

"有亲戚吗？"

"有个姐姐，可是去了他乡。"

"那，你明天打算怎么过活呢？"

"还是赶我的脚。"说完，小孩立刻又说道，"大叔，反正你是个修行武者，一年到头都在旅行走路。那你就带着我，永远都骑我的马吧。"

武藏从刚才起就凝望着这片黎明前的泛白荒野。住在这片沃野的人为什么会如此贫穷呢？他陷入了深思。

大利根的河水，下总的海潮，曾几乎让这片坂东平原化为泥海，几千年间，富士山的火山灰又将其填埋。历经数代后，芦苇、杂树、荒草又生长起来，自然的力量最终胜过了人力。当人类能自由地运用土地、水和自然力的时候，文化便产生了。可这坂东平原上的人类仍处在自然的压迫之下，仍被自然征服，人类的智慧之眸只能茫然地凝望苍茫的天地。

太阳升起来，野兽在这里奔跑，鸟儿在这里欢跳。在这片未开垦的天地中，鸟兽似乎远比人类更多地享受着自然的恩惠，更多地享有快乐。


# 六


孩子终究还是孩子。刚把父亲葬在土下，便已经忘记了父亲的事。不，也许并未遗忘，只是当灿烂的太阳从草叶的露珠上升起的时候，他生理上的悲伤便烟消云散了。

"行不行啊，大叔？哪怕从今天就开始我也愿意，你就永远骑我的马吧，你走到哪里就把我带到哪里。"

"唔……"

两人从墓地下来，踏上归途。三之助把武藏当成客人，让他骑在马上，自己则作为赶马人牵着缰绳。

武藏只是点了点头，并未明确答复。他心底还是对这孩子抱有几多期许，只是他必须先考虑自己的流浪之身。他得衡量一下自己的能力，将来能否给这个少年带来幸福。城太郎就已经是一个先例了，他虽是个有潜质的孩子，可自己的流浪之身和身边的诸多麻烦，使他至今仍去向不明。

万一有什么不测——武藏一想到这里心痛不已，他觉得这完全是自己的责任。可是如果总考虑结果，人生之路恐怕一步都没法走。如果连自己眼前的一小步都无法弄清楚，更何况一个孩子，一个正在成长的少年，又如何保证他的将来呢？而且仅从自己犹豫不决、摇摆不定这一点来说，也是不行的。若只是帮他发掘一下潜力，引导他一下，倒还可以。对，就这样。武藏终于做出了决定。

"大叔，行吗？你不愿意？"三之助还在拼命请求。

武藏终于答道："三之助，你是一辈子都想做马夫呢，还是想当武士？"

"当然是想当武士了。"

"那，当了我的弟子，你能不能跟我吃任何苦呢？"

听武藏这么一说，三之助立刻把手头的缰绳一丢。武藏还未明白过来是怎么回事，三之助便已经跪在草中，在马前朝武藏叩拜起来。"拜托了，请把我变成一个武士吧。我爹在世时天天挂念这件事。只是迄今为止，我一直没能找到一个可遇之人。"

武藏从马上下来，环顾四周，然后捡起一根合手的枯木让三之助拿在手里，自己也随手捡起一根树枝，说道："咱们俩究竟能不能做师徒，我现在还不能答应你。你先拿那树枝打我。我得看看你的天资，才能判断你能否做一个武士。"

"那……我若打得着大叔，你就让我做武士？"

"你打得着吗？"武藏微微一笑，架起树枝。

三之助手握枯木站起身，认真地朝武藏打来。武藏并未留情，结果三之助跟跄了数次之后，最终肩膀和脸都挨了打，手也被打中。

他大概马上就会哭鼻子吧，武藏心想。可三之助怎么也不肯罢休。直到最后，由于枯木已折断，他便朝武藏的腰部紧紧冲过来。

"不知死活的家伙！"武藏故意夸张地抓住他的衣带，将他摔在地上。

"嗨！"三之助一下子跳起，又扑了过来。

于是武藏再次抓起他，将他高高地举向天空。"怎么样，认输了吧？"

三之助仍拼命挣扎，头昏眼花。"不认输！"

"我只要把你往那石头上一摔，你就死了。都这样了你还不认输？"

"不认输。"

"嘴够硬的。你已经输了，快认输！"

"可是……我只要活着，就一定会战胜大叔。我只要有一条命，就决不会认输。"

"那你怎么胜我？"

"修行。"

"你修行十年，我也会修行十年啊。"

"可大叔你比我年纪大，死得也该会比我早吧？"

"唔……唔……"

"既然这样，当大叔躺进棺材的时候我再打你。所以我只要活着，就一定能胜你。"

"你这鬼小子！"仿佛当头挨了一棒，武藏随之将三之助摔在地上，不过，并没有摔向石头。

三之助骨碌一下子又从远处冒了出来。武藏望着他，反倒拍着手愉快地笑了。

# 一指天

## 一

"我收你作弟子。"武藏当场对三之助说道。三之助欣喜若狂。小孩从来不会掩饰自己的兴奋。两人暂时先回到三之助家中。明天就要离开这里，尽管十分破败，可毕竟也是祖孙三代住过的茅屋，三之助便回忆起祖父、祖母和亡母的故事，给武藏讲了一整晚。

翌日清晨，武藏收拾了一下，率先走到檐下。"伊织，伊织，快点！没什么可带的，就是有也别再留恋了。"

"是，马上就来。"三之助随后便跑了出来。他的行装只有身上穿的那一身衣服。

武藏之所以称他为"伊织"，完全是基于听说他祖父是最上家的家臣，名叫三泽伊织，后来便代代以"伊织"相称。"你现在成了我的弟子，既然你已恢复武士儿子的身份，名字也最好承袭先祖。"

虽然距元服的年龄还早，可为了让三之助有这个精神准备，武藏从昨晚起便决定这么称呼他。可再瞧瞧三之助如今的装扮，脚上还是平时那赶马的草鞋，背上则背着一个包有小米饭便当的包袱，上身只有一件连屁股都盖不上的短衣服，怎么看都不像武士的儿子，倒像只要出远门的小青蛙。

"你先把马牵到远处的树那边，拴在那里。"

"师父，请骑吧。"

"不，你赶紧拴到那边去。"

"是。"

到昨天为止，所有的应答都还是随便的"啊"声，可从今早起，回答就变成了郑重的"是"。为了改变自己，小孩毫不犹豫。

伊织把马拴到远处后返回，可是武藏仍伫立在屋檐下。师父究竟在看什么呢？伊织有些纳闷。

武藏把手搭在他的头上，说道："你出生在这间茅屋里，叛逆的性格和倔强的习性都是这间茅屋培养出来的。"

"嗨。"伊汉任由武藏的手搭在头上，乖乖地点点头。

"你爷爷不事二君，隐姓埋名住在这小茅屋里。你爹为了保全其晚节，甘愿做一个百姓，自己的青春全尽了孝道，然后撇下你死去。而你，连爹也送走了，从今天起就要独立了。"

"是。"

"你一定要混出点样来。"

"嗯……嗯。"伊织擦起眼睛来。

"这间小屋曾为你们三代人遮风蔽雨，快向它跪别致谢吧。不要再留恋了。"说罢，武藏走进屋内放起火来。

眨眼间，小屋便燃烧起来。伊织满眼含泪凝望着。见他眼神过于悲伤，武藏便安慰道："倘若就这样离去，此处以后必定会成为山贼和强盗的巢穴。为避免忠义之家的房子成为毒害社会的巢穴，我才把它烧了。你明白吗？"

"多谢。"

转瞬间，小屋化为一团烈焰，不久便成了一堆连十坪都不到的灰烬。"走，走吧。"伊织已率先迈开步子。对于已化为灰烬的过去，他毫不留恋。

"不，还不行。"武藏又朝他摇摇头。


二


"还不行？还有什么事要做？"伊织十分不解。

望着他一脸的茫然，武藏笑道："从现在开始，我们要重建小屋。"

"为什么？刚才明明都把小屋烧了。"

"那是以前你先祖的小屋。从今天起，我们要建的是明天开始住的小屋。"

"那，我们还住在这儿？"

"对。"

"不去修行了？"

"我们这不是已经出来了吗？不光要教你，我自己也要奋发修行。"

"什么修行？"

"那还用说，自然是刀的修行，武士的修行，还有心的修行。伊织，把那斧头给我扛来。"

伊织走到武藏所指的地方一看，发现只有斧头、锯和农具之类没有被烈焰吞噬，依旧留在草丛里。他扛起大斧头，跟在武藏身后。

眼前是一片栗子树林，还有松树和杉树。武藏光着膀子，挥着斧头伐起树来。木屑飞溅，是另建道场，还是要把这片平原当作道场来修行？无论如何思考，伊织似乎也只是一知半解。不出去远行，而是滞留在这片土地上，这总让他觉得有些失落。

只听轰的一声，大树倒下。巨斧将一棵棵大树伐倒在地。武藏充满热血的棕色皮肤上淋漓地淌着黑色的汗水，最近以来的惰气、倦怠和孤愁等仿佛全都化为汗水流了出来。昨日黎明，他在埋葬了以一介农民身份而终的伊织父亲的山上凝望这片坂东平原时，突然萌生了今日的念头。

对，先暂时放下刀，拿起锄头！为了磨砺刀，自己可以坐禅、学书、品茶、绘画、雕像。那么，扛锄劳作中也应该蕴含着刀的修行。而且这广漠的大地就是静候自己修行的绝好道场，锄头和土地之间也势必会诞生开垦这种行为，这不仅可以泽被万代，还可养活许多人。

修行武者向来都以行乞为法则，就像禅家及其他沙门一样，靠他人的布施来学习，寄人篱下以避风雨，这是理所当然的。可是一餐的珍贵，哪怕只是其中一粒米、一棵蔬菜的珍贵，只有在亲自栽培时才能体会到。正如不事稼穑的和尚的话听起来只能是简单的口头禅，靠布施生存的修行武者，无论将武道研习到何种境界，也不懂得应将其用在治国之道上，最终脱离社会，沦为一介武夫，也就不足为奇了。

武藏熟悉稼穑之术。年幼时，他便经常与母亲一起去乡士宅邸后面的田地，做过不少农活。不过，从今天起他要做的百姓并非只是为了朝夕的口粮，而是为了求取精神食粮，也是为了学会自食其力的生活。更进一步说，他还为了那些将命运完全交给荆棘和荒草、面对洪水和风雨等大自然的力量只能仰天长叹的农民。他们祖祖辈辈都过着皮包骨头的日子，却依然未开化，而武藏希望能亲自将自己的思想传授给他们。

"伊织，拿绳子来，把木头捆上，然后拉到河滩上去。"武藏竖起斧头，一面用胳膊擦汗，一面吩咐道。


三


伊织拴上绳子，开始拖拽木头。武藏则用斧头和锛子剥起树皮来。到了晚上，他们就用锛子砍下的木屑生起篝火，在旁边枕着木头入眠。

"怎么样，伊织，好玩吧？"

伊织则老实地答道："一点也不好玩。要是做农民，就算不当师父的弟子，我也会。"

"不过马上就会好玩了。"

秋意渐浓。秋虫的鸣声逐夜减弱，草木也渐渐枯萎。此时，法典原上已然建起一间供两人睡觉的小屋。两人则每天都扛着铁铲和锄头，从脚下的一坪开始开垦。当然，在开荒之前，他们已经先将附近的荒地全部用脚踩了一遍。

为什么要任由人和自然这样对立，要让这杂木和杂草丛生呢？武藏边勘察边想。水！首先是治水。武藏站在高处朝四周一望，这才发现这一带的荒野正如从应仁之乱后到战国时代的人间社会一样，一下大雨，坂东平原上的水流便会各自成河，任意奔流，肆意冲刷着土地，根本就没有一条能容纳各支流的干流。天气晴好的时候，放眼望去，似乎有一些主干模样的大河，虽然河面较宽，但缺乏包容天地的力量，而且它们原本就是自然形成的河流，既无秩序，也不统一。没有一条干流可以容纳百川，指明整体的流向，再加上它们本身便时常受到天气的影响，有时会泛滥到平原上，有时则会贯穿树林，有时甚至还会侵害人畜，淹没菜田。

这可不容易。从勘察的第二天起，武藏就这么想。正因如此，他才对这项事业充满了热情与兴趣。这跟政治完全一样，他想。将这里的水土开发成沃土的治水开垦事业，与让世间绽放出人文之花的政治经纶，两者之间没有任何不同。

对，这与我理想中的目标也出奇一致。就是从这时起，武藏对武道产生了一种朦胧的理想。杀人，胜人，登峰造极，即便如此又能如何呢？倘若只是在刀上胜过了他人，他还是孤独的，愿望仍无法得到满足。

从一两年前起，他就立下了"胜人"的志向，然后又进一步升华，将刀上升为"道"。要战胜自我，战胜人生——他一直暗暗地朝此目标努力，现在仍致力于此道。尽管如此，他的抱负仍未得到满足。若刀真的是道，那么从刀中悟出的道心也完全可以用来拯救人生。他想到了杀戮的反面——我不仅要用刀让自己登上武道的顶峰，还要用这种道来治民，使其成为经国之本。

青年的梦想总是宏大、自由而奔放。只是从目前看来，武道的理想单纯只是理想而已。若想实现这种抱负，无论如何也要在政治上担任要职。不过，若是以这片荒原上的水土为对象来实现理想，则既不需要要职，也不需要衣冠和权力。武藏正是因此燃烧起了热情和兴奋。

四

挖出树根，筛出石头，推平土坡，将巨石垒成水堤。就这样，武藏和伊织每天黎明而出，日落而归，孜孜不倦地从法典原的一角开垦荒野，看到这种情形，从河滩对面路过的一些当地百姓也不时会驻足观看。

"他们到底在干什么呢？"人们满脸疑惑。"都搭建小屋了，难不成是想住在那儿？那小孩不是死了的三右卫门的儿子吗？"

流言于是散播开来，但也不全是嘲讽者。也有一些人特意赶过来，善意地提醒他们："喂，那边的武士，就那种地方，你们再怎么努力开垦也是没用的，暴雨一来，一眨眼就又会变成一片荒原了。"

可是几日后，当热心者再次过来看时，见武藏与伊织仍在默默开荒，便有些生气："喂，别瞎折腾了，那种破地方能弄水塘吗？"

又过几日，当他们再来看时，看到两人仍在不声不响地干活，这下子热心人终于恼火起来。"傻子！"他们完全把武藏当成了愚笨的傻子。

"要是这种荒原和河滩上也能种出粮食，那我们早就每天晒着太阳，哼着小曲优哉游哉了。天下就没有饥荒了。省省吧，别在那里乱挖了。白费劲的家伙，别认为你就比我们强。"

武藏毫不理睬，仍面朝土地挂着微笑。尽管武藏一再告诫，可伊织仍不时心头火起。"师父，他们那么多人都在瞎嚷嚷呢。"

"别管他们，别管他们。"

"可是——"

伊织抓起一块石头就要朝人群扔过去，武藏立刻把眼一瞪，一声训斥："喂，连师父的话都不听了，你还想不想做徒弟？你要干什么？"

　　声音震得伊织的耳朵嗡嗡作响，他吓了一跳，但握在手里的石头始终没有乖乖丢下。"可恶！"他把石头狠狠地摔在附近的岩石上。眼看着小石头迸出火花，碎成两片飞了出去，他竟一下子伤心起来，丢掉铁铲，呜呜咽咽地抽泣。

　　武藏并未阻止，任由他哭泣。渐渐地，伊织的声音越来越高亢，仿佛天地间只剩下他一个人似的，最后竟声嘶力竭地号啕起来。尽管他十分坚强，即使将父亲的遗骸劈成两半也要一个人带到山里的墓地去，可一旦哭起来，却仍是个孩子。

　　爹！娘！爷爷！奶奶！他拼命向九泉下已听不到他声音的亲人们哭诉，让武藏都不禁为之动容，不禁想起了自己的孤独。

　　仿佛连草木都被伊织凄凉的哭泣感动了，萧萧冷风中，连临近黄昏的原野都在颤抖。吧嗒，吧嗒，雨点竟真的落了下来。

# 五

　　"下起来了……要来暴风雨了。伊织，快过来。"武藏匆忙收拾起锄头铁铲等工具，朝小屋跑去。冲进小屋时，雨已倾盆而下，将天地染成了白茫茫一片。

"伊织，伊织。"原以为伊织会跟在身后，可武藏回头一看，身边竟没有他的身影，檐前也没有。再从窗户往外一望，一道凄厉的闪电劈开乌云落在原野上，就在眼睛一闭、尚未捂起耳朵的瞬间，响彻五体的雷鸣传了过来。

武藏呆呆地望着，任由竹窗上溅起的水花打在脸上。每当看到这疯狂的暴雨，听到这肆虐的风声，武藏便不禁回忆起近十年前的往事，回忆起七宝寺的那株千年杉，想起宗彭泽庵的声音来。

自己能有今日，完全是那棵大树的恩泽。那样的自己，如今竟然也拥有了伊织这样一名弟子，尽管他还只是一个幼童。自己果真能有那大树般的无穷力量吗？果真能有泽庵和尚那样的肚量吗？一回顾起自己的成长历程，武藏便觉得羞愧不已。

可是面对伊织，自己无论如何也要变成那棵千年杉，必须像泽庵和尚那样拥有残酷的慈悲。而且这么做也算是对恩人的些许回报。

"伊织，伊织——"

武藏对着外面的暴雨一再喊道。没有一声回应，只有雷声和击打在檐前的轰轰水声。

"怎么回事？"

就连武藏都没有冲出去的勇气，只能躲在小屋里。但不久，雨势竟一下子小了，武藏走出去一看，发现伊织真是个倔强的孩子。只见他仍站在刚才开垦耕地的地方，寸步未离。是不是有点傻气？武藏甚至都怀疑起这点。只见伊织张着嘴，表情一如刚才号啕时的样子。当然，他从头到脚都成了落汤鸡，像个稻草人似的站在已变成泥田的耕地里。武藏立刻跑到附近的高处，不禁骂了一声"傻子"。"快回小屋！淋成这样会生病的。你再不走，那边都成河了，你连回都回不去了。"

伊织这才像寻找武藏声音似的回过头来，微微一笑。"师父，慌什么。这是过路雨，你看，云都已经断开了。"说着，他用一个指头指指天。

武藏只觉得自己被徒弟教训了一顿，沉默不语。不过伊织还单纯，不会像武藏那样去一一思考。"过来啊，师父。趁着天还没黑，还能干好多活呢。"说着，又继续起刚才的劳作来。

# 二人师徒

## 一

天才晴朗了四五天，雏鸟和伯劳刚高兴地鸣唱，芒穗下的地皮刚开始干燥，原野的尽头忽然间涌来一片乌云，转瞬间便像日食一样将坂东一带遮蔽起来。伊织抬头望望天空，担心地说道："师父，这次是来真的了。"

话音刚落，墨一般的黑风便吹打起来。没来得及归巢的小鸟仿佛被风打落一样坠落在地，草木的叶子全都被吹反过来，瑟瑟发抖。

"又要来一阵？"武藏问道。

"岂止是一阵！看天空这个样子。对了，我得回趟村子。师父也赶快收拾一下工具，撤回小屋吧。"观察天空的伊织的预言从来都没有落空，这次也一样。他刚对武藏嘱咐完，便像一只穿越原野的鸟儿一样，若隐若现地在草海中奔去。果如伊织所说，这次真的跟平常不一样，风雨变得越发残暴。

"去哪儿了？"武藏赶回了小屋，仍不时担心地朝外望望。今天的暴雨的确异于往常，雨量简直大得惊人。刚刚戛然而止，却又忽然更猛烈地下了起来。

时间已经是晚上。雨仍在下，仿佛要把这人世完全变成湖底。搭建的小屋屡次差点被掀翻，葺在屋顶里面的杉树皮也散落一地。

"真是让人头痛的家伙。"

伊织仍未回来。都黎明时分了，仍不见人影。

当天空泛白的时候，武藏环顾着四周被昨日以来的暴雨摧残的情形，不禁对伊织的归来不抱希望。平日的旷野已变成一片泥海，四处的草木也全都变成了若隐若现的浮洲。幸亏小屋建在了高处，未遭到冲击，而脚下的河滩却早已浊流横行，完全变成了奔流的大河。

"难不成……"武藏忽然担心起来。望着被浊流冲走的种种杂物，他开始胡思乱想。难不成昨夜要回来的伊织出了差错，溺水淹死了？

就在这时，他隐约在天地间咆哮的暴风雨中听到了伊织的声音："师——父——师父——"

武藏忽然在远方一处像鸟的浮巢一样的沙洲上看见了伊织模样的身影。不，那无疑就是伊织。他究竟去哪里了？只见他骑在牛背上，前后还用绳子绑着巨大的行李。

"哦？"

武藏眼看着伊织骑着牛走进浊流，红色飞沫和漩涡立刻包围了他和牛。在激流的冲击下，他终于靠了岸，哆嗦着朝小屋赶来。

"伊织！你去哪儿了？"武藏半发火半放心地问。

伊织答道："去哪儿？我这不是回村子拿食物来了吗？这场暴雨能下个半年呢。就是暴雨停了，这洪水一时半会儿也退不了。"


二


武藏不禁为伊织的机敏而惊愕，不过想来，倒也不是伊织多么机敏，而是自己太愚钝。一看到天气变坏的征兆，立刻便会想到该准备好食物，这完全是住在野外之人的常识，伊织从儿时起便不知经历了多少次这种情形。

从牛背上卸下来的食物实在不少。伊织解开草席，打开桐油纸。"这是小米，这是小豆，这是咸鱼。"他将好几个袋子摆在武藏面前，接着又说道，"师父，有了这些，就算洪水一两个月不退，咱们也不用担心了。"

武藏的眼里噙着泪水。他既无法夸伊织勇敢，也无法说感谢。自己在这里开拓，只是徒有一股心气，想对这一方乡土做一点奉献，却忘记了自己的饥饿，而这种饥饿还要依靠这么个小孩来解决。

那些称他们师徒二人为狂人的村民，怎么会施舍食物呢？就连他们自身都应该在为这场洪水即将带给他们的饥饿而惶惶不安。

武藏十分纳闷地询问，结果伊织若无其事地答道："我是押了自己的钱袋子，从德愿寺借来的。"

"德愿寺？"

武藏一问，伊织便回答说，那是一里开外的一座寺院。他父亲在世时常说，"我死之后，当你一个人遇到困难的时候，就一点点用这钱袋子里的砂金去解决吧"，他便一下子想了起来，就把一直贴身携带的钱袋子押在寺里，从斋堂借来了这些吃的。

"这不是你爹的遗物吗？"

伊织闻言答道："是的。旧房子都烧了，爹的遗物只剩下那钱袋子和这把刀了。"说着抚摩起腰间的野砍刀来。

这把野砍刀武藏也曾见过一次，并非一开始就是一把野砍刀，上面虽无铭文，倒也堪称一把名刀。作为亡父遗物而带在身上的钱袋子，里面不可能只有少量的砂金，或许还有其他信物，而伊织为了换取食物，竟将整个钱袋子都押在寺里。看来他终究还是个孩子啊，实在令人怜爱，武藏想。

"爹娘的遗物之类，可不能随便交给他人。我迟早会到那德愿寺给你要回来，以后可千万别离手了。"

"是。"

"那你昨晚就住在寺里了？"

"和尚要我天亮之后再回来。"

"那早饭呢？"

"还没吃呢。师父也没吃吧？"

"嗯。有柴火吗？"

"柴火？要多少有多少，这走廊下面全是柴火。"说着，只见伊织将草席一卷，立刻钻进木地板下面，没想到，平时开垦荒地时留心运回来的树根、竹根之类，竟如山一样全都储存在那里。

如此一个幼童竟然也有经济观念，到底是谁教的呢？这位老师一定是那稍有差池便立刻会把人饿死的尚未开发的自然。

吃完小米饭，伊织拿着一本书来到武藏面前，敬畏地说道："师父，反正洪水退去之前也没法出去干活，您就先教我念书吧。"

这一日也终日在下暴雨，一刻都未停。


三


武藏一看，原来是《论语》。伊织说，这也是从寺里要来的。

"你想做学问吗？"

"嗯。"

"以前念过书吗？"

"念过一点……"

"跟谁学的？"

"我爹。"

"念的什么？"

"《小学》。"

"喜欢吗？"

"喜欢。"伊织全身都燃烧着求知欲。

"好，那我就尽我所能来教你吧。至于连我也不会的地方，以后最好再找个学问更好的老师。"

暴风雨中，唯独这间屋子整天能听到朗读声和讲课声。即使屋顶被吹跑，这对师徒也雷打不动。

雨一停，整个荒野便变成了湖。伊织反倒高兴起来。"师父，今天也还学吧。"说着就要拿出书。

"书就算了吧。"

"为什么？"

"你看那里。"武藏指着浊流说道，"鱼一旦进了河中，就看不到河了。人也一样，一旦钻到书里成了书虫，就连活的文字都看不到了，对社会也愚钝起来。所以今天就痛痛快快地玩一玩吧，我也一起。"

"可是今天也无法外出啊。"

"我们就这样玩。"说着，武藏骨碌一下子躺下，枕着胳膊说道，"你也躺下来。"

"我也要躺？"

"那你站着也行，伸开腿坐着也行，随你的便。"

"干什么呢？"

"给你讲故事。"

"太好了。"说着，伊织便趴了下来，脚像鱼尾一样啪嗒啪嗒地踢着，"什么故事？"

"让我想想……"武藏忽然想起自己的少年时代，于是便讲起少年都喜欢的合战故事。大多数都是在《源平盛衰记》中听过的故事。当他从源氏的没落讲到平家的全盛时，伊织开始忧郁起来。当他再讲到鞍马的遮那王牛若在雪日里挥泪辞别母亲常磐御前，每夜在僧正谷跟天狗练习剑法，然后逃出京城的时候，伊织却一下子跳了起来。"哎呀，我喜欢这个义经。"接着又重新坐好，说道，"师父，天狗这玩意儿真的有吗？"

"或许有吧。不，这世上肯定有。只是给牛若传授剑法的不是天狗。"

"那是什么？"

"是源家的残党。他们不敢在平家的天下中公然现身，便都躲进山野里等待时机。"

"就跟我爷爷一样？"

"是的，你爷爷一生未能逢时，终老荒野，而源家的残党却培养出了义经，终于迎来了时运。"

"我也是，师父，我现在也替爷爷迎来了时运。对吧，师父？"

"嗯！"看来武藏对他的话非常满意，一下子搂住他的头，用脚和两手托起他，举向天花板，"混出点样来，小子！"

伊织则像个被逗乐的婴儿一样，边闹边说："危险、危险啊，师父。师父也像僧正谷的天狗一样。啊，天狗、天狗、天狗！"说着便从上面伸出手，抓着武藏的鼻子嬉闹起来。

<h1 style="text-align:center">四</h1>

过了五日，又过了十日，雨仍未停。而雨一停，原野上便涨起洪水，浊流怎么也退不下去。在自然的力量面前，武藏只能静静地沉吟。

"师父，能出去了。"从这天一大早起，伊织便在太阳底下嚷嚷起来。

于是，时隔二十多天，两人又扛着工具朝耕地上走去。可是当他们来到地头时，不由得一阵茫然。两人好不容易开垦出来的地已不见任何踪迹，眼前全是巨大的石头和一片沙砾。以前不曾有过的河流如今也出现了好几条，仿佛在嘲笑人力的卑小，肆意地卷着大小石头流过。

傻子，疯子——当地百姓的嘲讽声也不禁在耳畔浮出。终于尝到苦头了。

伊织抬起头，望着无从下手、只是默然站在那里的武藏，帮着献策道："师父，这儿不行。咱们不要这破地方了，找处更好的地方。"

不过武藏并未接受他的建议。"不，只要把这些水引到别处，这儿就能成为良田。既然从一开始就依照地理选定了这里——"

"可是，若是再下大雨的话。"

"这一次，我们要用这石头从那座山丘上筑一道堤坝，不让洪水再过来。"

"那可累了。"

"这儿就是我们的道场。若是在这儿看不到麦穗，我们一步也不后退。"

于是，二人便引水、筑堰、清理石头，数十日之后，终于又开出了一块十坪大小的田地。可是一场雨过后，一夜之间田地又变成了原先的河滩。

"不行啊，师父。光这么瞎折腾可不是上策啊。"这下连伊织都开始嘲笑武藏了。

可是，武藏仍没有更换耕地、转移到他处的念头。他再次与雨后的浊流搏斗，又开始了跟先前一样的劳作。一进入冬天，大雪便频繁落下。而雪一融化，浊流则又开始肆虐。过了年，到了次年的一月二月，两人的汗水和铁铲还是未能换来一亩田地。食物吃完了，伊织便去德愿寺要，但寺里的人似乎也没给他好脸色，回来后他一脸的郁闷。不仅如此，最近两三天，大概连武藏都坚持不住了，连铁铲都不扛了，只是默然站在数次筑堤都没能挡住浊流的耕地上，终日都在沉思。

"对！"一日，武藏像忽然有了重大发现似的，不由得朝伊织低吟，"此前是我太愚蠢了，对于水土居然也想用政治理念，用经纶之策来治水拓土。"他继续喃喃道："这完全是错误的。水有水的性格，土有土的法则，我只要忠实地顺从它们的特性，做一个水的奴仆、土的保护者就行了。"

于是，武藏修改了此前的开垦方法，一改以往征服自然的态度，而是以一个自然奴仆的身份重新劳作。尽管后来的融雪也造成了巨大的浊流，可他的耕地却免于侵害。

"这也完全适用于政治。"他终于开悟。同时，他也在旅行手记中添上一句以作自戒：世世之道不可违。

# 土匪来

## 一

长冈佐渡是经常出现在这寺里的大施主之一。由于他是名将三斋公，即丰前小仓的城主细川中兴的管家，他曳杖来到寺里，自然不是为了亲戚的忌辰，而是忙里偷闲来度假。这里距江户有七八里地，有时他也会住上一宿，总是只带三名武士和一名小厮做仆从。以他的身份来说，这算是极为简朴了。

"寺僧不必太费心。你们的心意我领了，但也不要太铺张了。"

"实在不敢当。"

"还是让我自在地放松一下吧。"

"您请便。"

"请恕在下无礼。"说罢，佐渡便躺了下来，将花白的鬓发枕在胳膊上。

江户的藩邸那边忙得让他喘不过气，他或许也是以参拜的名义故意躲到这儿来的。总之，在露天浴池里泡过澡，再小酌一杯土酿，头枕着胳膊打个小盹，耳边听着阵阵蛙声，恍惚间似乎连眼前的尘世都会忘记。

今夜亦是如此，佐渡又住在此寺，正倾听着远方的蛙鸣。寺僧悄悄将酒壶和膳食撤了下去，仆从则坐在墙边，一脸担心地望着在摇曳的灯火中打盹的主人，生怕其着凉。

"啊，真惬意。仿佛就此进入了涅槃一样。"

有时，趁他换胳膊的时候，仆从也会提醒道："当心着凉啊，夜风中可含着露水呢。"

佐渡却不以为然。"不必担心。我这身体久经沙场，这么点夜露岂能冻着我。不过，这暗风之中倒是蕴含一股馥郁的油菜花香，你们也闻到了吧？"

"一点也没。"

"你们啊，没一个鼻子管用的。哈哈哈。"他的笑声倒也不是太大，但四周的蛙声戛然而止。

正疑惑间，寺僧的呵斥声忽然从书院的侧廊上传来，声音比佐渡的笑声大得多。

"喂，小孩！不许站在那里窥探客人的房间！"

仆从们立刻站起来巡视。

只见一个人影正吧嗒吧嗒地朝斋堂方向逃去。呵斥的僧人则留在后面低头致歉。

"实在抱歉。是个当地乡民的孤儿，您就饶过他吧。"

"他刚才在偷窥吗？"

"是。他本是一名马夫的儿子，就住在一里开外的法典原。听说他祖父从前也是名武士，所以天天嚷着自己长大后也要做武士呢。一看到武家大人器宇轩昂的样子，他便咬着指头偷看起来了，真让人头痛。"

这时，在房间里打盹的佐渡闻声坐了起来，说道："喂，法师。"

"是。长冈大人，吵醒您了。"

"不不，我不是在责备你。那个小孩看上去倒挺好玩的，正好可以陪我说说话、解解闷呢。能否给我叫来？就说我要给他点心。"


二


伊织来到斋堂嚷嚷道："大婶，没有小米了，我来取小米，快给我装上。"说着，他撑开能装一斗米的米袋袋口。

"怎么说话呢，臭小子！你以为是来讨账啊？"昏暗的斋堂里传来寺婆的呵斥声。

一起帮着洗涮的勤杂和尚也在帮腔："我们住持看你可怜才施舍给你的，你面子倒不小。要东西得低声下气才行。"

"我的脸大吗？我可不是要饭的。我可是把我爹的遗物都押在这儿了，那里面可装着钱呢。"

"荒郊野外就那么一间破房子，一个当马夫的爹能给你这饿鬼留下多少钱啊？"

"你给不给？快给我小米！"

"反正你是个傻子。"

"你凭什么这么说？"

"也不知是哪儿来的疯子浪人，你竟然甘愿受他指使，连食物都替他张罗。"

"你管得倒宽。"

"那么块破地，怎么挖也成不了水田旱地，村里人都在笑话你们呢。"

"你有完没完？"

"我看你也有点着了那疯子的魔道了。看样子，那浪人真把那儿当成了《御伽草子》中的黄金冢宝地，到死也要挖了。可你还是个鼻涕鬼啊，现在就开始掘自己的坟墓，是不是有点早？"

"少啰唆，快拿小米！快，给我小米！"

"不要说小米啊，要说'休'。"

"休——"

"想！"勤杂和尚趁机揶揄着，瞪起眼珠子把脸一伸，做起鬼脸来。

就在这时，啪嗒，一块湿抹布之类的东西忽然贴到和尚脸上。和尚顿时"啊"的一声尖叫，脸色煞白。

原来竟是他最害怕的大蟾蜍。

"好你个臭小子！"他一下子蹦了起来，一把抓住伊织的脖子。恰在这时，寺僧前来迎接伊织，说住在后面的施主长冈佐渡大人召唤。

"是不是出什么差错了？"连住持都一脸担心地跑了

过来。

"不不，佐渡大人只是叫他去解解闷。"

"那就好。"听寺僧这么一说，住持这才松了一口气，却似乎仍未完全放心，亲自牵着伊织的手，将其领到了佐渡面前。

书院的邻室里已经铺好被褥，老迈的佐渡正横躺在那里。看来他非常喜欢小孩，看到伊织呆呆地坐在住持的身旁，便问道："几岁了？"

"十三，今年十三了。"伊织善解人意地答道。

"想当武士吗？"

听对方这么一问，伊织点点头。

"嗯……"

"那就来我府上吧。如果打水拿鞋你样样都能做好，以后我就让你做我的随从。"

话音未落，伊织就默默地摇了摇头。

"你不可能不想去，一定是害羞吧？我明天就带你回江户。"

佐渡如此重复了好几遍，伊织终于像勤杂和尚那样拒绝起他来："老爷，你要是不给我点心，就是骗人。快给我点心，我要回去了。"

住持的脸一下子变得铁青，当即啪地打了一下伊织的手。

# 三

"别责备他。"佐渡反倒责备起住持来,"武士是不会撒谎的。快把点心给他拿来。"他当即吩咐仆从道。

伊织拿到点心后,立刻揣进怀里。

佐渡见状,问道:"你怎么不在这儿吃?"

"师父还在等我呢。"

"哦……师父?"佐渡脸上现出诧异的神色。

伊织俨然一副已办完事的样子,理都没理佐渡便跑出屋。长冈佐渡于是讪笑着钻进被窝,住持则再三叩首致歉。不久,他追到斋堂问道:"那小孩呢?"

"刚背了小米回去了。"斋堂的人答道。

黑夜中,倘若竖起耳朵凝神细听,便会听到从某处传来的用树叶吹出的奇怪声音。嚓卡,嚓,嚓嚓卡,嚓。只可惜伊织并不会唱好听的歌,赶马人唱的歌不适合吹叶笛。而盂兰盆节上那种起源于载歌载舞的地方歌会的民谣似乎也过于复杂,不适宜这简单的叶笛。最终,伊织只能一面在大脑里描摹着神乐的伴奏乐,一面将树叶贴在嘴唇上,接连吹出奇怪的声音,连道路的遥远都忘记了。不久,当他来到法典原附近时,忽然将嘴唇上的树叶跟唾沫一起吐了出去,一下子钻进了路旁的草丛。

荒野中的两条小河在这里汇合,朝村落流去。土桥上,只见三四个彪形大汉正交头接耳，喊喊喳喳地嘀咕着什么。

伊织一看几个人的面孔，顿时一惊。"啊，来了！"他一下子便想起了大前年暮秋时发生的事。这一带的母亲呵斥孩子时，经常挂在嘴边的一句话便是"你若不听话，就把你装进山神的轿子里送进山"。这种烙在幼小心灵中的恐惧伊织到此时都不会忘记。

听说很久很久以前，山神的白木轿子每隔几年便会巡回到距此八到十里的山上的神社里驻下。当地百姓一得到消息，便会将积攒的五谷等全拿出来，有的甚至连宝贝闺女的工作都会做通，让其打扮得漂漂亮亮，张灯结彩地进贡到山里。可不知从何时起，人们发现山神原来竟是凡人，便耍滑怠慢起来，再也不积极进贡了。

自从战国时代以来，即使这些装神弄鬼的党徒把轿子停在山间的神社里，特意去通知百姓，也没有人再进贡。于是党徒们就带着捕猎野猪用的矛头、射杀狗熊的弓箭、斧头和短矛等，总之，拿着那些让百姓一看就会吓瘫的武器，每隔一两年，估摸百姓又攒下了一定的财物后，便闯进村里打劫。

上次悍匪们来这一带打劫已是大前年秋天时的事了，当时的惨状在伊织幼小的心灵中烙下了阴影。如今当他望见土桥上的人影时，恐怖的记忆立刻像闪电一样被唤起来了。

# 四

不久，又有人成群结队地从远处朝荒野赶来。"喂！"土桥上的人影一呼，远处的队伍便"哦"地一应。声音从若干方向传来，然后消失在晚霞尽头。

伊织屏住呼吸，瞪大眼睛，从草丛中窥探着动静。不觉间，便有四五十个土匪黑压压地聚集到土桥附近，然后分别交头接耳了一阵子，看来是在协调步骤。

"上！"只见一名首领模样的男子将手一挥，所有土匪顿时像蚂蚱一样，一溜烟地朝村子冲去。

"出事了！"伊织从草丛里探出头，眼前似乎已浮现出那恐怖的光景。在夜霭中，坠入梦乡的村子顿时传来嘈杂的鸡叫声，牛吼马嘶，老人和孩子的哭喊声近在咫尺。

"对……赶紧去告诉住在德愿寺的武士一声。"正当伊织要返回去报告这里的大事时，原本已不见人影的土桥后面却突然传来了喊声："喂！"

伊织一个趔趄，拔腿就逃，可还是比不过大人的腿脚，最终被在那里警戒的两个土匪揪住了脖子。

"哪里去？"

"干什么的？"

其实伊织只需"哇"的一声大哭起来即可。可是他哭不出来，还拼命地抓挠抓住他脖子的强壮手臂，使劲挣扎。

土匪不禁对他起了疑心。

"这家伙，一定是看到我们之后，想去通风报信。"

"把他扔到那边的水田里去。"

"不，看我的。"话音未落，伊织就被另一个人踢到土桥下，随后跳下来的土匪则把他绑在桥桩上。

"好。"土匪丢下伊织后，重新跳回桥上。

当、当……寺里的钟声响了起来。看来，寺里知道了土匪来袭。村子里火光冲天，土桥下的流水被染得像血一样红。婴儿的哭喊声令人心碎，女人的悲鸣听起来撕心裂肺。不久，伊织便听见车轱辘的声音呱啦呱啦地滚过头顶，原来是四五名土匪正将劫来的财物满载在牛车马背上，从这里通过。

"畜生！还我老婆！"

"干什么？不要命的家伙！"

怎么回事？原来，百姓已开始在土桥上与土匪格斗，凄厉的呻吟声和脚步声混杂在一处。还未等伊织回过神来，浑身是血的死尸便一个接一个地落在伊织面前，血往他脸上溅来。


# 五


死尸被河水冲去，一息尚存者则抓住水草，爬上岸来。被绑在桥桩上目睹惨状的伊织大声朝其喊道："快给我解开绳子！解开我的绳子，我去给你们报仇！”

可是被砍的百姓爬到了岸上，就趴在水草中不动了。

"喂，快给我解开绳子啊！我去救村里人，解开我的绳子！"人小鬼大的伊织俨然已忘记了自己的安危，他拼命地大喊，呵斥着懦弱的百姓，命令着他们，可昏倒的人们仍未注意到。于是伊织再一次试图自己挣断绳子，拼命地挣扎起来，可一切努力都是白费。

"喂！"他错一错身子，尽量伸出脚，踢着一名昏倒在地的负伤者的肩膀喊道。

终于，一张沾满泥巴和鲜血的脸抬了起来，两眼无力地望望伊织。

"快，解开这绳子，解开！"

那人终于爬了过来，但解开伊织的绳子后就断了气。

"等着瞧！"伊织望望桥上，咬着嘴唇。土匪们将追来的百姓全都杀死在这里，可装满财物的牛车却陷进了土桥腐烂的地方，他们正在吵嚷着往外拽。

伊织沿着水边，没命地在河岸的阴影中跑了起来。他涉过浅水，爬上对岸，撒腿在荒野中狂奔，一口气在既无田地又无住家的荒野上跑了半里路。不久，他终于跑到了山丘上的那间与武藏一起居住的小屋。一抬眼，一个人影正站在小屋旁凝望着天空，正是武藏。

"师父——"

"哦，伊织。"

"快去！"

"去哪里？"

"村子。"

"那火光是……"

"山里人袭来了。大前年时就曾来过一次的家伙们。"

"山里人？山贼？"

"有四五十号人。"

"那钟声是告急的？"

"快去！有好多人在等着解救呢！"

"好。"武藏顿时折回小屋，又立刻出来，原来是去整备鞋履。

"师父，快跟着我。我给你领路。"

武藏摇摇头。"你在小屋里等着。"

"哎，为什么？"

"危险。"

"不危险。"

"碍事。"

"可是师父不知道去村子的近路啊。"

"那火光就是最好的带路人。听着，你给我老实地待在这小屋里。"

"是。"伊织无奈地点点头，刚才充满正义的小小心灵顿时失去了飞跃的目标，一脸落寞。

村子里仍火光冲天。只见被烈焰映红的原野中，一个人影正像鹿一样向前冲去，正是武藏。

# 征夷

## 一

父母遇害，丈夫被杀，失去孩子，一群像念珠一样被绑在一起的女人被驱赶着，正哭天号地走在荒原上。

"吵死了。走不走？"土匪们挥着鞭子抽打她们。这时，一个女人忽然惨叫一声倒在地上，前后拴在一起的女人也都跟着倒了下来。于是土匪们抓着绳子，一面拽，一面呵斥道："真是些不知好歹的玩意儿！天天喝着能照见人影的稀饭，年年种着这不长庄稼的贫土，瘦得跟皮包骨头一样，这有什么好的，干脆跟我们一块儿过吧，日子赛神仙啊。真麻烦。干脆把绳子拴在马身上，让马拉着得了。"

每匹马的背上都堆满了山一般劫掠来的财物和粮食，土匪们将绳子一头拴在其中一匹上，然后拼命抽打马屁股。

于是，女人们便哭爹喊娘地被奔马拖着跑了起来。有的倒在地上，黑发在地上拖行，撕心裂肺地叫喊："胳膊断了！胳膊断了——"

"哈哈哈！哈哈哈！"土匪们狂笑不已，成群地尾随。

"喂喂，你这也太快了。适可而止行了。"

后面土匪的话音未落，马和女人就都停止不前，只是刚才还在抽打马屁股的土匪却连吱都没吱一声。

"咦，怎么又停下等了？笨蛋！"

其他人立刻哈哈笑着赶上前来。不过，嗅觉灵敏的土匪立刻便嗅到了一股血腥味。"啊？"目光也一齐畏缩起来。"谁？谁？是谁？谁在那儿？"

他们看到一个人影正踏着草缓缓地走近，手里提着的白刃正笼罩着一层雾一般的血气。

"啊！啊！"

前面的人向后退，顿时与后面的挤撞在一起。而在此期间，武藏已经目测出土匪约有十二三人。然后，他便将目光锁定在其中一名看似难缠的男子身上。

土匪们抽出山刀，另有一名手持利斧的男子冲到一侧，捕猎野猪的枪矛矛穗也同时斜着逼了过来，压得很低，觊觎着武藏的侧腹。

"不知死活的家伙！"其中一人喊道，"哪里来的流浪汉，胆敢杀死我兄弟！"

话音未落。"哇！"右侧持斧的男子忽然发出咬舌般的声音，踉跄着倒在武藏面前。

"不知道吗？"血泊中，武藏收回刀说道，"我乃保护良民和土地的镇守之神的使者！"

"开什么玩笑！"

武藏撇开那刺空的长矛，举起大刀，朝山刀群中杀去。


## 二


当土匪们高估自己的力量，尚未把独自一人的对手放在眼里时，武藏还是免不了一番苦战的。可是眼看着众多同伴被这个对手打得七零八落，一个个倒地身亡，土匪们开始慌乱。怎么会出现这种事呢？好小子！不服气的进攻者接连曝尸荒野。

一旦厮杀起来，武藏便摸清了敌人的力量。并非数量，而是整个团体的力量。尽管以一敌多并非他拿手的刀法，可他还是对这种唯有在一赌生死的混战中才能学到的战法深感兴趣，因为从中可以体会在一对一的比试中无法体会到的东西。

于是一开始，他便在稍远的地方斩杀了那名让马拖着女人们跑的土匪，祭了祭刀，然后又夺下敌人的山刀，并未使用自己携带的大小两刀。当然，他并非出于一种清高的想法，认为斩杀这种鼠辈岂能玷污自己的宝刀，而是出于一种更现实的目的，即爱护自己的武器。

对方的武器杂乱不一。一旦对战，极可能会伤到自己的刀刃，或是让自己的刀折断。人，尤其是在一些关键时刻，往往会因为身上没带武器而败北，这种事情不胜枚举。所以武藏从不轻易拔出自己的武器，历来都是夺取敌人武器再杀敌人。不知不觉中，这种技艺已经练到了炉火纯青的地步。

"好小子，你等着！"

土匪们开始四处奔逃。原先的十多名土匪只剩下五六人，朝来时的方向逃去。村里一定还有不少他们的同伙，正在胡作非为地糟蹋百姓。他们逃回去，一定是想纠集其他同伙，卷土重来。

武藏稍稍喘了口气。他先返回后面，将捆绑在倒地女人们身上的绳子一一斩断，让尚有力气站起来的女人暂时照看那些站不起来的。她们已连致谢的话都说不出来，只是仰视着武藏的身影，像哑巴似的跪地哭泣。

"你们可以安心了。"武藏先安慰了一句，接着又道，"你们的父母、孩子和丈夫都还留在村里吧？"

"是。"女人们点点头。

"我必须也要救他们。若是只救了你们，老人和孩子没有获救，你们仍是不幸的。"

"是。"

"你们应该有保护自己、互救互助的力量。只是你们不会集中和运用力量，才遭到贼人的糟蹋。就让我来帮你们一下吧，你们也都拿起刀来。"说着，他将土匪丢弃的武器收集起来，一一交到她们手里，"你们只要跟我来就行了。照我说的去做，把你们的父母、孩子和丈夫从烈焰和贼人手中救出来。大家的头上都有守护神在保佑，不用怕。"说罢，他越过土桥，朝村子方向赶去。

# 三

村子里大火仍在燃烧。幸好民家散在各处,烈焰并未连成一片。道路被火光映得通红,甚至映出了移动的人影。武藏率领着女人们接近村子。

"啊!"

"是你啊?"

"没事吧?"

躲藏起来的百姓立刻汇集起来,眨眼间便聚了好几十人。一看到父母、兄弟和孩子还健在,女人们顿时拥上去号啕痛哭。她们指着武藏,"是他救的。"接着便用浓郁的乡音,带着由衷的喜悦,将被救的经过告诉亲人们。

百姓们看到武藏,起初都现出了异样的眼神。眼前的恩人竟是平日里恶语嘲讽为法典原上的疯子浪人的男子。

面对众多村民,武藏把刚才说给女人们的话又重复了一遍,然后命令道:"大家都拿起武器来。随手摸起一样东西就行,木棒也行,竹竿也行。"

一个违背者也没有。

"劫掠村子的土匪一共有几十人?"

"五十人左右。"有人答道。

"村里有多少户呢?"

有人回答说有七十来户。由于村中仍具大家族遗风,

247

所以每户至少有十人以上。如此算来，村里共住着七八百名百姓。除去其中的老幼病残，男女壮劳力起码得有五百名。这么多的人，却被区区五六十个土匪劫走每年的收获，女孩子和家畜被糟蹋也无计可施，武藏实在看不出其中有什么令人同情的理由。

部分原因当然在于施政者的不作为，而另一部分原因则在于村民们没有自治和武力。只有那些没有武力的人，才会永远对武力抱有绝对的恐惧。只要了解了武力的性质，武力就不再是恐怖的东西，反倒成为了和平的维护者。这个村子一日不拥有维护和平的武力，这种祸患就一日不会断绝。武藏立刻意识到讨伐今夜的土匪并非自己的目标，让村民们组织自己的武装才是根本的解决之道。

"法典原的浪人先生，刚才逃走的土匪又召集了很多同伙，正朝这儿赶来。"一个赶来报告的村民挥着手，向武藏和其他村民告急。

即便手持武器，可骨子里仍惧怕山贼。村民们顿时一片慌乱，害怕起来。

"我早料到了。"武藏先给他们喂上一颗定心丸，然后命令道，"都隐蔽到道路两侧。"百姓们争先恐后地躲到树荫或旱田里，只留下武藏一人。

"一会儿贼人袭来时，我一人迎斗他们，然后就假装逃跑。"他环顾着村民们隐匿的道路两旁，自言自语般说道，"这时，你们还不用出来。不久，追杀我的贼人一定会再次溃逃到这里。到时候，你们就高声呐喊，冷不丁从一旁冲出来，攻打他们。然后再潜藏起来，然后再冲出来，藏了又出，出了又藏，痛击土匪，一个不剩。"

说话间，一群土匪已像魔军一样从远处杀来。

## 四

土匪们的装扮和队容简直就像原始时代的军队。在他们眼里，眼下既不是德川的天下，也不是丰臣的世道。山便是他们的天地，村落便是一时填充他们所有饥饿的地方。

"啊，等等！"先头一人停住脚步，拦住后来的同伙们。山贼们前后来了二十多人，有的提着世上已很少看见的大钺，有的抱着生了锈的长枪，在红色火光的映照下，黑压压地聚在一起。

"在吗？"

"那是不是？"

"对，是他！"这时，其中一人指着武藏的影子说道。

武藏就在十间远的地方，站在路的中央挡住去路。面对如此阵势，武藏竟若无其事，毫不慌乱。

咦？这家伙……这群猛兽也不禁怀疑起自己的威势，又惧怕起武藏的态度，一时裹足不前。不过，这种犹豫也仅仅是一瞬间，立刻便有两三名土匪满不在乎地闯上前。"是你吗？"他们说道。

武藏目光炯炯地盯着逼近的歹人。仿佛被他的眼神缚住一般，歹人睨视着武藏，不敢上前。

"就是你吗，给我们捣乱的家伙？"

"正是。"武藏开口之际，也是他手里的刀径直斩向贼人的时候。

哇！一阵打斗之后，双方已分不清彼此。仿佛被小旋风席卷的羽蚁群，乱斗开始了。可是道路一边是水田，一边是行道树的土堤，这种地形对土匪们非常不利，对武藏却是绝好的机会。而且，土匪们尽管凶猛，可他们既没有统一的武器，也没有什么训练，倘若与一乘寺垂松时的决战情形相比，武藏还未有那种踏上生死之地的感觉。并且大概是因为他从一开始便怀有一种乘机后退的想法，而恶斗吉冈门下的众人时，他连后退一步的想法都没有，可如今恰恰相反，他压根就没有与他们恶斗的念头，只是在以兵法之"策"操控着对手而已。

"啊，浑蛋！"

"竟然想逃！"

"哪里逃！"

土匪们在奔去的武藏后面紧追不舍。不久，他们终于被引诱到荒野的一边。

比起刚才的狭长地带，这空无一物的广阔原野显然对武藏不利。只见武藏忽地逃向这边，忽地又蹿向那边，让敌人密集的武力分散开后，又突然杀个回马枪。"嗨！"唰的一刀！又是一刀！手起刀落间，武藏的身影已由这个血柱跳向那个血柱。

即使用"砍瓜切菜"一词来形容也毫不夸张。被杀者狼狈至极，几乎已经傻眼，而杀人者则得心应手，如进忘我境界。土匪们顿时崩溃，呼啦一下子朝原路逃了起来。

# 五

"来了！"潜伏在两边的村民们一听到山贼逃回的脚步声，顿时齐声呐喊，"杀啊！"众人蜂拥而起。

"浑蛋！"

"禽兽！"

人们挥起竹枪、木棒等各式武器，呼啦一下子围住逃跑者，迅速将其乱棍打死。

"隐蔽！"眨眼间，人们又潜伏下来。不久，看到逃窜而回的土匪，便再次蜂拥围住。"浑蛋！"他们用灭蝗般的群力将土匪一个个打死。

"这些家伙，这么不禁打！"百姓们顿时振奋起来。目睹着眼前数具土匪的尸体，他们这才发现，原来自己身上竟然也有一股以前从未发现过的力量。

"又来了！"

"就一个人！"

"干掉他！"

村民们再次蜂拥而上，可这一次跑来的是武藏。

"哦，错了，错了，是法典原上的浪人先生。"村民们顿时像迎接将军的走卒一样，立刻分列在两旁，望着浑身是血的武藏和他手上的血刀。

血刀的刃已经卷得像锯齿一样。武藏将其丢掉，捡起一支被土匪丢在地上的长矛，说道："你们也把死尸的刀和枪矛都捡起来。"

听他一说，村民中的年轻人顿时争抢着拾起武器。

"走，是时候了。你们要团结起来，把山贼赶出村子，夺回自己的家和家人！"武藏一面鼓励，一面冲在前头。此时已没有一个村民害怕，就连女人、老人和孩子也都纷纷捡起武器，跟在武藏身后跑了起来。

跑进村子一看，只见那颇具古昔之风的大农家仍在熊熊燃烧。村民的影子，武藏的影子，还有树木和道路全被映得通红。烧毁房子的烈火又蔓延到竹林里，青竹爆裂，噼啪作响。接着，婴儿的啼哭声传来，着火的牛棚里，牛也在凄惨地狂叫。可是纷纷落下的火星当中，没有发现一个贼人的影子。

"哪儿，发出酒味的地方在哪儿？"武藏忽然问道。

村民们已经被烟呛得头昏脑涨了，哪里还会嗅到酒香，不过被武藏如此一问，立刻齐声答道："只有村长家的酒缸里储藏着酒。"

武藏告诉他们，山贼就聚集在那里，并向大家授计一番。"跟我来。"说着他又奔了起来。

此时，从各处返回来的村民已超过百名，逃进地板下和草丛里的也已陆续出来，他们的队伍越来越壮大了。

"那就是村长家。"村民们远远地指着说道。只见房子外面围着一道徒有其名的土墙，在村里算是大户人家了。走近一闻，仿佛喷涌的酒泉一样，酒香顿时扑鼻而来。


# 六


还未等村民们躲进附近的隐蔽处，武藏便翻越土墙，只身进了被土匪当成大本营的村长家。土匪头目正与几个小喽啰聚在宽敞的泥地房里，强搂着姑娘，喝得烂醉。

"慌什么！"土匪头目正在发火，"不就是一个捣乱的吗，还用得着我动手？你们赶紧去给我收拾了。"他劈头盖脸地呵斥着前来告急的手下。

就在这时，土匪头目忽然听到外面的异样声音。周围一边撕烤鸡一边狂灌酒的土匪们也一惊。"啊，什么人？"说着一齐站了起来，下意识地抓起武器。

一瞬间，他们全呆住了，所有的注意力都被吸引到传来恐怖惨叫的泥地房入口处。而此时，武藏早已跳到房子一旁。找到正房的窗口后，只见他用枪柄点地，纵身一跃跳进屋内，站在土匪头目身后。

"你就是土匪头目？"

土匪头目应声回头，就在这一瞬，他的胸膛已被武藏刺出的矛头戳穿。"啊！"男子狰狞地惨叫一声，尽管浑身是血，可他还是企图抓着枪站起来。武藏顺势一松手，男子胸膛上扎着枪，径直跌落在泥地上。

此时，武藏已夺过随后扑来的土匪的刀。手起刀落，顿时一人喋血，一人一命呜呼。"哇！"土匪们立刻像马蜂一样争抢着向泥地房外逃去。

武藏顺势把刀丢向土匪，又随手从死尸的胸膛上拔出枪，拿在手中。"不许动！"他跳到外面，把枪一横，形成一道铜墙铁壁。仿佛竹竿击打的水面一样，土匪们呼啦一下分散开来。但宽敞的空间让长枪如鱼得水，武藏将长枪抡得呼呼生风，简直快把橡木黑柄都抡弯了，或刺或挑，或扫或打。

自知不是武藏对手的土匪纷纷朝土墙的门口逃去，可手持武器的村民们早就围堵在那里。土匪只好翻越围墙滚落到外面，多数被候个正着的村民们当场打死。就算是侥幸逃跑的，也差不多快半身不遂。村中的男女老幼生来第一次发出胜利的欢呼，高唱凯歌。不久，当他们找到自己的孩子、妻子和父母时，顿时互相拥抱，喜极而泣。

这时，忽然有人说了一句："要是他们再来报仇就麻烦了。"一听此言，村民们又开始惧怕起来。

"他们再也不会来这个村子了。"武藏告诫他们后，人们才终于恢复安心的神情。"只是，你们也不要太过自信。你们的本业并不是武器，而是锄头。一旦混淆了自己的身份，炫耀起半生不熟的武力来，恐怕遭受的天谴比土匪还可怕。"

# 七

"查看了没有？"正巧，住在德愿寺的长冈佐渡并没有睡。村里的大火就在前方的荒野和沼泽一带，但看来火势已被控制。

"是，刚查看回来。"两名仆从齐声说道。

"贼人逃了吗？村民的遇害情况如何？"

"我们赶去时，村民们已打死了一半贼人，剩下的似乎都被驱散了。"

"竟有这事？"佐渡顿时纳闷起来。若真是这样，他便不得不重新考虑主人细川家领地上的治民方式。

总之，今夜已经迟了。想到这里，佐渡便卧床睡下。次日早晨赶回江户时，佐渡却忽然说道："稍微绕一下，到昨晚那个村子去看看。"说着，他掉转马头赶向那村子。

德愿寺的一名寺僧也跟来做向导。一到村子，佐渡便回过头看了看两名仆从，怀疑地说道："你们昨夜是怎么查看的？你们看，路边那些贼人的尸体像是被百姓们杀死的吗？"

村民们并未睡觉，一直在清理烧毁的房子和死尸，一看到马上的佐渡，却全都逃到了家中。

"他们一定是误解我了。来人，给我找个稍微明理的百姓来。"

于是，德愿寺的僧人便带来一人。佐渡这才得知昨夜事情的真相。"我说呢。"他连连点头，"那，你说的那浪人究竟是什么人？"

当佐渡再问时，那人却挠起头来，说连名字都不曾问过。可佐渡无论如何也想知道，于是寺僧便又去打听了一下，返回后说道："说是叫宫本武藏。"

"什么，武藏？"佐渡立刻想起昨夜的少年，"看来，他就是那个小孩所称的师父了。"

"那人平时都是跟那个小孩一起开垦法典原的荒地，学农民做事，是个奇怪的浪人。"

"真想见见这个男人。"佐渡喃喃了一会儿，忽然想起藩邸里还有杂事要处理，于是说了句"算了，下次再来吧"便催马继续前行。

来到村长家门前时，一样东西忽然引起了佐渡的注意。就在一个似乎在今晨刚竖起来的崭新的公告牌上，写有几行墨迹未干的文字：


    村人须知

    锄头亦是剑

    剑亦是锄头

    居土中而不忘乱

    置乱中而不忘土

    依身份而归一

    切记

万不可违背世道

"唔……这公告是谁写的？"

村长闻声出来，伏地答道："是武藏先生。"

"上面的意思，你们懂得吗？"

"今天早晨，他将村民全都召集起来，详细做了说明，所以差不多都懂了。"

"寺僧。"佐渡回头说道，"你可以回去了，辛苦了。很遗憾，我有要事在身，只好下次再来了。再会。"说罢，他催马扬长而去。

# 四月时节

## 一

　　细川三斋一直住在丰前的小仓，并未在江户的藩邸待过。江户这边主要是长子忠利在驻守，与辅佐的老臣共同裁断大小一切事务。忠利才智过人，年龄也才二十出头，即便与那些簇拥着新将军秀忠移居到这新城府的天下枭雄和豪杰大名为伍，也丝毫没有辱没父亲细川三斋的身价。不仅如此，他锐意进取，颇有远见，尽管在诸侯中算是新人，可与那些叱咤战国只以武力为荣的粗犷的老大名相比，真可谓有过之而无不及。

　　"少主呢？"长冈佐渡探问道。

　　书房也没有，马场也未见人影。藩邸虽大，可庭院等处仍未修整好，一部分还是原有的树林，一部分则将树木伐掉作了马场。

　　"少主在哪里？"佐渡从马场回来，捉住一名路过的年轻侍从问道。

"在靶场。"

"又在练箭啊。"于是佐渡穿过林间小径，朝靶场走去。

嗖！只听箭羽轻快的鸣声不时从靶场方向传来。

"佐渡先生。"忽然，有一人叫住了他，原来是同为藩臣的岩间角兵卫。此人务实而干练，深受主人器重。"去哪里？"角兵卫凑了上来。

"去找少主。"

"少主正在练箭呢。"

"有要事在身，纵使练箭也得禀报。"

说着正要过去，角兵卫却拉住了他。"佐渡先生，您若是不急，有点事我想跟您商量一下。"

"什么事？"

"站着说话不方便。"说着，角兵卫打量一下四周，"咱们到那儿去说吧。"便将佐渡邀入林中茶室的厢房，"也不为别的，就是想请先生与少主谈话时，帮忙推荐一个人。"

"想来这里谋差？"

"想必佐渡先生那里也有不少人想通过各种门路来谋个差使吧。不过，我这儿的这个人物可是一个少见之人啊。"

"哦……若真是人才，主公也是求贤若渴啊，只可惜来的全是些想混吃的人。"

"此人绝非等闲之辈。说实话，与鄙人的内子还有些亲戚关系呢，从周防的岩国来后，已在我那儿赋闲了两年了。依我看，他便是主公所求的那种人才。"

"岩国？也就是吉川家的浪人了？"

"不，是岩国川的乡士之子，名佐佐木小次郎，年纪虽轻，却自幼师从钟卷自斋习得富田流刀法，拔刀之法则得到了吉川家的食客片山伯耆守久安的真传。但他仍未满足，又独创了一流刀法，名曰岩流。"角兵卫极力称赞，欲将此人推荐给佐渡。

在推荐人才时，任谁都会徇一些私情，可佐渡却不以为然。他反倒一下子又想起另外那个意中人来。此人装在他心里已有一年半，尽管由于事务繁忙而一度遗忘。那便是一直在葛饰的法典原上从事开垦的宫本武藏。

二

自那以来，武藏的名字就深深地烙在了佐渡心里，无法遗忘。那种人才是主公欲求的人才呢，佐渡一直偷偷将这件事装在心中。只是他一直想再访法典原，亲眼见过此人后再举荐给细川家。如今回想起来，从在德愿寺产生这种念头的那一夜起，不觉间已过了一年多。由于公务繁忙，自那以后，他便没能找到去德愿寺参拜的机会。武藏现在如何呢？一句话让佐渡牵起了诸多回忆。而岩间角兵卫仍期待佐渡能帮忙举荐赋闲在自家的佐佐木小次郎，于是频频介绍小次郎的履历和优点，希求佐渡的首肯。

"到了主公面前，还请多多美言。"

"知道了。"佐渡答道。比起角兵卫所托的小次郎来，他心里牵挂的仍是武藏。

来到靶场一看，少主忠利正与家臣比试射术。

忠利射出的箭，箭箭都中靶心，连鸣声中都带着一股气度。他的随从却不时地建议道："今后的战场上全该使用火枪了，其次是矛头，至于太刀、弓箭之类就没大用了。弓箭已成了武家的装饰，主公只学学礼法不就得了？"

每当这时，忠利便反问起随从来："我的弓是以心为靶子的。你以为我这么练习就是为了到战场上能射杀十个二十个武士吗？"

对于老主公三斋公，细川家的家臣当然心服口服，但他们中却没有一人是慑于三斋公的余威才侍奉忠利的。对于忠利身边的侍从来说，三斋公伟不伟大根本就与忠利没关系。他们由衷地将忠利本人奉为英主。

说来话长，忠利晚年时的一件事可以说明藩臣是何等敬畏忠利。那是细川家的领地从丰前小仓被移封到熊本的时候。在入城仪式上，忠利在熊本城的正门前下了轿子，衣冠整齐地跪坐在新席子上，朝着即将以城主身份坐镇的熊本城伏地礼拜。就在这时，忠利冠上的带子碰到了城门的门槛。后来，忠利的家臣就不用说了，就连之后的代代家臣都恪守着一条规矩，即早晚进出城门的时候，决不会从中间的门槛上跨过。

通过这一例子，不难看出，当时一国的国主对"城"的态度是何等严肃，家臣们对其"主公"是何等尊崇。忠利自壮年时代便已是气度非凡，要向这样的明主推荐家臣，一般的人当然不敢。

长冈佐渡来到靶场，一看到忠利的英姿，便立刻为自己与岩间角兵卫分手时随口答应的那句"知道了"而后悔。

## 三

细川忠利混在年轻侍从当中，因比试射箭而满头大汗。他就像个年轻侍从一样，一点架子都没有。现在他正在歇息，一面与侍从们逗笑，一面来到靶场的休息间擦汗。无意间瞥见老臣佐渡的面孔，于是说道："老人家，你也射一箭看看吧。"

"不，若是跟你们混到一起，那我岂不也成小孩子了。"佐渡开玩笑道。

"瞎说。你总是把我们看成还留着总角的毛孩子。"

"那当然。我的弓法，无论是山崎合战的时候，还是死守韭山城的时候，都是屡蒙老主公赞赏的上乘弓法，这是大家公认的。我是不会在靶场里跟你们这些小孩子寻乐解闷的。"

"哈哈哈，又来了。佐渡老爷子又卖弄起来了。"侍从们都笑了起来。

忠利也苦笑一下，穿上衣服。"有什么事吗？"他正经起来。

佐渡首先简单禀报了一下公务，然后又道："岩间角兵卫说有一人要推荐给主公，不知主公见过那人没有？"

忠利似乎已然忘记，摇摇头，不过立刻又想了起来。

"对对。他是几次三番向我推举过一个叫佐佐木小次郎的人，但我还没见呢。"

"那么见一下如何？但凡有能之人，各诸侯家都在以厚禄争抢。"

"果真是如此的人才？"

"先叫来看看再定也不迟啊。"

"佐渡……是角兵卫又托你美言了吧？"忠利苦笑道。

佐渡深知这位少主的英敏，也知道自己绝瞒不过他，于是讪笑道："主公英明。"

忠利的手仍嵌在射箭的皮手套里。他从侍从手里接过弓说道："角兵卫举荐的人物要见，你上次在夜里谈到的那个叫什么武藏的人物，我也想见一见。"

"少主还记得？"

"我当然记得，但你恐怕早就忘了吧？"

"不，只是后来一直没机会去德愿寺。"

"为求一人才，就算将琐事全都丢下也值。至于顺道办事之类，这恐怕不合老爷子的一贯做派吧。"

"老臣实在诚惶诚恐。只是由于各处的举荐颇多，老臣以为少主只是随便听听，便只当是说说而已，一直耽搁了下来。"

"不不，别人眼光如何倒不好说，可你老爷子看上的人，我也很期待啊。"

佐渡内心惶恐。从藩邸回到自己的府中后，他立刻让人备马，只带了一名随从，便往葛饰的法典原赶去。

# 四

今夜已没法住下了，佐渡打算快去快回。由于心里着急，他连德愿寺都没有去，催马直奔法典原。

"源三，"他回头看了一眼随从，说道，"这一带不就是那法典原了吗？"

随从佐藤源三答道："属下也觉如此。可您都看到了，这里全是麦田啊，开垦的地方应该在更里面才对。"

"是吗？"

二人已经从德愿寺跑了不少路。倘若继续往里走，就要进入常陆路了。太阳已开始西沉，麦田里，白鹭像洒落的粉面一样纷纷起舞。河滩边，山坳里，处处都种满了麻，小麦也在随风沙沙作响。

"哦，主人。那里聚集了许多农夫。"

"唔？果然。"

"我去问问。"

"等等。到底在干什么呢，一个接一个地在地上磕头，好像在拜什么。"

"管他呢，先去看看再说。"说罢，源三揪住马笼嘴，涉过河滩的浅水，走向那里。"喂，百姓们。"他一声招呼，人群顿时吓了一跳，四散开来。再一看，只见那里有一处搭建的小屋，一旁还有一处鸟巢箱一样小的佛堂，人们正在那里祭拜。

约有五十名结束了一日劳作的百姓聚集在那里。看来每个人都要回家了，携带的农具都已清洗干净。吵嚷间，只见里面走出一名僧人。

"哎呀，我当是哪位贵人，原来是长冈佐渡大人啊。"

"哦，你不是去年春天村里发生骚乱时给我带过路的那名德愿寺僧人吗？"

"正是贫僧。大人今日又来参拜了？"

"不不，我是突然想起一件事便匆匆起程，直接赶奔这里。我想问一下，当时在这里开垦的那个叫武藏的浪人，还有那个叫伊织的小孩，现在还在吗？"

"那位武藏先生已经不在这儿了。"

"什么，不在了？"

"是的。就在半月前，忽然离开这里去了他处。"

"那，是有事走了？"

"不。由于只有那一天大家全都休息，而这老闹水患的荒地也变成绿油油的田地了，于是大家就高高兴兴地举行了一个祈求丰收的仪式。可第二天早晨，那个武藏先生和伊织就离开了这小屋。"

仿佛那武藏先生仍在眼前似的，僧侣一面说着，一面讲起事情的原委。

# 五

自那以来，惩处了土匪，村子的治安得到了巩固，每个人的生活又都恢复了和平，便再没有第二个人直呼武藏的名字了。人们都尊敬地称他为"法典的浪人先生"，或是"武藏先生"，就连那些以前把他当成疯子、对他恶语相加的人都来到他的小屋主动帮忙。"让我也来帮你们一把吧。"

武藏也不嫌弃，一律平等相待。"想来这儿帮忙的就来吧，想富裕起来的人就来吧。只顾自己的人与鸟兽无异。想给子孙后代留下点东西的人就全来吧。"

听他如此一说，每日都会有四五十名手头没活的人聚集在他的开垦地里。农闲时，更是会有几百人来这里，齐心协力开垦荒地。

结果，去年秋天，从前一直肆虐的洪水终于被遏制住，冬天里耕土，春天时在苗床里撒上种子，引水灌溉，等到今年初夏时，尽管数量并不多，可新田里已然长满了青青的嫩苗，麻和小麦也长到了一尺多高。

土匪也不再来了。村民齐心协力，努力劳作。村里的男女老幼都视武藏为神明，每当做了草饼或刚下来新鲜蔬菜时，他们都会送一些到小屋来。

明年，这里的水田和旱田会增加一倍。再过一年，一定会增加到三倍。村民对驱除土匪和维护村子的治安充满信心，对开垦荒地也充满了坚定的信念。

为表达感谢之情，村民们便停下了一日的农活，把酒壶抬到小屋，然后围着武藏和伊织，和着乡间神乐的太鼓和笛子，举行了丰年祭。

当时，武藏便说道："这并非我一人之功，完全是你们的力量。我只是把你们的力量激发出来而已。"然后，他对恰巧赶来庆贺的德愿寺僧人又说道，"像我这样一介漂泊之士，如果大家都依赖我，将来怎么能行呢？为了让这种团结和信念永远都保持下去，就请把这个当作靶心吧。"说罢，他便从包里取出一具木雕的观音像，交给和尚。

次日早晨，当人们再来此看时，武藏已经不在小屋里。看来他已经带着伊织不告而别，在黎明前便踏上旅途，连旅包都没有了。

"武藏先生不见了！"

"不知去哪里了。"

村民们仿佛失去了一位慈父一样，这一天竟连农活都不干了，完全沉浸在对他的追忆和哀惜中。

这时，德愿寺的僧人忽然想起武藏的话语，便鼓励起大家来："我们可不能辜负了先生的一片苦心啊。千万别荒废了田地，大家就继续垦田吧。"僧人还在小屋旁搭了一个小佛堂，供上观音像。于是村民们便自发地在早晨上工前和傍晚收工后来此跪拜，向武藏问安。

僧人的讲述至此结束，可是长冈佐渡的悔恨却不断啃噬着心灵。"啊……还是迟了。"草霭让四月的夜晚愈发朦胧。佐渡遗憾地调转马头。"真可惜……我这怠慢真是形同不忠啊。迟了，一切都太迟了。"他叨念不已。

# 入城府

## 一

"两国"这一地名的出现是桥建成之后的事了。而当时，此地却连"两国桥"都还没有。可是，无论是从下总领方向蜿蜒而来的路，还是从奥州大道岔出来的路，都延伸到了以后架桥的地方，顶到了这条大河前。渡口处有一座森严的栅门，简直跟关卡差不多。从江户町奉行这一官职产生起，初代町奉行青山常陆介忠成的手下就在这里严格盘查过往行人。

哈哈，江户的神经也太敏感了吧，武藏不由得想。三年前，自己从中山道进入江户，又立刻踏上奥羽之旅时，这座都市对进出者的盘查还没有这么严格。如今却突然变得如此，这是为何？领着伊织排在木栅口等候盘问时，武藏如此想。

随着都市的发展，人也必定会增多，人性的各种善与恶都会表现出来，自然就需要制度，而那些钻制度漏洞的人也会随之活跃。在统治者努力打造繁荣昌盛文化的同时，在这文化的底层，卑鄙的贪心和欲望也会你死我活地不停撕咬。这大概也是严格盘查的部分原因吧。而且这里还是德川家的将军所在地，对大坂一方的警戒也需要日益加强。总之，即使隔着大河望望，这里也与武藏此前看到的江户明显不同，民宅的屋顶明显增多，绿地明显减少，光是这一点就让人顿生恍如隔世之感。

"这位浪人。"当喊声响起时，武藏已经被身穿皮裤的两个关卡差役从怀里摸到背部，又摸到了腰部，简直被摸了个遍。另一名差役则带着严厉的目光从一旁盘问："进城干什么？"

武藏立刻答道："也没有什么目的，我只是一介云游的修行者。"

"没有目的？"差役顿时呵斥起来，"修行难道还不是目的吗？"

武藏只好苦笑一下。

"籍贯是哪里？"对方继续盘问。

"美作吉野乡宫本村。"

"主人？"

"没有主人。"

"那旅费和其他费用是从哪儿来的？"

"所到之处，全凭小小的雕刻余技，或是画点画来混口饭吃，或是求宿寺院。若有求者，也会教一点刀法，承蒙人们的周济才得以四处旅行……连这些都没有的时候，就只好风餐露宿，吞点草根野果之类果腹。"

"那……你是从哪里来的？"

"在陆奥待了半年多，又在下总的法典原上学做了两年的农夫。但我不想永远侍弄泥土，便又来到了这里。"

"那你领的这小孩是怎么回事？"

"是在法典原上捡来的孤儿，叫伊织，已十四岁了。"

"你在江户有住处吗？无住处及无亲友者，一概不得进入。"

还真是没完没了。身后已经等了许多行人，乖乖回答不仅太愚蠢，还会给别人带来麻烦，想到这里，武藏便答道："有。"

"哪里？谁家？"

"柳生但马守宗矩大人。"


二


"什么？去柳生大人家？"差役有点畏缩，沉默了一下。

武藏觉得可笑。"柳生家"这个名字，其实也是自己碰巧想起来的。那次虽然未能与大和的柳生石舟斋见上面，可通过泽庵已成为相知。即使追问起来，柳生家恐也无法回答"不知此人"。说不定泽庵也来到江户城了呢。虽然最终也没能见上石舟斋，未能比试一刀实现夙愿，可是对于他的嫡子，而且是嫡传柳生流，如今正任秀忠将军教头的但马守宗矩，自己无论如何也要会一会，比试一下。

因为平时便有这种想法，面对差役的盘问时，武藏便不禁脱口而出，仿佛自己马上就要去此处似的。

"原来与柳生家有交情啊？失礼失礼。可是上头有严令，说总有一些可疑的武士趁机混入城内，所以一看到浪人，就要求我们严厉盘查。"差役的措辞和态度顿时来了个大转变，后面的调查便只是走走过场了。"请通行。"他随即将武藏送过关卡口。

伊织随后跟来，问道："师父，为什么只对武士盘查得那样严格呢？"

"大概是防范敌人的密探吧。"

"可密探怎么会打扮成浪人的样子来通关呢？那差役的脑子是不是不大好使啊？"

"小点声，别让人听见。"

"渡船刚走。"

"看来是想让我们在等船的时候望望富士山吧。伊织，这儿能望见富士山。"

"富士山有什么可稀罕的，从法典原上不也天天可以看见嘛。"

"可今天的富士山不一样。"

"为什么？"

"即使是同一天，富士山也不会是相同的样子。"

"一样啊。"

"它会因时因地而不断变化。时间、天气、观看的场所、春天和秋天，还有观看者当时的心情，这些总会不同，看上去的样子自然也就不同了。"

伊织从河滩上捡起一块石子打了个水漂，又一下子跳过来，问道："师父，我们现在就要去柳生大人的府邸吗？"

"这个嘛，还不好说。"

"可你刚才不是说了吗？"

"是打算去一次……但对方可是大名啊。"

"将军家的教头，一定很了不起吧？"

"嗯。"

"我长大之后，也要像柳生大人那样。"

"你的愿望就这么点？"

"怎么了？"

"你看看富士山。"

"我又成不了富士山。"

"与其心急火燎，今天想当这个，明天又想当那个，还不如像富士山那样，先默默地把自己塑造得不急不躁呢。不谄媚世间，而要让世间来仰视自己，世人自然就会承认你的价值。"

"渡船来了。"小孩总是不愿落在别人后头。伊织连武藏都丢在一边，率先跳上渡船的踏板。

# 三

河面时宽时窄。河中既有沙洲，也有水流湍急的浅滩。可无论如何，当时的隅田川还是一条自由洒脱的河流，而两国已是距海很近的海湾，浪大的日子，浊流便会没过两岸，使河面变成平常的两倍宽。渡船的船篙沙沙地撑着河底的沙砾前行，天空晴朗的日子，水流看起来十分清澈，从船舷上都能窥见鱼的影子，甚至埋在小石子间生了锈的头盔顶都清晰可见。

"怎么样，这回该是天下太平了吧。"只听有人在渡船中谈论道。

"那可不一定。"一人说道。

另一人反驳道："早晚得有一场大战。你什么时候见过天下不用打仗就和平了？"

争论并未火热起来便停止了，更有人挂着"莫谈国事"的表情凝望着水面。谁都害怕当官差的长耳朵，可民众们还是喜欢躲过官府的耳目来谈论这些。只是喜欢，毫无来由。

"这儿的渡船盘查就是证据。对过往行人的严厉盘查不是最近才开始的吗？听说上方那边不断有奸细潜到这边呢。"

"照这么说，最近倒是经常听说有盗贼光顾大名的府邸呢。由于害怕传出来不好听，那些遭了贼的大名全都三缄其口呢。"

"那一定都是些细作。就是想钱想疯了的家伙，也不会豁上性命闯进大名的府里啊。绝不可能只是普通的小偷。"

这渡船上的乘客，简直就是江户的缩影。有身上沾满锯屑的木材商，有从上方漂泊而来的下等艺人，还有气势汹汹的粗鲁人，以及一群挖井的劳工、打情骂俏的卖笑女、僧侣和虚无僧，还有像武藏一样的浪人。

船一靠岸，人们便呼啦一下鱼贯上岸。

"喂，浪人。"忽然，有个男子从武藏后面追了过来。一抬头，原来是刚才在船上的一个身材粗短的粗人。"这是你掉的东西吧？这玩意儿从你的膝盖上掉了下来，我给捡来了。"说着，对方抓着一个红地锦缎的钱袋子一角递到武藏面前。虽说是锦缎，可由于太过古旧，连金线织花的光泽都被污垢的油亮盖上了。

武藏摇摇头。"这不是在下的物件，大概是其他乘客的东西吧。"

话音未落，只见一人忽然从一旁伸出手，一把将钱袋子从男子手里夺去，揣进怀里。"啊，是我的。"

此人与武藏个头相差悬殊，不仔细看还真难以发现。原来是伊织。

男子顿时火起。"喂喂，就算是你的东西，也不能连个谢字都不说就一把抢过去啊。把刚才的钱袋子拿出来，好好跟我道三遍谢，我再还给你，否则我就把你扔到河里去。"

# 四

男子的愤怒话语不像大人该说的，伊织的做法也着实过分。"他毕竟还是个孩子，看在在下的份上就原谅他吧。"可当武藏替伊织道歉时，男子却道："我虽然不知道你是他哥哥还是他主人，但你得先报个名号出来听听。"

武藏便谦恭地应道："也谈不上什么名号，在下乃浪人宫本武藏。"

"哎？"男子顿时睁大眼睛，凝视了武藏一会儿，说道，"今后你给我小心点。"他朝伊织丢下一句，转身就要离去。

"站住。"一直像女子一样温和的武藏口中竟忽然吼出来这么一句。

男子当即一哆嗦。"你、你想干什么？"他回过头，欲夺下被武藏抓住的腰刀刀鞘。

"说出你的名字来。"

"我的名字？"

"哪有问了别人的名字，连个招呼不打就离去的道理？"

"我，是半瓦的手下，名叫菰十郎。"

"好，滚吧。"武藏这才松手。

"你给我记着。"菰十郎这才踉踉跄跄地飞奔而去。

"活该！孬种！"仿佛为自己报了仇一样，伊织高兴地喊道。他像仰视着无比可靠之人一样，贴到武藏身边。

二人朝街市上走去。

"伊织。"

"是。"

"以前住在荒野上，每天与松树和狐狸为伍，倒还无所谓，可现在我们来到了人多的城市，一定要有礼数才行。"

"是。"

"人与人只有和谐相处，尘世才是乐土，可人生来就同时具有神性和魔性，谁都不例外。一旦稍有差错，这个尘世就会变成地狱。所以，为了压制人的恶意和魔性，越是在人多的时候，便越应该重礼仪、重体面。而且统治者还专门设定了法制，确立了秩序。你刚才那样不礼貌，事情虽小，却在这种秩序中激怒了他人。"

"是。"

"我们现在还没定下要去哪里、怎么去，可不管到了哪里，都要乖乖地遵守人家的规矩，要以礼待人。"

武藏谆谆教导，伊织也连连点头。"徒儿谨遵教诲。"他立刻连措辞都变得礼貌起来，做作地谢过武藏的教诲，接着说道："师父，这东西可不能再掉了，不好意思，就请师父先替我装在怀里吧。"说着，便将刚才遗忘在渡船里的那个破旧的钱袋子递到武藏手里。

先前武藏倒没怎么在意，一接到手里，他才忽然想了起来。"这不是你父亲留给你的遗物吗？"

"是。本来押在德愿寺里，可今年过年之后，住持却悄悄地还给了我，钱也一文不少地全装在里面。到了需要的时候，这些钱就给师父花吧。"


# 五


"多谢。"武藏对伊织谢道。

虽然只是微不足道的一句话，伊织却非常高兴。尽管他只是一个孩子，却十分能体谅师父的贫穷，时常替师父担心。

"好吧，那我就先借下了。"武藏郑重地接过来，将钱袋子暂存在自己怀里。

武藏一面走，一面感慨不已。想来伊织虽是个孩子，却出生在贫瘠的土地和荒草之中，历尽生活的艰辛，幼小的童心中自然也就养成了深刻的"经济"观念。

与他相比，自己却轻视金钱，视金钱为身外物，这实在是一大缺点。虽然自己对国家的大经济十分关心，却忽略了自己的小经济，还时常让幼小的伊织为自己的经济状况劳神。

这名少年身上似乎有种自己并不具备的才能。越是熟悉，武藏便越是从伊织的性格中发现一种被逐渐打磨出来的聪明和干练。这种才能是武藏和那失散的城太郎都不具备的。

"今晚住哪儿呢？"武藏漫无目的地说道。

伊织则只是好奇地环顾街市。不久，他似乎终于从异乡发现了自己的老友。"师父，那儿有许多马呢。城里面也有马市啊。"他兴奋地指着远处说道。

由于这里马贩云集，茶屋和客栈也杂乱无章地扩张，所以最近有了"马贩町"的俗称，从路口一带都是马匹。一走近马市，马蝇与人声嗡嗡地吵成一片。关东腔混着其他方言，也不知说的是什么意思。

眼前有一名带着随从的武士，正在不断探寻名马。正如世上人才难觅一样，看来马群里也是名驹难寻。只听那武士说道："回去吧，没有一匹是能推荐给主公的良马。"说着，他从马群里一转身，正巧与武藏碰了个面。

"哦！"武士身子顿时往后一仰，"这不是宫本吗？"

武藏也久久地凝视着对方。"哦！"他同样也是一脸惊讶。

原来，此人正是在大和柳生庄时曾热情邀请武藏到新阴堂吃酒并畅谈武道的故人——柳生石舟斋的高徒木村助九郎。

"什么时候来江户了？没想到竟在这里遇到啊。"助九郎打量了一下武藏的样子。看到武藏仍在修行，他便如此说道。

"刚刚从下总领来。大和的老先生后来身体可好？"

"没什么大碍，只是年事已高。"说罢，助九郎又立刻道，"最好到但马守的宅子来一趟吧，我来为你引见。并且……"只见助九郎盯着武藏，咧嘴一笑，不知是何用意，

"贵公有一样美丽的遗失物，现已被人送到了官邸，请务必来访。"

美丽的遗失物？奇怪，究竟是什么呢？就在武藏纳闷间，助九郎已带着家仆大步朝大路对面走去。

# 苍蝇

## 一

这里是后街，就是武藏刚才闲逛的马贩町的后街。旁边就是客栈，再旁边还是，一条街上一半的房子都是脏兮兮的客栈。由于住宿费便宜，武藏和伊织便住了下来。这里所有的客栈都附带马棚，这一家当然也有，因而与其说是人住的客栈，莫如叫马的客栈更为恰当。

"武士先生，正面二楼苍蝇稍微少一些，我给您换到二楼吧。"对并非马贩的武藏，这家客栈似乎稍有优待。

真是太奢华了，与一直住到昨天的小屋比起来，这儿毕竟是住在榻榻米上了，只不过苍蝇太多。武藏的喃喃自语似乎传进了老板娘耳朵里，大概是以为武藏不满意，又十分善意地把武藏和伊织的房间换到了二楼。可上来一看，炎炎的烈日却正从西边晒过来。这儿也太晒了——尽管这种念头稍纵即逝，武藏还是觉得自己实在太挑剔了，于是说道："好好，就这儿吧。"便自我安慰着住了下来。

人的文化氛围实在不可思议。就在昨天之前，当自己还住在小屋时，武藏始终觉得强烈的阳光有利于秧苗成长，所以每天都推算次日的阴晴，把阳光当成至上的光明和希望。耕作土地时，他对那些聚集在淌着汗水的肌肤上的苍蝇毫不在意，反倒十分感慨：你们也活着啊，我也在活着劳动。甚至还把它们当成了同样拥有生命的自然的朋友。可是，就在越过一条大河，摇身一变成为这繁华都市的一员之后，西晒的阳光太毒、苍蝇太烦人——与情绪一同改变的，还有胃口：真想吃点美味佳肴啊。

人类的这种奸猾善变在伊织的脸上也一览无余。这也难怪，谁让隔壁正有一群马贩子在锅里涮煮了美味，喧嚣着饮酒作乐呢。在法典原时，若是想吃荞麦面，就只能先在初春时播下种子，再侍弄到夏季开花，然后等到秋末收晒后，才可以在冬天的夜里擀制后吃上荞麦面条。可在这里，只要拍一下巴掌，让人家给擀一碗，不消一刻的功夫，热腾腾的面条就端上来了。

"伊织，吃荞麦面吧？"

武藏刚一张口，伊织便忍不住咽下一口唾沫，高兴地点着头。"嗯。"

于是武藏把客栈的老板娘叫来，问可否给他们擀两份荞麦面，老板娘说今天正好其他客人也有点面的，当然可以一起做。

就在等面条的空当里，武藏在西晒的窗边托着腮，望着下面的街道，无意间竟在斜对面发现一个招牌，上面写着“御魂研所本阿弥门流厨子野耕介”。

最先发现这招牌的却是眼神更快的伊织，他一脸惊奇地问道：“师父，那块牌子上写着‘御魂研所’，那是做什么生意的？”

“既然写的是本阿弥门流，大概是刀剑的研磨师吧。因为刀是武士的灵魂。”回答后，武藏又喃喃道，“对啊，我的刀也该找个人收拾一下了，待会儿过去问问。”

这时，不知为何，隔壁竟吵起架来。不，不是吵架，更像是因为赌博纠纷而争吵。点的荞麦面左等不来右等也不来，武藏便头枕胳膊打起盹，却忽然被吵醒。

“伊织，你去告诉隔壁那帮人，让他们稍微安静一下。”他吩咐伊织道。

## 二

本来伊织直接打开隔扇说一声就完事了，可他怕武藏横躺的样子让人看见，便刻意走到走廊，来到隔壁的房间。“大叔大伯们，你们别太吵了，我师父正在睡觉呢。”

“什么？”马贩们顿时把因赌博纠纷而争得通红的眼珠子一齐转到伊织幼小的身影上，“你说什么，臭小子？”

看到对方无礼，伊织也一下子火起，噘起嘴巴。“一楼的苍蝇就够吵了，没想到搬到二楼后，你们又在这儿吵起来，真不像话。”

"这话是你说的，还是你师父让你来说的？"

"我师父。"

"哦，是你师父让你来的？"

"不管是谁让我来的，总之你们太吵了。"

"好吧，像你这种兔子屎一样的小痞子，跟你说也没用，待会儿秩父的熊五郎会去招呼你们，你先滚回去吧。"

虽不知是秩父的熊还是狼，总之其中的两三个人面目狰狞。在这群家伙的睨视下，伊织慌忙返回。武藏仍枕着胳膊微闭着眼打盹，照在衣角上的阳光已明显暗淡，残阳洒落在他的脚尖和隔扇边，成群的大苍蝇黑压压地趴在他身上。

伊织不敢叫起武藏，只好又默默地凝望路上的行人。可是，隔壁房间里的吵闹声却一点也没变小。受到了这边的抗议之后，赌博纷争似乎停止了，可对方却团结起来无礼搅闹，又是将隔扇打开一条缝隙往这边窥探，又是冷嘲热讽，甚至恶语相加。

"喂，不知是哪里来的浪人，哪阵风给吹到江户来了，住在这马贩客栈里居然还嫌吵。老子天生就吵人！"

"把他轰出去！"

"还没事似的装睡呢。"

"也不好好打听一下，关东的马贩个个神勇，没有一个是害怕武士的。"

"别跟他废话，把他揪到后面去，用马尿给他洗洗脸，让他清醒清醒。"

刚才那个叫什么秩父的熊还是鹰的男子说道："先别吵！不就一两个干巴武士嘛，不值得吵。我去看一下，要他写个认罪书，或者用马尿给他洗洗脸什么的，一会儿就好，你们只管喝着小酒瞧热闹便是。"

"好玩！"马贩们顿时在隔扇后面嚷了起来。

于是，他们仰仗的马贩熊五郎重新系了系腰带，说了一声："喂，打扰。"便打开隔扇，翻着眼睛看着武藏，膝行进来。

而在武藏与伊织之间，刚才点的荞麦面已经端了上来。涂漆的大荞麦面食盒中摆着六撮荞麦面，武藏正用筷子理开其中的一撮。

"啊……来了，师父。"伊织吓了一跳，退缩到一边。

熊五郎则盘腿坐在伊织的位置上，两只胳膊肘撑在膝盖上，托着狰狞的面孔说道："喂，浪人，先别吃了，一会儿再吃吧。心里吓得要命，还要装出沉稳的样子，你也不怕噎着。"

也不知有没有听到，只见武藏微微一笑，又挑起一筷子荞麦面，哧溜哧溜，津津有味地吃起来。


三


熊五郎顿时青筋暴起，大喝一声："别吃了！"

武藏仍拿着筷子和荞麦面汤碗，问道："你是哪位？"

"不认识？来到这马贩町的还没人不知道我的大名呢。你是装聋还是作哑？"

"在下的确有点耳背，你大点声，到底是哪里人？"

"关东马贩的同仁，大名鼎鼎的秩父熊五郎，连哭闹的小孩听到我的名字都会吓得不敢作声。"

"哈哈，原来是马贩子啊。"

"既然知道我是专给武士物色马匹的，那还不赶紧过来请安？"

"请什么安？"

"你不是刚才还打发这小子过去抗议吗？说什么吵得慌之类，自命不凡，夸夸其谈。可我告诉你，这马贩的地盘就是吵。怎么着，你以为这儿是官老爷的驿馆啊，这儿可是我们马贩子的天下，是马贩子客栈。"

"这我知道。"

"那怎么还打发这小子到我们玩乐的地方找茬啊？你看看，大伙全让你搅坏了心情，连酒壶都踢飞了，单等着你问安呢。"

"怎么个问法？"

"倒也不难。给我熊五郎以及其他先生写个认罪书就行，否则就把你拖到后面去，用马尿给你洗洗脸。"

"好玩。"

"什、什么？"

"我是说，用你们同伴的话来说，实在是太好玩了。"

"我可不是来听你说胡话的！两条路任你选，快说！"

这狗熊故意把嗓门提得很高，装出一副醉醺醺的吓人表情。在夕阳的照射下，他的额头上冒出豆大的汗珠，让旁观者都替他觉得热。尽管如此，这狗熊似乎仍觉得不够吓人，还把上半身的衣服全脱了，露出长满胸毛的胸膛。

"我听着顺耳也就罢了，否则绝不轻饶你。两条路，快选！"

只见他从围腰里抽出短刀，恶狠狠地扎在武藏的荞麦面食盒前，又夸张地重新盘盘腿。

武藏一面收起笑容，一面自言自语道："是啊，选哪一条好呢？"说着，便将拿着面汤碗的手稍微沉了沉，把拿着筷子的手伸到荞麦面食盒里，夹起一点像沾在荞麦面团上的尘芥一样的东西，扔到了窗外。

看到对方根本就没拿自己当回事，狗熊顿时青筋暴起，一下又瞪起眼珠子。可武藏仍在默默地用筷子清除荞麦面上的尘芥。忽然，狗熊注意到了武藏的筷子尖，瞪大的眼珠子简直要跳出来，连气都忘了喘，魂魄全被摄去。

原来，那些落在荞麦面上的黑点竟是苍蝇。只见武藏的筷子一点，苍蝇就连逃都来不及逃，立刻像黑豆一样被夹了起来。

"还真没完了。伊织，去给我洗洗筷子。"

伊织立刻拿着筷子走了出去。趁着这空隙，那狗熊也一溜烟逃回了隔壁，接着便传来一阵窸窸窣窣的声响，看来是换了房间吧，眨眼间，隔扇的对面便悄无声响了。

"伊织，这下清静了吧。"

两人相视一笑。吃完荞麦面时，夕阳已经西下，一钩弯月悬挂在磨刀铺的屋顶上。

"哎，前面那家磨刀铺看上去不错，去让人磨磨吧。"

当武藏提着他那把已用得卷了刃的没有铭文的腰刀站起身时，客栈的老板娘从黑乎乎的楼梯下递来一封书信。"客官，有个武士给您留下一封信。"


## 四


奇怪，哪来的信？武藏有些纳闷。信封背面只写了一个"助"字。

"信使呢？"武藏问。客栈的老板娘答了一句"已经回去了"，就坐回账房了。

武藏径直站在楼梯上拆开信封。一打眼，立刻便明白"助"指的就是今天在马市上遇到的木村助九郎。


在下将今日与君偶遇之事禀告主公后，但马守大人甚是想念，不知您何日来访，静候佳音。

助九郎


"老板娘，可否借您的笔一用？"

"这个可以吗？"

"可以。"说着，武藏来到账房一旁，在助九郎信的背面写道：

> 在下一介武夫，亦无他用。若但马守大人肯赐教一二，在下随时拜谒。
>
> 政名

政名是武藏的名号。他写完后重新卷起来，用对方信封的背面作信封，又写上收信人"柳生大人府内助先生"，这才从楼梯下抬起头，喊道："伊织！给我跑一趟腿。"

"去哪里？"

"柳生但马守大人的府中。你知道在哪里吗？"

"我打听着去不就是了。"

"嗯，聪明。"武藏抚摩着伊织的头说道，"快去快回，别迷路了。"

"是。"伊织立刻穿上草履。

客栈的老板娘闻听，便热心地说道，虽说柳生大人的府邸谁都知道，打听着也能找去，但出了这条大街后，要一直沿着大路直行，过了日本桥后再沿着河岸往左走，再左转后打听木挽町在哪儿就行了。

"明白了。"伊织为能够外出而高兴。而且一想起出使的目的地是柳生大人家，他真恨不得立刻出发。

武藏也穿上草履来到大街上。眼看着伊织幼小的身影朝左拐过马贩客栈和铁匠铺的拐角，他这才叼念着"这小子太聪明了"，观望起客栈斜对面那家挂着"御魂研所"牌子的店铺。

虽说是店铺，却连格子门都没有，倒更像一家普通的住户，连一件商品模样的东西也看不见。一进去，迎面便是一片从里面的手工作坊一直延伸到厨房的泥地房，右侧则高出泥地一截，装饰着横框，铺着六叠左右的榻榻米。如果这儿就是店面，店面与里间的交界处倒也的确挂着注连绳，武藏一眼便看到了。

"打扰。"武藏站在泥地上，并未特意看向里面。因为眼前光秃秃的墙壁下只放着一个敦实的刀箱，一名男子正手支箱子托着腮打瞌睡，宛如画中的庄子一般。这似乎便是那个叫厨子野耕介的店主。如黏土般铁青的瘦削脸颊上，全然没有研磨师那种敏锐之感，从月代头型到下巴，一张大长脸十分骇人。他的口水正从刀箱上长长地垂下来，也不知何时才能醒来。

"打扰！"武藏的声音稍微大了一些，试图再次唤醒这位庄子的睡耳。

# 刀谈

## 一

武藏的声音终于穿透了对方的耳朵，厨子野耕介似从百年的长眠中醒来一样，慢慢地抬起脸，呆呆地盯着武藏，似乎很惊讶。少顷，他才说道："欢迎光临。"他似乎刚意识到在自己熟睡时来了顾客，连叫自己好几次，连忙用手擦擦口水，"有何贵干？"他坐直身子招呼道。

真是一名悠闲自在的男子。尽管招牌上夸着海口写有"御魂研所"，可倘若让这种男人来研磨武士之魂，不磨成钝刀才怪呢，实在令人难以放心。不过，武藏还是说道："这个。"说着便递过腰刀请他研磨。

耕介说道："请先让在下看看。"不愧是磨刀的，一看到刀，耕介瘦削的肩膀顿时高耸，一只手搁在膝盖上，一只手伸出来，接过武藏的腰刀，殷勤地低下头。

顾客来时十分冷淡，头连点都不点一下，可一旦面对刀，在尚未断定其究竟为名刀还是钝刀之前，这名男子先是郑重地行了一礼，然后用怀纸包住，拔刀出鞘，将白刃静静地立于两肩之间，从护手到刀锋，仔细端详起来。忽然，这男人的眼睛里发出耀眼的光芒，接着便啪的一声还刀入鞘，默默地注视了武藏一会儿，说道："请进。"这才往后退退身子，递给武藏坐垫。

"多谢。"武藏并不客气，径直坐下。

武藏的刀的确需要找人研磨一下了，不过说实话，他还是因为看到这儿的招牌上写着"本阿弥门流"几个字，猜测对方想必是京城来的研磨师，也极可能是本阿弥门下的徒弟，说不定还能打听到本阿弥家的一些近况，这才立刻来此让其磨刀。许久没有音信的光悦安否？多次承蒙照顾的光悦的老母亲妙秀尼是否康健呢？

耕介当然无从知道个中原委，无疑把武藏当成了一位普通顾客，在仔细查看过武藏的腰刀之后，郑重地说道："此刀可是祖传之物？"

武藏回答说并无什么来历。耕介又问是战场上使用的刀还是常用的刀，武藏便答道："并未在战场上使用过，只是带着总比不带强，于是便常带在身边，既无铭文，也无来历，只是一把廉价刀而已。"

听武藏如此一解释，耕介盯着他，又道："那……您想要我怎么研磨呢？"

"怎么研磨？什么意思？"

"就是要让我磨得锋利无比呢，还是磨得钝一些呢？"

"当然是越锋利越好。"

听武藏这么一说，耕介愈发显出惊叹的神情。"唉，恕难从命。"他咂舌说道。

## 二

刀本来就是要磨成锋利的。把刀磨得极为锋利，这难道不是研磨师的本分吗？武藏不解地望着耕介。只见耕介摇摇头，说道："您这刀，请恕在下无法研磨。还请去他处研磨吧。"说着，便将武藏的腰刀退了回来。

真是莫名其妙的男子，为什么就不能研磨呢？遭拒的武藏怎么也无法掩饰不快的表情。看到武藏沉默，耕介也不再理他，缄默不语。

就在这时，一名男子探进头来，说道："耕介先生，你家有没有钓鱼竿啊，借我一用。现在正在涨潮呢，许多鱼活蹦乱跳的，想钓多少有多少。钓上来后我分给你些作晚餐。若有的话，快借我一用。"

耕介心情正不快，嚷道："我家里可没有那种杀生的工具，你到别处去借吧！"

男子吓了一跳，慌忙离去。接着，耕介又继续给武藏脸色。

不过，武藏还是从这名男子身上发现了过人之处。若用一件古陶器作比，对方就像一件道入茶碗或唐津酒壶，既无巧妙之处，亦无脱俗的外观，浑身上下透着一股土气，任由人来评说，真是个耐人寻味的男子。如此说来，这耕介的两鬓还真的有点秃，似被老鼠咬过而形成的肿块上还贴着膏药，看上去就像窑中陶器的自然残缺，越发增加了这名男子的魅力。

武藏尽量不让这油然而生的滑稽感浮现在脸上。"老板。"不久，他开口说道。

"什么？"对方仍爱答不理。

"为什么这把刀就不能研磨呢？难道它是一把根本不值得一磨的钝刀？"

"不是。"耕介摇摇头，"关于这把刀，您是主人，想必比谁都了解，它确是一把肥前刀中的好刀。不过，说老实话，我不满意的是您要将其磨快的要求。"

"哦……为何？"

"无论是谁，但凡拿刀来的人，都会提出低级的要求：请给我磨得锋利一些。他们认为刀只要磨锋利了就好，而我却恰恰对这一点不能原谅。"

"可既然是做磨刀生意……"

武藏话未说完，耕介便抬手打断，说道："您先等等。说来话长，我想先请您出去，重新看一看门口的招牌再说。"

"上面写的是'御魂研所'啊。怎么，难道还有其他读法不成？"

"没错，关键就在这里。我并未在招牌上写磨刀二字，而是写的研磨武士的灵魂，可这点却屡被忽视。这是我在研刀宗家学到的教诲。"

"这样啊。"

"因为秉承了这种教诲，所以对于那些动辄要求'磨快、磨快'，自以为只要能杀人就是好汉的武士的刀，我耕介从来都不会研磨。"

"嗯，倒是言之有理。那么，如此教诲弟子的宗家，到底是何处的何人呢？"

"这个也写在招牌上呢。京都的本阿弥光悦先生，便是在下的恩师。"报出师名时，仿佛无比荣耀似的，耕介伸展着驼背昂然说道。

三

于是武藏说道："若是光悦先生，在下也有缘得识，还多次受到其母妙秀尼老太太的关照呢。"他把当时的事情略说了一二。

厨子野耕介十分吃惊，恭敬地说道："那么，阁下莫不是那在一乘寺垂松一剑成名威震天下的宫本武藏先生？"

武藏觉得他的话实在夸张，有些刺耳，便答道："不错，正是那武藏。"

耕介一听，仿佛迎接贵人般连连后退，说道："请恕在下有眼无珠，不知武藏先生大驾光临，还出言不逊，班门弄斧。"

"哪里哪里，在下也从老板的话中受益匪浅。光悦先生弟子的话中也颇有光悦先生的风范啊。"

"您也知道，宗家从室町时代起便以清洗和研磨刀剑为业，连皇宫的用剑都交由宗家研磨。师父光悦经常教导我们日本的刀并非为杀人害人而造，它是镇守社稷、保护万代、扫恶除魔的降魔之刀，是为了研磨人道，为了让人上之人更加自戒自持而佩带在腰间的武士灵魂。所以研磨此物者，必须要以此心来研磨。"

"的确如此。"

"因此，师父光悦一看到上乘的刀，便像是看到了护佑国泰民安的灵光，而一旦接到恶刀，便憎恶得浑身直打哆嗦，根本都拔不出鞘。"

"哈哈。"武藏当即问道，"那么，老板是否也从在下的腰刀中感受到了这种恶气呢？"

"不，并非如此。在下下江户以来，倒也从不少武士那里接到过刀，可没有一人能明白刀中的大义。他们只是以为，能斩断铠甲或劈开头盔、砍裂脑门的锋利之刃才算是刀。在下逐渐厌恶起这种营生来，觉得不能再这样浑浑噩噩下去，于是就在数日前故意改了招牌，换成了'御魂研所'，可来客仍是一律求我把刀磨快，我正在怄气呢……"

"正巧我又来提出同样的要求，于是您就断然拒绝了？"

"您的情况还不一样。从刚才看到您腰刀的一刹那，我就看到刃卷得厉害，上面凝聚着擦也擦不完的无数亡灵的血脂。请恕我失礼，我还以为又是个只以无益的杀生为荣的浪人呢，于是顿时心生厌恶。"

武藏低头倾听，只觉得光悦的话语仿佛正借由耕介之口传到自己耳中。不久，他便说道："我明白您的意思了。不过，请不用担心。从懂事时起，在下便习惯了这把刀，也未曾好好思考过刀的精神，但自今日以后，在下会铭记在心。"

"既然这样，那我就给您研磨一下。不，能为您这样的武士研磨灵魂，也是一个研磨师的福分啊。"耕介说道。

## 四

不觉间，灯火已亮了起来。武藏拜托完磨刀之事，正要回去时，耕介说道："请恕我失礼，您还有其他用来替代的刀吗？"

武藏答曰："没有"。

"我这里倒有几把刀，虽然不是什么好刀，但在研磨期间，您还是先拿一把去用吧。"说着，便把武藏招呼到后面的屋子，然后从刀柜和刀箱里挑出几把，摆在武藏的面前说道，"哪一把都行，请您随意挑吧。"

武藏顿时觉得眼花缭乱，不知该挑哪一把好。他本来也一直想要一把好刀，只是苦于至今都一贫如洗，不敢有此奢望。

不过，好刀必然有其魅力。武藏从数把刀中抓起一把，光是隔鞘一握就能感受到那铸刀人的灵魂。他拔出一看，果然是一把超凡脱俗的好刀，也许是吉野朝的名刀吧。尽管以自己现在的境遇和心态还配不上这把优雅的刀，可他还是不禁在灯下望得出神，爱不释手。

"那就这一把吧。"武藏希求道。他并未说出"拜借"二字，因为他实在不想再还给对方。名匠锻造的名刀竟有这种让人着迷的恐怖力量，不等耕介回答，武藏在心里早就想据为己有了。

"果然是好眼力。"耕介收拾着其余的刀说道。

此时武藏正在为自己的占有欲而烦恼。倘若要对方卖给自己，这么名贵的一把刀……尽管左右为难，可他还是忍不住说出口来："耕介先生，这把刀可否让给在下？"

"那就给您吧。"

"这钱……"

"给我个买进时的原价就行。"

"那是多少？"

"金锭二十枚。"

武藏忽然为自己这无缘由的欲望和烦恼而后悔。自己哪有这么多钱！于是他立刻说道："算了，还是还给您吧。"说着便将刀放回耕介面前。

"为何？"耕介十分纳闷，说道，"就算不买，我也可以一直借给您，您只管用便是。"

"不了，借别人的东西，更让在下于心不安。光是看一眼，便让在下为自己的占有欲而苦恼了，若明知不是自己之物，却还带在身边，将来还要奉还，这实在让人痛苦啊。"

"您竟如此喜欢……"耕介反复打量着刀和武藏，"好吧，既然您如此迷恋这把刀，那我就成全您，奉送给您吧。但您也得为在下做一件事才行。"

武藏十分高兴，毫不客气地立即决定先收下再说，然后才考虑起回礼来。可他只是身无一物的武士，没有一物可抵酬谢。

于是耕介便说道："听说您会雕刻，这事当然是从师父光悦那里听说的，说您曾雕刻过观音像之类的物件。若真有，就送给在下一件吧。作为交换，我就把刀送给您。"他似乎在帮武藏解围。


# 五


虽然武藏一直背着那个作为消遣而雕刻的观音像，后来却将它留在了法典原。"即使特意花费数日再雕一个，我也一定要得到这把刀。"武藏说道。

"不急，不急。"耕介似乎毫不在意，又道，"与其住在马贩客栈，还不如到我这儿来呢，我这手工作坊旁有个位于夹层的房间正空着，您若愿意，就搬过来住吧。"

"真是求之不得。那么我明天就搬过来，顺便也可以雕观音像。"

听武藏如此说，耕介也非常高兴，说道："那我就先带您看一看那房间吧。"说着便把武藏领到后面。

"那好。"武藏跟着走去。这宅子原本就不大，顺着茶室的走廊走到头，再爬上五六级楼梯后，便有一个八叠大的房间，杏树的树枝已伸到窗边，嫩叶上还挂着夜露。

"那儿便是研磨的作坊。"耕介指着一间小屋说道，那里的屋顶是用牡蛎壳葺起来的。

也不知是何时吩咐的，这时，耕介的妻子端来膳食。"来，请喝一杯。"夫妇二人劝道。于是，一番推杯换盏之后，主客也不再客气，开始随意畅叙。当然，话题还是离不开刀。

一谈起刀来，这耕介便忘了一切。只见他发青的脸颊立时变得像少年般红润，侃侃而谈，即使唾沫星溅到了对方脸上也毫不介意。

"大家都说刀是我国的神器，是武士的灵魂之类，可是他们却只停留在口头上，什么武士、商人、神官等，他们没有一个人是真正爱惜刀的。在下也曾满怀豪情，耗时数年，想遍访诸国的神社旧家，看遍天下名刀，后来却发现，古来的名刀，能够被珍藏的寥寥无几，这使我倍感悲哀。比如信州的谀访神社里古来便供有三百几十口供刀，可其中尚未生锈的，却不足五口。还有，伊予国大三岛神社的藏刀天下闻名，几百年来的所藏达到了三千口之多，可是我花了一个多月调查，却发现其中仍闪闪发光的连十口都不到，实在令人吃惊。"

说完这些，耕介又继续说道："那些所谓的祖传宝刀、秘藏名剑，尽管听起来都被视若珍宝，其实大多数都锈得跟咸沙丁鱼一样了。就像一些父母一样，由于过于溺爱孩子，反倒把孩子培养成了傻瓜。不，人将来总还能生出好孩子，芸芸众生中，就算有那么几个傻瓜也不碍事，可是刀就不行了。"

说到这里，他这才暂时咽下一口唾沫，调整了一下目光，愈发端起瘦削的肩膀，继续说道："光是不知道爱惜刀倒也没什么。怎么说呢？真可谓江河日下啊。从室町时代到战国以来，冶炼的技术日趋荒废，今后恐怕只会越来越差。所以在下认为，古刀必须要认真保护。如今的铸刀师再怎么自以为聪明，再怎么模仿，也造不出从前那样的名刀了。这实在令人扼腕啊。"

说着，他似乎一下子想起了什么，忽然站了起来。"请看，这也是别人让我研磨，暂存在这里的一把名刀。真可惜啊，同样也是锈迹斑斑。"说着，他便拿出一把超长的太刀，放在武藏面前，以证实自己没有说谎。

武藏无意间扫了那长刀一眼，不禁一愣。这不正是佐佐木小次郎的那把晾衣杆吗？


# 六


想来也没什么好奇怪的。这里既是研磨师的家，谁的刀都有可能暂放在这里，一点都不值得奇怪。可武藏还是没有料到会在这里看到佐佐木小次郎的刀。他陷入了追忆，说道："哦，这样的长刀啊。这刀如此长，佩带它的主人也一定是位十分了得的武士吧。"

"没错。"耕介赞同地说道，"多年来，在下阅刀无数，可这样的长刀还是罕见。不过——"说着，他拔出刀，将刀背朝着武藏，把刀柄递出，"请看，真可惜，已经有三四处地方都生锈了。不过，倒是还能用。"

"果然如此。"

"幸亏这把刀是镰仓时代以前的名匠锻造的，虽然肯定要下一番功夫，但锈迹应该能磨掉。因为古刀上的锈毕竟与新刀不同，就算有锈迹，也只是一层薄膜而已。可是，若换作近世的新刀，如此生锈就完了。新刀的锈就像恶性肿瘤，会一直腐蚀到刀坯的芯里。就连这一点，古刀的冶炼和新刀的铸造也有天壤之别啊。"

"请收起来。"武藏让刀刃朝着自己，刀背朝着耕介，把刀还了回去，"请恕在下失礼，这把刀是委托人亲自送到这里来的吗？"

"不，是有一次我去细川家办事，细川家的家臣岩间角兵卫让我回去时顺便去一趟他的府上，然后交给我的。说是他客人的东西。"

"做工也不错。"武藏在灯光下望得出神，喃喃自语。

"由于是一把太刀，以前一直是背在肩上的，对方却要求我改成一把能佩在腰间的刀。因此刀主人应该是个颇为魁梧的男子吧，若没有非凡的臂力，如此长的刀是很难插在腰间的。"耕介也望着那刀叨念道。

不久，酒劲上来了，耕介也说得累了。于是武藏便趁机站起身，告辞后来到户外。走到外面后他才发现，城里已黑漆漆的，没有一家还未睡下。虽然自己并未觉得有多久，但看来还是坐久了，夜色已经很深了。

不过，客栈就在斜对面，回去倒也毫不费事。武藏便走进开着的门，在黑暗中摸索着爬上二楼。本以为立刻就会看见伊织的睡脸，可榻榻米上尽管铺着两个被子，却不见伊织的人影，枕头也仍整齐地摆放在那里，毫无被人碰过的痕迹。

"怎么还没回来？"武藏忽然担心起来。陌生的江户城，伊织一定是迷路了吧。

武藏下了楼梯，晃起流着口水躺着的看门男人询问，结果对方睡眼惺忪地回答说："好像还没有回来，他不是跟客官在一起吗？"反倒对武藏的不知情感到纳闷。

"奇怪啊。"看来自己也没法睡了，武藏便再次来到漆黑的外面，站在房檐下。

# 闲逛狐狸

## 一

"这儿就是木挽町吗？"伊织有些怀疑，甚至生起一路告诉他方向的好心人的闷气来，"大名的宅邸怎么会在这种破地方呢？"

他坐在堆满河岸的木头上，用草蹭着火热的脚掌。水沟里浮满了木筏，将水面遮得都看不见了。距此两三町远的尽头就是海，黑暗中只能看见潮水泛白的波光。除此以外，便是浩渺的草原和近来刚刚填埋的空旷土地。虽然四周也闪烁着点点灯影，可走近一看，却都是锯木工或石工的睡棚。木材和石头在水边堆成了山。江户城正在大兴土木，街市上也在不断建房子，到处都是锯木工的小屋也不足为奇。可是柳生但马守大人的府邸竟然也与这些匠人的棚屋混在一起，实在奇怪，不，根本就不可能。伊织即使仅凭幼稚的常识也会这么想。

"真让人头痛。"草叶上已有了夜露。伊织脱下已变得像木板一样硬的草履，用火辣辣的脚磨蹭着草叶。不久，凉意便吸干了身上的汗水。

要寻找的府邸还未找到，夜又太深，伊织就是想回也回不去了。本来自己就是前来送信的，却未完成使命就回去，虽然只是个孩子，伊织还是觉得耻辱。

"都怪那客栈老板娘稀里糊涂的，说得一点也不清楚。"他只顾怨天尤人，却把自己在堺町的戏班街瞎逛，结果耽搁了时间的事早就抛在了脑后。

已经没人可问了。难道自己就这样一直等到天亮？想到这里，伊织竟突然悲伤起来。哪怕把锯木工小屋里的人叫起来问问路，在天亮之前完成使命也行啊，他忽然又涌起了责任感。于是，他又借着小窝棚的灯光走了起来。

这时，他忽然看见一个女人，肩上裹着一张油纸伞一样的芦席，正在小窝棚前徘徊，并频频学着鼠叫，欲将小屋中的人引诱出来，却不断失望。原来是个站街的卖笑妇。

伊织哪里知道这种女人在这里徘徊的目的，便狎昵地叫了一声："大婶。"

脸白得像石灰墙一样的女人回头看看伊织，似乎错把他当成了附近酒馆的学徒，瞪着眼呵斥道："是你吧，刚才丢石头逃跑的那个？"

伊织吓了一跳，连忙说道："不关我的事。我不是这附近的。"

女人走过来，忽然自己也觉得好笑似的咯咯地笑了起来。"我以为谁呢。你有什么事？"

"那个……我是来送信的,可我找不到那府邸了。你知道吗,大婶?"

"你去哪里的府邸?"

"柳生但马守大人。"

"什么?"也不知是哪里好笑,女人竟粗俗不堪地捧腹大笑起来。


# 二


"若说这柳生大人,人家可是大名哦,小孩。"女人不屑地望着要去柳生府邸办事的伊织那幼小的身影,笑道,"你就是去了,人家也不会给你开门。那不是将军家的教头吗?那宅子里有你的熟人?"

"我是去送信的。"

"给谁?"

"一个叫木村助九郎的人。"

"那就是家臣了。那我明白了,听你刚才那口气,好像你跟柳生大人的交情很深似的。"

"先别说这些了,那府邸到底在哪里,快告诉我。"

"就在壕沟对面。过了那座桥就是纪伊大人的宅地,旁边则是京极主膳大人家,再旁边是加藤喜介大人家,然后是松平周防守大人……"女人一一指着壕沟对面的仓库和围墙,告诉伊织,"再接下来就是柳生家了。"

"那，对面也叫木挽町吗？"

"对啊。"

"什么嘛……"

"什么叫'什么嘛'，跟人家问路，哪有你这样不礼貌的？但你这孩子还是招人喜欢的，我把你领到柳生大人家吧，快过来。"说着，女人便在前面迈开步子。

女人裹着草席，像个伞妖似的刚走到桥中间，一个浑身酒气的男子擦肩而过。"啾——"男人学了一声鼠叫，调戏着女人，于是女人立刻把伊织的事情忘到了脑后，跟在男人身后追了过去。"啊，我认识你。不行不行，别走了。"说着便捉住男子，就要往桥下拽。

男子说道："放手。没钱。"

"没钱也无所谓。"女人就像年糕一样缠住男子。忽然她看见伊织那看呆了的样子，便说道："你已经知道了吧？我跟这个人还有点事呢，你就先走吧。"可是伊织仍一脸纳闷的表情，远望着这对成年男女拉拉扯扯的样子。

不久，也不知是女人的力气胜了，还是男人半推半就地故意被女人拽走了，总之，二人一起朝桥下走去。

伊织觉得奇怪，便趴在桥栏杆上窥探下面的河滩。浅浅的河滩上杂草丛生。

女人无意间往上一看，只见伊织仍在窥探，顿时一声怒骂："傻瓜！"接着脸一沉，捡起河滩上的一块石头，随着一声骂便扔了过来。"屁大的小孩懂得还不少！"

伊织顿时吓破了胆，撒腿便朝桥对面逃去。在旷野的茅草房中长大的他，还从未见过比这女人的白脸更恐怖的东西。


## 三


仓库和围墙全都背对着河岸。仓连着仓，墙接着墙。

"啊，就是这儿了。"伊织不禁喃喃自语。即使在黑夜里，仓库白壁上那二阶笠的家徽纹样也能看得一清二楚。柳生大人俗称"二阶笠"一事，民谣中经常唱到，所以他一下子就想起来了。

仓库旁边的黑门无疑便是柳生家。伊织站到门前，吭吭地叩打起紧闭的大门来。

"干什么的？"一声呵斥随之从门缝里传出。

伊织也大声嚷嚷起来："我乃宫本武藏的徒弟，前来送信！"

守门人嘟囔了两句，对外面的孩子说话声甚感奇怪。不久，他开了一道门缝，问道："这么晚了，什么事？"

伊织立刻把武藏的回信塞到他脸前，说道："请转交一下这个。若有回信我就拿回去。如果没有，我这就回去。"

"什么啊……喂喂，小孩，这不是给我们木村助九郎先生的书信吗？可木村先生不在这儿啊。"

"那在哪里？"

"日窪。"

"哎？可大家都告诉我说柳生家的府邸在这木挽町啊。"

"外面是经常这么说，可这儿不是住宅，而是库房，也用来专门堆放施工用的木材等物资。"

"那，但马守大人和家臣们都在日窪吗？"

"嗯。"

"日窪远吗？"

"得有一段路。"

"在哪里？"

"已经是离城府外很近的山上了。"

"山？"

"在麻布村。"

"不知道。"伊织叹了口气，可是他的责任感让他不想就这样回去，"大叔，你能不能给我画一张图，把去日窪的路给我画上？"

"别说傻话了。等你赶到麻布村，天都亮了。"

"没关系。"

"你得了吧，再没有比麻布那儿狐狸更多的地方了。你要是让狐狸迷住了怎么办？你认识木村先生吗？"

"我的师父跟他很熟。"

"反正都已经这么晚了，我看你就先到米仓或其他地方睡一觉，明天早晨再去吧。"

于是伊织咬着指头沉思起来。这时，一名库吏模样的男人也走了过来，一听缘由，便说道："现在都这么晚了，你一个小孩怎么也赶不到麻布村。街头那些杀人试刀的武士又那么多，你这孩子还真胆大，一个人居然能大老远从马贩町赶到这里来。"

库吏咕哝着，跟守门人一起劝说伊织等天亮后再走。于是，伊织便像只老鼠一样在米仓一角睡下。可是米太多了，就像一个穷人家的孩子睡在了金山中一样，刚一合眼，伊织便被沉沉的梦魇住了。

# 四

一合眼，伊织便沉沉地睡了过去，那甜甜的睡姿怎么看也还只是个纯真的少年。

库吏把伊织忘了，守门人也忘了。伊织在米仓中一觉睡到次日中午，才忽然睁开眼睛。"啊？"他顿时醒了过来，"坏了！"他立刻想起自己的任务，慌忙搓搓眼睛，从稻草和米糠中跳了起来。

跑到太阳底下一看，伊织顿时头晕目眩。昨晚的守门人正在小屋中吃着中午的便当。

"小孩，你起来了？"

"大叔，你给我画张去日窑的路线图吧。"

"睡过了头，慌了神吧？肚子饿不饿？"

"饿扁了，眼都发花了。"

"哈哈哈，这儿还剩下一个便当，赶紧吃了吧。"

就在伊织吃便当时，看门人为他画好了去麻布村的路线和柳生家所在的日窪的地形图。

伊织拿着地图急忙赶路。他脑子里只惦记着送信的重任，却一点也没考虑到自己昨夜未归让武藏很着急。果如守门人画的那样，走过无数的街市，又横穿市镇的条条街道，不久，伊织终于来到了江户城下。

这一带到处都挖有护城河，填埋的土地上到处都矗立着武士家宅和大名府邸。河里挤满了满载石头和木材的船只，远处的城墙和城郭上也搭满了圆木的脚手架，就像开满牵牛花的竹篱笆一样。日比谷的原野上到处都在响着震天的凿声和锛子声，似在讴歌新幕府的威势。对于伊织来说，耳闻目睹没有一样不让他觉得新鲜。

"快快掐花去，武藏原野花开满，龙胆姹紫桔梗嫣，百花齐放惹人怜，朵朵都会惹人恋，不由想起心上人，哪堪下手摧花颜，露珠娇滴滴，不觉打湿下摆衣。"正在劳作的运石工们起劲地唱着民谣，就连木屑四溅的操作凿子和锛子的活计都不禁让伊织驻足观看，不觉间又耽搁了时间。筑新墙，建新房，创造一个新世界，这种氛围与少年的心魂是那么一致，伊织不由得心潮澎湃，陷入了幻想。"啊，真想自己也快快长大，也去筑城。"他望着巡回监工的武士，一阵恍惚。

不觉间，护城河里的水已被夕阳染成了暗红色，乌鸦的黄昏啼鸣也在耳畔回响。

"啊，太阳又要落山了。"伊织这才再次着急起来。一觉醒来时已是过午时分，他完全弄错了今天一天的时间。

他蓦地回过神来，慌忙照着地图赶路，不久后终于踏上了麻布村的山路。

<h1 style="text-align:center">五</h1>

当伊织爬上树荫下昏暗的山坡，登上山顶时，夕阳正映在那里。一来到麻布山，人家顿时稀少起来，只有在四周的谷底中才能星星点点地看到一些田块和农家的屋顶。

听说这一带古时候曾被称作"麻生里"，也被称为"麻布留山"，是产麻的地方。而天庆年间，平将门作乱关八州时，就曾在这里与源经基对峙。后来，到了八十年后的长元年间，平忠恒又掀起叛乱，源赖信被任命为征夷大将军，受赐鬼丸剑，举起了讨伐大旗，据说就曾驻扎在这麻生山上，召集八州之兵。

"累死我了……"伊织一口气爬上山，一面喃喃自语，一面呆呆地环望着芝海、涩谷和青山的群山，还有今井、饭仓、三田和四周的村落。他的大脑没有历史之类的观念，可眼前的千年古木、山间的潺潺流水，以及此处的深山险谷，仍不由得让他对武家发祥时代的景色感慨万千——平氏和源氏的勇士们便诞生于此。

咚！咚、咚、咚！

"咦？"不知何处传来鼓声。伊织望望山下，苍翠的绿叶之间，一座神社屋顶上的坚鱼木装饰映入眼帘。原来是刚才爬山时望见的饭仓的大神宫。这一带仍保留着生产贡米的名字——御田，并且还是伊势大神宫的御厨用地，饭仓这一地名或许就源于此。

大神宫里祭祀的是谁呢？这一点连伊织都知道。只有这一点，是他在拜武藏为师之前就早已知道的。所以最近，当江户的人们忽然"德川大人、德川大人"地称颂时，伊织便觉得甚是不解。

如今，在刚刚看过了江户城大规模的改筑工程，看过了街道上那金碧辉煌的深宅大院后，再看看这昏暗山坡上绿叶掩映中的落寞神宫，除了那坚鱼木和注连绳有些与众不同，其他都与百姓的农舍别无二致，伊织就愈发觉得不可思议。莫非真的是德川这边了不起？他天真地怀疑起来。对，下次一定要问问武藏师父才行。

就这样，他终于不再纠结此事，可是那最为重要的柳生家府邸又在哪儿呢？从这里该怎么走呢？这些问题仍一点都不清楚。于是，他再次从怀里掏出看门人给他画的地图，仔细端详起来。

奇怪啊，他纳闷起来。自己所处的位置似乎与地图一点都不相符。若是看地图，路就走错了；若是看路，地图就看不明白了。伊织只觉得自己仿佛置身于面朝夕阳的隔扇后，四周越是暗淡，眼前反倒越发明亮。再加上一层薄薄的暮霭，无论他怎么揉搓眼睛，也总有一片彩虹般的光遮在睫毛前面。

"啊！可恶！"也不知是发现了什么，只见伊织一下子跳了起来，忽然扭向身后的草丛，一把抽出平常一直带在身上小野刀砍过去。

吱！一只狐狸顿时跳了起来，草绿色与血红色瞬间在彩虹色的暮霭中舞动。

# 六

原来是一只狐狸，毛色像干枯的芒草一样。也不知那狐狸是尾巴还是腿被伊织砍中，只听其惨叫一声，顿时像箭一样逃去。

"畜生！"伊织仍拿着刀紧追不舍。狐狸跑得快，伊织追得紧。

受伤的狐狸腿有点瘸，不时显出踉跄欲倒的样子，伊织大喜。可等他靠近时，狐狸却又立刻使出神力，一下子便跳到前面好几间远的地方。

在荒野中长大的伊织，从在母亲的怀里时起，就不知听到过多少狐狸迷惑人的事情。小野猪、兔子和老鼠之类都能讨人喜欢，唯独这狐狸可憎且恐怖。看到在草丛里睡觉的狐狸，伊织便觉得自己迷路并非偶然，一定是被这家伙使了迷魂法！不，一定是从昨夜起，这只狐狸就跟在自己身后，他甚至产生了这种想法。

可恶的东西！我非杀了你不可，省得再让你作祟！在这种想法的驱使下，伊织穷追不舍。可是狐狸却忽然跳向杂树丛生的山崖下。

伊织只以为狐狸狡诈，以为那又是狐狸使的障眼法，而其真身应该就藏在身后，于是他踢着身后的草丛搜索起来。草叶上已沾上了夕露，马蓼和鸭跖草的花上也挂起水珠。伊织一下子瘫坐在地，舔起薄荷草上的水珠来。他实在是渴极了。然后，他才痛苦地喘息起来，汗水顿时像瀑布一样倾泻而下，心脏扑腾扑腾地狂跳不已。

"啊，畜生！跑哪儿去了？"若真是逃了倒也无所谓，可自己令狐狸受伤一事却让伊织不安，"它一定会寻仇的。"他认为必须要做好这方面的思想准备。

果然，心情刚平静了一点，伊织的耳边便传来一阵充满妖气的声音。他瞪圆了眼睛，骨碌骨碌地四处张望，努力让自己定住心神，以免受到妖邪的迷惑。

妖里妖气的声音越来越近，有点像笛子的声音。

"来了……"伊织立刻在眉毛上涂了些唾沫，小心地站起身。打眼一看，一个女人的身影子正在暮霭的包裹中从远方现出。女人罩着薄薄的头巾，横坐在螺钿鞍的马背上，缰绳则收拢在马鞍旁。

都说马懂音律，那匹马似乎真的很懂笛音，一面陶醉般倾听着背上女人的横笛，一面缓缓走来。

"狐狸的化身！"伊织立刻如此想。在他看来，这名背对斜阳、在马上吹弄笛子、罩着头巾的女子绝不像凡间之人。

# 七

伊织像青蛙一样蜷缩起来，卧在草丛里。这儿正好是伸向南面山谷的坡道一角，等女人骑着马走到这里后，自己就一下子杀出去，剥下她的狐狸原形。伊织如此盘算着。

火红的日轮就要沉入涩谷的山边，镶了金边的云霞开始绣起傍晚的天空。地上已经一片昏暗。

"阿通小姐。"忽然，不知何处传来一个声音。

"阿通小姐。"伊织也在口中模仿起来。一旦起疑，伊织便觉得这喊声也不像是人类的声音了。这一定是狐狸的同伙呼唤狐狸的声音，那骑马而来的女子一定是狐狸的化身，伊织坚信不疑。

他从草丛中抬头一看，只见那横骑在马背上的丽人已来到山坡一角。这一带树很少，马背上的影子模糊地印在地上，上半身则被夕阳映得红彤彤的。

伊织在草丛里准备了一下，暗想：她该不会知道我藏在这里吧？重新握了握手中的刀。等她再走十来步，下到南面的坡道上，自己就猛地跳出去砍向那马屁股。

狐狸者，其真身必在其幻象的数尺之后。伊织立刻想起自幼就常听人们说起的通俗道理，不禁咽下一口唾沫，等待机会。

可是骑马的女人来到坡口前，却忽然停了下来，将笛子收进笛囊，插在衣带间，然后又将手搭在眉上的头巾边，在马鞍上左顾右盼，似乎在寻找什么。

"阿通小姐。"同样的声音再次从某处传来。马上的佳人顿时微微一笑，绽开了白皙的脸。"哦。兵库大人。"她小声喊了起来。

一个武士从南面的山谷里爬上坡道，连伊织也看得一清二楚。咦？他不禁愕然。那名武士不是瘸着腿吗？刚才被自己砍中逃走的狐狸也是瘸腿，看来就是那只。居然如此善变！伊织咋舌的同时，只觉得身子也忽然一哆嗦，不禁遗出些尿来。

其间，骑马女人与瘸腿武士又说了三两句话。不久，那武士便抓起马辔，从伊织藏身的草丛前面经过。

机不可失！尽管伊织心里这么想，他的身体却无法动弹。不仅如此，就连身体的微微颤动似乎都被那武士发现了。只见那瘸腿武士从马旁回过头，狠狠瞪了伊织一眼。

顿时，一道比山边的落日还锐利的寒光从那眼中射来，让伊织不由得卧在草丛中。自出生至今的十四年间，他还从未有过如此恐怖的经历。若不是害怕自己被发现，恐怕他早就哇的一声大哭起来了。

# 寄人篱下

## 一

坡很陡。兵库抓着马鞘，后仰着身子跟在马旁。"阿通小姐，怎么这么晚？"他仰望着马鞍继续说道，"就算去参拜也不该这么晚啊，太阳都快要落山了。叔父大人十分担心，便让我前来迎接。你是不是又绕道去别处了？"

阿通往马鞍前面的凹陷处一哈腰，并未回答，只是说了句"不胜惶恐"，便一下子下来了。

兵库立刻停住脚步，回过头来。"怎么下来了？骑得好好的。"

"可是，让您这样的大人给我牵马，小女子我……"

"你怎么还是这么客气。若是让女人牵马，我骑在马背上，岂不更奇怪？"

"咱们干脆就一起牵着缰绳走吧。"

于是，阿通与兵库便一起从马脖子两侧执起缰绳来。

越往山下走，道路便越发昏暗。天空已现出发白的星

318

星，山谷里到处闪烁着人家的灯火，涩谷川的水淙淙流过。谷川桥的这一头是北日窟，对面的山崖则是南日窟，这一带人都这么称呼。从桥头到北侧山崖一带有一座僧人学校，据传为看荣栗达和尚始创。山坡半道上写着"曹洞宗大学林栴檀苑"的门，便是学校的入口。柳生家的宅邸正好与这大学林相对，坐落在南侧的山崖上。所以，沿涩谷川而住的农夫和小商贩们便把大学林的学僧们称为"北边人"，把柳生家的门生们称为"南边人"。

柳生兵库虽然也混在这帮门生中，可他是宗家石舟斋的孙子，是但马守的侄子，自然与其他人不同，不受拘束。

为了与大和的柳生本家区别，这儿又被称为江户柳生。而本家的石舟斋最为疼爱的，便是这个孙子兵库了。

兵库二十岁刚出头时，就曾为加藤清正看中，被破格以厚禄招至肥后，食三千石年俸，一直待在熊本，可关原合战以后，由于大名们分成了关东派和上方派两大阵营，在这复杂的政治旋涡中，兵库便趁着"宗家祖父病笃"的借口，一度返回大和，后来又称"希望继续修行"，便一直未回肥后，遍历诸国修行了一两年，去年才抵达江户柳生，驻足在叔父身边。

兵库今年二十八岁，偶然间发现一名叫阿通的女子也待在但马守府中，于是年轻的他与妙龄的阿通很快便亲近起来。可由于阿通身世复杂，又碍于叔父的眼睛，兵库从未向叔父和她透露过自己的心意。

# 二

不过，还有一件事情必须要交代，那就是阿通到底是怎样寄身到柳生家的。

阿通与武藏离散，断绝音信，已是三年多前从京都经由木曾大道赶赴江户途中的事情。而在福岛的关卡与奈良井的客栈之间静候她的魔爪，后来便胁迫着她，将她驮在马上，翻山越岭地逃到了甲州，此事前面就曾提过。

至于这下手人是谁，想必仍未远离诸君的记忆。不错，正是那本位田又八。阿通一面承受着又八的监视和束缚，一面拼死护住了贞操。不久，当武藏和城太郎等与自己走失的人各自摸索着踏上江户的土地时，她已经身在江户了。

那她到底在哪里，又在做什么呢？

倘若将这些都一五一十地写出来，就必须要重新追溯到两年前了。所以这儿只是简略地说一下阿通被救到柳生家的过程，其他则略掉。

一到江户，又八就开始寻找工作。毕竟怎么也得找一条吃饭的门路。当然，即使在到处寻找工作的时候，他也一刻未曾放开阿通。我们是来自上方的夫妇——无论走到哪里，他都如此介绍。

由于江户城正在改造，倘若是做石工、瓦匠或木匠的帮手之类，当天就会找到工作。可是在伏见城时，又八早就尝尽了筑城工作的艰辛，所以他想最好能找一个两人能一起工作的地方，或是在家里也能做的笔耕之类的工作。总之，他依然优柔寡断，四处闲逛，就连那些本想帮他一把的人都厌烦了：就算江户再怎么新，也没有你期盼的那种悠闲工作啊，净想好事。最终没有人愿意理他。

就在这样的数月之间，为了努力让又八产生麻痹思想，只要不涉及自己的贞操，阿通什么都顺着他。不久，当她有一天步行在大路上的时候，竟偶然遇到了印有二阶笠家徽的行李箱和涂漆轿子的队列。只见行人纷纷躲到路边行礼，并窃窃私语起来："那就是柳生大人。""那就是将军家的教头但马守大人。"

阿通忽然想起自己在大和柳生庄时的事，想起自己与柳生家的缘分。倘若这儿便是那大和国……可这些胡思乱想又有什么用呢，因为又八就在她身边，她只能茫然地目送队列走去。

"哦，果然是阿通小姐。阿通小姐，阿通小姐。"这时，后面忽然传来喊声。阿通一回头，只见有人正从路边杂乱的人群中寻找她。原来是一名头戴蓑笠为但马守护驾的武士。四目一对，咦，那不是在柳生庄的老熟人、石舟斋的高徒木村助九郎吗？

真是救命的活菩萨！阿通顿时抓住这根救命稻草。"哦，是你啊？"她立刻把又八撇在一边，朝助九郎身边跑去。就这样，她当场就被助九郎解救到了南日窪的柳生家。当然，被抢走肥肉的又八没有善罢甘休，正要上前理论，却被助九郎一句话挡下："有什么话到柳生家来说吧！"

又八虽然嘴都气歪了，可鉴于自己的懦弱和柳生家的大名威势，他最终什么话都没说，眼睁睁地看着阿通被带走了。

三

虽然石舟斋一直身在大和柳生庄，并未到过江户一次，可对正在给秀忠将军做教头、已移居江户的但马守一直放心不下。

如今，莫说是江户，即使在日本全国，一说起天下第一的流派，自然非将军家所学的柳生刀法莫属，一提起天下的名人，首屈一指的自然便是这但马守宗矩了。可即使是如此显赫的但马守，在父亲石舟斋的眼里却仍是个孩子。"你那毛病怎么还不改？这么随意怎么能当好教头？"即使远隔千里，他也每天牵挂担忧。看来，无论是刀圣与名人父子，还是凡愚与俗人父子，在这种烦恼上都毫无差异。

尤其是自去年以来，石舟斋疾病缠身，他自知天年已近，愈发惦念儿子，担心孙子的前途。他将多年来一直跟随在身边的四高徒出渊、庄田、村田等，分别举荐给了越前家、榊原家等大名中的知己，让他们自立门户。这似乎是他的辞世准备。而将四高徒中的另一人木村助九郎从大和打发到江户来，也是出自他的一片慈父之心。若能有助九郎这样的通晓世故之人待在儿子身边，一定能帮上儿子。

以上便是柳生家近两三年的情况。就是在这样的背景下，一个女人和一个男人，两人都以寄居者的身份栖身到这江户柳生的新府里，不，更准确地说，是像回家一样住到但马守的身边。这两人便是阿通与柳生兵库。

助九郎带阿通来的时候，由于阿通曾侍奉过石舟斋，但马守便毫不介意。"不用顾虑，一直住下去便是，得空时也可以帮忙做一点家务。"

后来，侄子兵库也来了，开始共同寄食。

真是年轻的一对。但马守也不由得如此看待这对青年男女，操起作为家长的心。可是侄子兵库与宗矩不同，他性情豁达，无论叔父如何看如何想，他总是一口一个"阿通姑娘真好，我也喜欢阿通姑娘"，不惮于表达自己对阿通的看法。不过，这种喜欢也多少有一点掩饰，像那种"想娶她为妻子""爱恋不已"之类的告白，他从未向叔父和阿通提起过。

就是这样的两个人，此刻正隔着马辔，朝迟暮中的南日窟走去。没过多久，两人稍稍爬上南面的山坡，在右侧的柳生家门前停下脚步。兵库叩打着门，吆喝起看门人来："平藏，开门！平藏，兵库和阿通姑娘回来了！"

# 传书

## 一

但马守宗矩差两岁就四十了。他并非生性聪敏刚毅，怎么说呢，他聪明不张扬，十分理性。这一点与他才智过人的父亲石舟斋不同，与才华横溢的侄子兵库也很不一样。

大御所家康下令要柳生家出一人做秀忠的教头时，石舟斋当即便从众多的子孙及门人中选了宗矩，也是因为他觉得宗矩聪明温和，更适合担当此任。

被尊为天下第一的柳生流的根本理念便是"治天下之兵法"。这是石舟斋晚年的信条，因而能为将军家做教头者非宗矩莫属。而且家康为儿子秀忠寻觅好的武道老师，也并非纯粹为了让其研习刀术。其实，家康自己也曾师从深山中的某位高人学习刀法，不过他的目的是借此参悟治国之机。所以，要成为天下第一流派，比起个人能力的强弱，其根本理念更为重要，必须是"统治天下之刀"，必须能够从中体悟到"治国的微妙"。

但是，既然"获胜，决胜，战胜一切方可生存"是武道的出发点，也是其终极目标，那么身为天下第一流派，自然没有那种即使在比武中输下来也无所谓的道理。不如说为了这种尊严，柳生家必须要比其他流派优越。这便是宗矩一直以来的苦闷之处。表面上看，他幸运地被选至江户，成为一门中最幸运的人，实际上却不得不承受最为痛苦的考验。

"这侄子可真令人羡慕。"每当看到兵库的身影，宗矩总在心里艳羡不已，"我也真想那样啊。"羡慕归羡慕，可宗矩的经历和性格已经注定他无法成为兵库那样自由自在的人。

兵库正穿过远处的廊桥，朝宗矩的房间走来。由于这里的府邸追求豪放风格，建造时并未请京城的木匠。为了模仿镰仓风格，柳生家特意请了乡下的木匠。这一带树浅山低，住在这种建筑中，至少能让宗矩体味到故乡柳生谷的豪放之感。

"叔父大人。"兵库往里瞧了一眼，跪倒在廊下说道。

"兵库吗？"宗矩早知他已回来，并未收回投向中庭的目光。

"可以进来吗？"

"有事？"

"也没大事……只是，想问您一件事。"

"进来吧。"

"谢叔父。"兵库这才进入室内。

繁文缛节是这里的家风。在兵库看来，对祖父石舟斋等人尚可撒娇狎昵，可这位叔父却令人无法亲近。他总是正襟危坐，有时甚至都让兵库觉得可怜。


## 二


宗矩向来话语不多，但看到兵库似乎忽然想起了什么，便问道："阿通呢？"

"回来了。"兵库答道，"说是又去冰川的神社参拜，回来时任由马带着到处转悠，所以就晚了。"

"你去迎了吗？"

"去了。"

宗矩脸朝短架灯，沉默了一会儿后又道："一名年轻女子，若老是这样留在府里，着实令人担忧啊。其实我早就对助九郎说过，让他抽空将其安置到他处。"

"可是……"兵库微微带着异议，说道，"可我听说她无依无靠，身世也可怜，就是离开这儿也无处容身啊。"

"可若老是这么担心，什么时候才是个头。"

"听说，就连祖父都说她是个心地善良的好人。"

"我并未说她心地不好。毕竟宅子里净是男青年，若总是让这么一名美丽女子天天混在其中，难免会从进出之人那儿招来闲话，侍从们的风气恐也乱了。"

兵库并不认为这是宗矩在试探自己。他没有妻室，即使对阿通，他也没有那种被人一问便羞得脸红的非分之想。

他反倒觉得叔父刚才的一番话是说给叔父自己听的。

宗矩有一位来自名门的妻子，虽然从不抛头露面，每天都身居内宅，也不知与宗矩是否有琴瑟之和，可她毕竟年轻，又是大家闺秀，对于丈夫身边出现阿通这样的年轻女性，自然不会觉得顺眼。

今夜的脸色也不怎么好看。每当看到宗矩不时一个人寂然待在外宅时，像兵库这样的单身者也不禁会浮想联翩。一定是在后面闹情绪了吧？

宗矩这样一个严肃之人，即使面对妻子的牢骚，恐怕也不可能大喝一声"住嘴"之类。对外，他必须要担当将军家教头的大任；对内，他必须要留意妻室的情绪。正因为他从不将自己的脸色和牢骚示以外人，才会经常一个人陷入沉思。

"这事我会和助九郎好好商量的，不会给您添麻烦。阿通姑娘的事就交给我和助九郎吧。"兵库体察着叔父的心意说道。

"越快越好。"宗矩又加上一句。

这时，执事木村助九郎正好来到套间，说道："主公。"说话间抱着一个信匣，远离灯火跪坐下来。

"什么事？"

宗矩回头一问，助九郎立刻膝行几步，禀告道："刚才本家用快马送来封信。"

# 三

"快马？"宗矩似乎突然意识到什么，无形之中提高了嗓门。

兵库一愣，立刻意识到很可能出了事。可是他不便出口，于是默默地从助九郎手里接过信匣。"什么事？"说着便将书信递给宗矩。

宗矩拆开书信。信由本家柳生城的家老庄田喜左卫门速写而成，字迹十分潦草。信上写着：

> 大祖（石舟斋）近来时感风寒，此次病情尤不寻常，恐危在旦夕，然大祖仍强打精神，言称纵使自己身遭不测，因但马守身兼将军家教头之大任，亦无须回乡。尽管如此，臣下等仍一致商定，暂以飞书通报如上。

"病危……"

宗矩和兵库都喃喃着，黯然沉默了一会儿。兵库从叔父的脸上看到了一种成竹在胸的表情。即使面对如此情况，宗矩也不慌不乱，当机立断，这便是他的过人之处，兵库一直对此深有感佩。若换作兵库，恐怕只会乱作一团，眼前浮现出的全是祖父临终前的面孔以及家臣们的嗟叹等，惶惶然无法决断。

"兵库。你立刻替我回去一趟。告诉祖父，江户这边一切安好，请老人家放心。"

"知道了，我一定转告。"

"老人家的照料也有劳你了。"

"是。"

"从快信来看，情况十分不乐观，唯有祈求神灵护佑了……你赶紧动身，尽早赶回老人家床前。"

"那我现在就动身。"

"现在就走吗？"

"侄儿正闲得难受呢，哪怕在这种时候能派上用场也成。"说罢，兵库立刻告别宗矩，退回自己的房间。

就在他准备行装的时候，大和柳生庄的坏消息已经传遍府中，全府上下都弥漫着一股忧伤的气氛。

不知何时，阿通也打点好行囊，悄悄造访兵库的房间。"兵库先生，请把我也带去吧。"阿通哭求道，"就算我什么忙都帮不上，起码也可以回到石舟斋老先生的枕边，报答一点收养之恩啊。在柳生庄时深受老先生恩情，如今能待在这江户的府中，也全是沾了他老人家的光……请一定要带我去。"

兵库深知阿通的脾气。若是宗矩一定会拒绝，可他无论如何也回绝不了这种请求。正好宗矩刚刚提到阿通的事，或许这正是解决阿通问题的一个良机。于是兵库便说道："那好吧。但这次的旅程刻不容缓，无论是骑马还是坐车，你都得跟上。你能做到吗？"他叮问道。

"能，无论您赶得多快我也能跟上。"阿通高兴得直擦眼泪，兴冲冲地帮着兵库收拾起来。


## 四


阿通又去但马守的房间，说明了自己的心情，谢过多日的收留之恩，就要告辞。

"哦，你也要去？老人家看到你，也一定会很高兴的。"宗矩并无异议，"一路小心。"然后赠予她路银及窄袖和服等饯别礼物，依依不舍，关心备至。

家臣们敞开大门，夹道相送。

"再会。"兵库与众人简单打了个招呼便匆匆上路。阿通则高束腰带，头戴涂漆的市女笠，手持拐杖。倘若再在肩上佩上一朵紫藤花，便宛如那大津绘中的藤娘了。一想到从明天起便看不到这婀娜的身影，众人不禁扼腕不已。至于要乘坐的车马之类，两人决定到路上的各处驿站雇用，总之，今夜务必要先赶到三轩家附近。就这样，兵库与阿通匆匆起程。

兵库设计的路线是先走大山大道，然后经由玉川的渡船转道东海道。而此时，夜露已开始沾上阿通那涂漆的斗笠。沿着荒草丛生的谷川走了一阵，不久两人便来到一道宽阔的山坡上。

"道玄坂。"兵库自言自语地告诉阿通。这里从镰仓时代起便是关东要道，因而道路宽阔，两侧低矮的山丘上长满了郁郁苍苍的树木，一到晚上，行人稀少。

"很冷清吧？"兵库步子大，不时要停下来等待阿通。

"没有。"阿通嫣然一笑，稍稍加快脚程。由于要顾及她，赶到柳生城的病人床前时一定会迟一些，她觉得有些过意不去。

"这儿是山贼经常出没之处。"

"山贼？"她一下子瞪大眼睛。

兵库则微微一笑，说道："是从前。据说在和田义盛一族中有个叫什么道玄太郎的，做了山贼后曾住在这附近的洞穴里。"

"太吓人了，您快别说了。"

"这样你心里就不冷清了。"

"啊，您真坏。"

"哈哈哈。"兵库的笑声回荡在四面的黑暗中。不知为何，他竟有些莫名兴奋。在祖父病危匆匆回乡的旅途上，自己竟有这种心情。尽管他也在谴责自己，却还是偷偷地高兴。没想到能与阿通一起踏上这归乡之旅，他没法不为此高兴。

"啊！"不知是发现了什么，阿通忽然大喊一声，脚下一哆嗦。

"怎么？"兵库顿时下意识地护住她的后背。

"有东西……"

"哪里？"

"咦，好像是个小孩，坐在那边的路边……正在说什么呢？你听，正一个人在那里自言自语，哇哇乱说呢。"

兵库走近一看，原来是傍晚与阿通回府途中看到的那个躲在草丛里的小孩。


# 五


一看到兵库和阿通，也不知是想起了什么，伊织忽然跳起大喊一声："畜生！"随即便拿刀砍来。

"啊！"阿通惊呼一声的同时，对方的小刀也朝她刺来。

"狐狸精！你这狐狸精！"尽管小孩身形疲弱，刀也很小，可那张面无人色的脸却无法令人小觑。只见他像是被什么东西附了体似的，没头没脑地便拿刀捅了过来，逼得兵库不禁后退一步。

"狐狸精！狐狸精！"伊织的声音像老太婆一样沙哑。兵库觉得奇怪，便顺势躲过他的刀锋，在一旁观察。

"来吧！"伊织大喝一声，挥刀将一株细长的灌木斩为两截，随着灌木的上半部分倒向草丛，他自己也一屁股瘫坐在地上。"来吧！狐狸精！"他呼哧呼哧地喘着气，俨然一个浴血奋战的斗士。

兵库这才点点头，与阿通相视一笑。"真可怜，这孩子似乎被狐狸附体了。"

"啊，怪不得眼神那么可怕呢。"

"跟狐狸一模一样。"

"能不能帮他一把?"

"虽说疯子和傻子两种人不可救药,但这种人一治就好。"说着,兵库便绕到伊织前面,定定地盯着他的脸。

这时,眼睛都竖起来的伊织重新拿起刀。"畜、畜生,还敢待在这儿!"

就在伊织要站起来的一瞬,兵库突然一声大喝。"嗨!"只见兵库横抱起伊织跑了起来。一下坡,刚刚穿过的大道上便有一座桥。兵库抓住伊织的两脚,从桥上将其倒吊在栏杆外面。

"娘!"伊织尖声呼喊起来,"爹!"

可兵库仍不松手,继续吊着他。到了第三声的时候,伊织终于哭喊起来:"师父,救救我啊!"

阿通随后赶来,看到兵库使用如此残酷的方法,只觉得那受罪之人仿佛便是自己,连连说道:"不行不行,兵库先生!不能这么残酷地对待人家的孩子。"

阿通正说着,兵库把伊织拽到桥上。"行了。"这才松了手。

"哇……哇……"伊织随即号啕大哭,仿佛在为这世上没有一人能够听到自己的呼救而悲伤哭泣,声音越来越大。阿通走到他的身边,轻轻摸了下他的肩膀。肩膀已经不像刚才那样又硬又尖了。"你从哪儿来?"

伊织边抽泣边答道:"那边。"说着指指远方。

"那边是哪边?"

"江户。"

"江户的哪儿？"

"马贩町。"

"你怎么从那么远的地方到这儿来了？"

"我来送信，结果迷路了。"

"那你从白天就迷路了？"

"不是。"伊织摇摇头，稍微平静些才答道，"从昨天。"

"啊……你都迷路两天了？"阿通顿生怜悯，连笑都笑
不出来了。


# 六


阿通又问："那你究竟是要去谁家送信？"

伊织仿佛早就在等她这一句似的，当即答道："柳生大
人家。"说罢，他从肚脐眼附近掏出一封皱巴巴的信，似乎
比生命还珍贵，将上面的文字对着星光，"我要把这封信送
给柳生府中的木村助九郎先生。"

啊，好不容易遇到这么一个热心人，伊织为什么没有
把书信给对方看一下呢，哪怕只一眼也好。是他太看重自
己的使命，还是无形的命运故意在暗地里捉弄？

对阿通来说，伊织握着的皱巴巴的书信甚至比七夕的
星星还珍贵，这不正是她几年来梦寐以求、朝思暮想却杳
无音信的那个人的消息吗？可她并不知道，这大概就是命

运吧。

阿通并没有特别留意，竟连看都没看便说道："兵库先生，这孩子说是来找府里的木村先生的。"说着，便把脸转向一旁。

"小孩，你可完全搞错方向了。但已经很近。你沿着这条河往前走一会儿，爬上往左的山坡，然后从那儿的三岔口朝巨大的夫妻松方向走就行了。"

"可别再让狐狸缠住了。"阿通担心地叮嘱道。

可是此时的伊织心里早已云开雾散，似乎完全拥有了自信。"多谢。"他说着便撒腿而去。只见他刚沿着涩谷川走了两步，忽然又停下。"往左对吧？是往左爬吧？"他指着远处，又不放心地确认了一遍。

"嗯。"兵库点点头，"有些地方很暗，小心脚底。"

可是对方没有了回应。只见伊织的身影转瞬便消失在嫩叶葱翠的山路中。

兵库与阿通仍站在桥栏杆旁，目送伊织离去。"好机灵啊，那小孩。"

"有几分聪明。"阿通不由得在心中拿他与城太郎比较。她心目中的城太郎个子要比如今的伊织高一些，算起来今年已经十七岁了。他怎么样了呢？她想，只觉得对武藏的痛苦思念又涌向胸口。啊，说不定会在旅途中意外邂逅呢。为了抛弃这种缥缈的幻想，最近她甚至觉得自己已完全习惯了忍耐这种相思之痛。

"哦，快赶路吧。今晚是没办法了，接下来可不能再这样耽搁了。"兵库告诫着自己，他似乎也意识到自己漫不经心的弱点。

　　阿通也赶起路来，心思却停留在路边的草上。或许武藏先生也曾踩过那些草吧。她内心浮想联翩，却无法跟同伴启齿。

# 假名经典

## 一

"咦，老婆婆，你在习字啊？"菰十郎刚从外面回来，便往阿杉的房间里瞅了一眼，不禁一脸惊叹。

这里是半瓦弥次兵卫的家。阿杉回过头来，只应了一声，接着便又不耐烦地重新拿起笔，专心地写起什么来。

菰十郎悄悄地坐到阿杉身边，喃喃自语起来："我当是什么呢，原来是在抄经啊。"

阿杉却连理都不理。

"都这么一大把年纪了，现在才开始习字，干什么用啊？难不成想在那个世界里做习字的老师？"

"别吵，抄经必须心无杂念。快到一边去。"

"今天我在外面听到些传闻，便想赶紧回来告诉你，可你——"

"我待会儿再听。"

"那你什么时候才写完？"

"每个字都得带着菩提之心认真抄写，光是抄一部经，至少也得花三天时间。"

"你还挺沉得住气。"

"别说是三天了，我还想用这一个夏天抄几十部呢。而且还想在有生之年抄写上千部，留给世上那些不孝之人呢。"

"上千部？"

"这是我的誓愿。"

"那你为什么要把抄写的经文留给不孝之人呢？到底是出于什么因由，快讲给我听听吧。不是我自夸，别看我看着不像，可若比起这不孝来，我也不输给任何人。"

"你也是不孝之人？"

"但凡在这儿游荡的浪荡子，全都是从不孝岭上爬过来的不孝子。若说那孝敬老人的，恐怕就只有头儿一个人吧。"

"这就是尘世的悲哀啊。"

"哈哈哈，老婆婆，你也太消沉了，看来你的儿子也是个浪荡子啊。"

"那家伙正是让父母寒心透顶的那种。世上一定还有不少像又八这样的不孝子，因此我就发愿抄写这《父母恩重经》，让世上的不孝子都去读。让天下父母寒心的不孝子实在太多了。"

"那你打算花一辈子把这部《父母恩重经》抄写一千部，分发给一千人？"

"都说给一个人种下菩提之种，就会感化百人之众，百人身上生出菩提之苗，就能感化千万人。我的誓愿绝不小。"

不觉间，阿杉搁下笔，从摞在一旁已抄好的五六部薄薄的经书中抽出一本，郑重其事地交给菰十郎，说道："这一部就给你吧，有空时好好读读。"

面对阿杉一本正经的面孔，菰十郎差点笑出声来。可他也无法像擦鼻涕纸一样将经书随意塞进怀里，于是便顶在额头，一面做出膜拜的样子，一面说道："可是……"仿佛想急于抽身，菰十郎忽然改变了话题，"老婆婆，或许是你精诚所至吧，今天我在外面遇到了一个大人物。"

"遇见了什么大人物？"

"就是老婆婆一直在寻找的宫本武藏那家伙啊。是在隅田川渡口下船的地方碰到的。"

## 二

"哎，你碰到了武藏？"一听这话，阿杉哪里还有心思继续抄经，立刻把桌案推到一边，急切地问道："那他去了哪里？你有没有查清他的去处？"

"我菰十郎是干什么的，怎么会有纰漏呢。我故意装作与那家伙分开的样子，悄悄地躲进了小巷，然后一路尾随，见他在马贩町的客栈里脱下了草鞋。"

"唔，这么说，与咱们这木匠町就近在咫尺啊。"

"倒也没那么近。"

"不，近、近！此前我寻遍诸国，以为远隔山河呢，没想到竟然在同一块土地上。"

"这么说来，马贩町在日本桥之内，木匠町也是，倒是没有十万亿土地那么远啊。"

阿杉立刻起身，从橱柜里拿出她一直秘藏的那把传家短刀。"阿菰兄弟，带路。"

"去哪儿？"

"明知故问。"

"我还以为你挺沉得住气呢，竟这么心急。现在就要去马贩町？"

"当然。我早就做好思想准备了，倘若我变成一堆白骨，烦劳你送回美作吉野乡的本位田家就是。"

"喂，你等等，若真是这样，我好不容易打探来消息，却要挨头儿的一顿臭骂了。"

"哎，现在哪还有工夫管这些啊。武藏随时都会离开那家客栈。"

"这一点你放心，我早就从家里找了一个浪荡子盯在那儿了。"

"那，你能保证他逃不了？"

"为什么要让我保证……你明明得感激我才是。好好，真拿你没办法，谁让你是老人呢，我保证，我保证。"菰十郎劝慰着阿杉道，"越是在这种时候，才越要冷静不是？我看你还是继续抄点经文吧。"

"弥次兵卫先生今天又出门了吗？"

"头儿与游山拜庙的朋友去了秩父的三峰，不知什么时候才回来。"

"那我可等不及他回来商量。"

"那，请佐佐木先生来一下，跟他商量一下如何？"


翌日清晨，去马贩町町梢的年轻人传回消息说，武藏昨晚去了客栈对面的磨刀铺，似乎聊到很晚，今天早晨便退了客房，搬到了磨刀匠厨子野耕介家的二楼。

"你看，被我言中了吧。"阿杉一脸着急地说道，"你看看，武藏也不是死人，怎么会一直待在同一个地方呢？"她朝菰十郎抱怨起来，急得再也无法在抄经的桌案前安坐。

不过，菰十郎和半瓦家里的人都已摸准了阿杉这副急脾气，并不在意。

"那武藏再怎么厉害，也不会插翅飞了，不用那么着急。小六说了，他待会儿就去佐佐木先生那儿一趟，跟他好好商量一下。"

听菰十郎这么一说，阿杉便在房间里匆忙准备起行装来。"什么，不是昨夜就说要去小次郎先生那里吗，怎么还没去？不用麻烦了，我自己去就是，快告诉我小次郎先生住在哪里？"


三


佐佐木小次郎在江户的住处就位于细川重臣岩间角兵卫府内。这岩间的私宅建在高轮大道伊皿子坂的山腰处俗

341

称"月岬"的一片高地上，门上涂着朱漆。

仿佛闭着眼睛也能找到，半瓦的人刚一告诉阿杉，她便似乎对年轻人看扁老年人的愚钝很不服气，当即说道："知道了，知道了。不就这么点破路吗，我去去就来，剩下的就交给你。弥次兵卫先生外出了，尤其要小心灯火。"说话间便系上草履绳，拄起拐杖，腰间插上那把家传的短刀，出半瓦的家门而去。

这时，外出办事的菰十郎突然回来了。"咦，老婆婆呢？"他里外打量了一圈，问道。

"已经出去了。她让我告知佐佐木师父的住址，我说了后，她就自以为是地走了，刚走。"

"这老婆婆，真拿她没办法。喂，喂，小六兄弟！"

菰十郎往开阔的年轻人住处一喊，正在玩赌博游戏的侍童小六立刻飞跑出来，问道："什么事，大哥？"

"你还问我什么事？你明明应下了，昨晚却没有去佐佐木师父那儿，结果惹恼了那老婆婆，她一个人自己去了。"

"去就去呗，自己去更好。"

"你说得倒简单。头儿回来后，她一定会告恶状的。"

"她的嘴皮子倒的确厉害。"

"可她的身体却像螳螂一样干瘦得一折就断。虽然她嘴上要强，倘若让马给踩了碰了，那还不玩完？"

"嗤，你也想得太多了。"

"拜托，她刚出去，你赶快追上她，把她领到佐佐木师父的住处去。"

"你连自己的爹娘都没这么贴心地照顾过呢。"

"所以我才要赎罪。"

赌博游戏还没结束，小六就慌忙追赶阿杉而去。

菰十郎忍不住一笑，走进年轻人的大房间，骨碌一下在一角躺了下来。房间有三十叠大，铺着草席，还备有大量的大刀、短矛、钩棒等武器，随手都能摸到一件。板墙上则乱七八糟地挂满了在这儿起居的各个粗人的手巾、替换衣服、防火头巾和长衫等，还挂着谁都不可能穿的红绢衬里的花哨的女用窄袖和服等物什，还有一面带着泥金画的梳妆台。

一次，有个人对此很是不解，便说道："都是什么啊，怎么会有这种东西？"说着就要取下来。结果另一人连忙阻止道："不能拿，那是佐佐木师父让挂上去的。"一问理由，对方解释道："师父曾对头儿说过，偌大的房间里若净是些光棍大男人，难免会生出是非来，为点鸡毛蒜皮的小事，动辄杀气腾腾，可到了真正需要拼命的时候，又一个个都蔫了。"

可是，光是一件女人的窄袖和服和泥金画的梳妆台也无法缓和这里的杀气。

"喂，你出老千。"

"谁出老千了？"

"你！"

"开什么玩笑，我什么时候出老千了？"

"算了算了。"

如今，在这大房间中，众人正忙着掷骰子、玩骨牌之类，都趁着半瓦外出的机会赌起钱来，个个杀气腾腾。


## 四


　　菰十郎看众人玩得兴起，说道："有什么好玩的，怎么就玩不够呢？"然后骨碌一下子仰面躺下，翘起腿盯着天花板。在这你输我赢的吵闹声中，竟连个午觉也睡不成，可是加入到这些最下等的赌徒中榨干他们的腰包也没意思，他只好又闭上眼睛。

　　"今天的手气可真背。"一个输光了所有家当的人一脸惨淡地来到菰十郎旁边，一同躺了下来。接着又有一两个人陆续躺下，全都是时运不济的惨败者。

　　"菰哥，这又是什么玩意儿？"一个人忽然捡起从菰十郎怀里掉出来的一部经文，"这不是经吗？你怎么也带起这破玩意儿来了，护身吗？"此人甚是好奇。

　　终于有些困意的菰十郎睁开懒散的眼皮，说道："嗯……这个啊？是本位田老婆婆发了愿，要一辈子抄写一千部佛经呢。"

　　"嘿，让我看看。"一个稍稍识文断字的人一把抢了过去，"果然是老婆婆的手迹。连假名都注上了，连孩子都能读呢。"

　　"那，你也能读吗？"

"这种东西谁不会读。"

"那，就请你用美妙的声音和抑扬顿挫的调子读给我们听听。"

"开什么玩笑，这又不是小曲儿。"

"瞎说！古时候，经文都是直接拿来唱的。和赞不就是其中的一种吗？"

"可这些文字又不是和赞的节奏。"

"什么节奏都行，快读，要不就整你。"

"好好，我读。"

"快点。"

于是，那男人不得不仰面躺着，将经文展在眼前，吟诵起来："佛说父母恩重经——如是我闻，一时佛在王舍城耆阇崛山中，与大菩萨摩诃萨及声眷属俱，亦与比丘、比丘尼、优婆塞、优婆夷，一切诸天人民及天龙鬼神，皆来集会，一心听佛说法，瞻仰尊颜，目不暂舍——"

"乱七八糟的，什么啊？"

"说起这比丘尼，听说最近还在灰脸上涂上香粉，卖得比花柳街的娼妓还贱呢，不就是那个吗？"

"嘘，闭嘴。"

"是时，佛乃说法言。一切善男子善女子，父有慈恩，母有悲恩，故，人生于世，以宿业为因，以父母为缘。"

"什么啊，不就是老爷子和老娘的事吗？释迦佛也不过絮叨些人尽皆知的事而已。"

"嘘……别吵，阿武。"

"你看，吟诵人不念了。我正听得迷迷糊糊要打盹呢。"

"好了，已经不吵了，快接着吟。节奏再好一些。"

<h1 style="text-align:center">五</h1>

"非父不生，非母不育，是以禀气父胤，托形母胎。"吟诵人不雅地变换了一下躺姿，抠着鼻屎继续道，"因此因缘之故，悲母之念子，世间无以比，其恩及未形。"

念到这里，大家全沉默了下来，吟诵人反倒没了兴致。

"喂，到底有没有人在听？"

"正听着呢。"

"怀胎身十月，行住坐卧，蒙诸苦恼。苦恼无休时，纵得常好饮食衣服，亦不生欲执之念，一心思安产。"

"听得好累啊，算了吧。"

"听得好好的，为什么要停？接着念。"

"月充日足，生产时至，业风促之，骨节悉痛苦。父亦心身战惧，忧念母子，诸亲眷族皆苦恼。既生堕草上，父母欣无限，犹如贫女得如意珠。"

开始时还开着玩笑的人们，随着对经文意思的逐渐理解，也不由听得出了神。

"婴儿声啼，母亦似重生。尔来，以母怀为寝处，以母膝为游场，以母乳为食物，以母情为生命，非母不着，非母不脱，纵母饥时，亦吐乳哺子，非母不养，及离阑车十指甲中食子不净……计来，人食母乳，一日八十斛，父母恩重，如天之无极……"

"怎么了，喂？"

"马上念。"

"怎么，哭了？原来是边哭边念啊……"

"瞎说！"吟诵人者假装没事，又继续念起来，"母受雇东西邻里，或汲水或烧火，或捣臼或推磨。还家时，未至便闻我儿在家啼哭，思起儿恋我，胸跳心又愕。乳出不堪忍，乃奔走还家，儿遥见母来，弄脑又摇头，呜咽奔向母。母屈身舒两手，已口吻子口，两情一致恩爱恰，亦不及此。二岁离怀始行，非父不知火烧身，非母不知刀堕指。三岁断乳始自食，非父不知毒掉命，非母不知药救病，父母赴外席，若得美味珍馐，不敢食味藏怀中，唤子与子食，子喜己亦欢。"

"喂……怎么又哭鼻子了？"

"不觉想起爹娘来了。"

"别哭了。你边抹眼泪边念，弄得我也奇怪地掉眼泪了。"

# 六

粗人也有父母。就连这粗野而不要命的、整天都待在破屋里的无赖也不是从石头缝里蹦出来的。只是这些人平时一谈到父母，就会受到别人的嘲弄：呸，没骨气的家伙！

所以他们都一个个打肿脸充胖子，装出一副无所谓的样子：嘁，爹娘算什么！

可如今，他们的父母一下子被从心底里唤醒。众人忽然静默下来。开始时还带着调侃的心情，用滑稽的节奏吟诵，可由于这经文像儿歌一样通俗易懂，随着诵与听的深入，众人也逐渐明白了其中的意思。

"我也有爹娘。"

听到这些经文，众人便不由得回忆起曾吃奶绕膝的童年。表面上看，众人或枕着胳膊，或脚底朝天，或露出毛茸茸的小腿，横七竖八地躺着，可不知不觉间，竟有不少人已泪流满面。

"喂……"不久，一人朝吟诵人说道，"还有吗？"

"还有。"

"再念与我们听听。"

"先等等。"只见念诵的男子站起身，用手纸擤了把鼻涕，然后又坐下来，继续吟诵，"至子渐长成，与朋友相交。父为子索衣，母为子梳发，己之美好皆付与子，自己着破旧，缠褴褛。既子索妇，娶他女子于家，转疏远父母。夫妇特亲近，私房中语乐。"

"唔，有道理。"不知谁哼哼了一句。

"父母年渐高，气老力亦衰，所倚者唯子，所赖者唯媳，然从朝至暮，未敢一次来问。夜半衾冷，五体不安，复无谈笑，如孤客宿泊旅寓。或复有急事，疾唤命子来，十度唤九度违，遂来不伺候，却怒骂詈曰，与其耄耋残留世，莫如早早死。父母闻之怨念塞胸，涕泪冲睑目晕眩，呜呼，汝幼少时，非吾不能养，非吾不能育，呜呼，吾汝……"

"我、我……我再也念不下去了，谁来替我念？"说着，吟诵人竟把经文抛到一边，哭泣起来。

没有一个人出声。无论是横躺者、仰卧者，还是像野鸭一样把头插进盘腿之中者，同一间屋子里，当对面那伙充满欲望的恶鬼正在为赌博的输赢而竖起修罗般的眼梢时，这边的一群无赖竟呜咽着啜泣起来。

这时，一人已然站在了门口，环顾着这个奇妙的房间。"半瓦旅行还没回来？"突然造访的佐佐木小次郎出现在众人面前。

# 血梅雨

## 一

一边正沉溺于赌博，一边又都在沉默抽泣，没有一个人回答。于是，小次郎便来到仰躺在那里、两手掩面的菰十郎旁边，喝道："喂，怎么回事？"

"啊，师父？"菰十郎和其他人这才慌忙擦擦眼泪、擤擤鼻涕，站起身来，"完全都不知道您来了。"他们连忙不好意思地一起行礼。

"怎么都哭了？"

"不不，没什么，没什么。"

"一群莫名其妙的家伙。侍童小六呢？"

"刚才跟着老婆婆，到师父的住处去了。"

"去我的住处？"

"是。"

"奇怪，本位田家的婆婆到我的住处有什么事？"

看到小次郎来了，沉溺于赌博的一伙人慌忙散了，在菰十郎周围哭鼻子的家伙们也都悄悄溜了。于是，菰十郎便从自己昨天在渡口遇到武藏的事情说起。"不巧的是头儿正在外旅行，怎么办呢，那就先跟师父商量一下再说吧，于是她就出了门。"

一听到武藏二字，小次郎的眼里顿时放出亮光。"这么说，武藏现在正在马贩町？"

"听说已离开客栈，搬到了磨刀匠耕介家里。"

"哦，奇怪。"

"哪里奇怪？"

"我的爱刀晾衣杆也送到了耕介那里，正要他给磨呢。"

"是吗，师父的那柄长刀？这确是一段奇缘啊。"

"我今天也估摸着该磨好了，准备取呢。"

"哎，那您去了耕介的店？"

"不，我打算先来这儿一趟再去。"

"那太好了。倘若师父不知情，冒冒失失地去了，引起那武藏的警惕，或许就不好下手了。"

"没什么，武藏之流不足为惧。但若是婆婆不在，什么事都商量不成啊。"

"她现在肯定还没到伊皿子呢，我马上就打发一个腿脚快的把她叫回来。"

于是，小次郎便在里面等。不久，到了掌灯时分，阿杉终于坐在轿子里，在侍童小六和前去迎接的男子的簇拥下，慌慌张张地回来了。

夜晚，众人仔细商议。小次郎也等不及半瓦弥次兵卫的归来，说是既然自己已在这里，怎么也要帮助阿杉除掉武藏。菰十郎和侍童小六也都认为，尽管最近武藏的名气很大，可无论有多厉害，料也不是小次郎的对手。

"那就杀了他？"

众人决定下来。"嗯，决不能放过他！"

阿杉本来很要强，可是毕竟年纪不饶人，光是往返伊皿子这一趟，就让她腰酸背疼了。于是，去取小次郎磨的刀一事也就暂缓下来，决定等到明天晚上再说。

## 二

次日白天，阿杉沐浴净身后，还染了牙齿和头发。等到黄昏时分，她又大肆装扮起来。用作白寿衣的漂白布内衣上仿佛印满了家徽，盖满了诸国神社佛阁的印。

阿杉坚信，浪华的住吉神社，京都的清水寺和男山八幡宫，江户的浅草观音，还有旅途上朝拜的所有神灵和诸佛，一定都会保佑她，穿上这个远比穿着连环甲安心。不过，她并未忘记往腰带的衬垫里放上一封给儿子又八的遗书，又将其夹在自己抄写的一部《父母恩重经》中仔细藏好。

更令人吃惊的是她一直放在钱包底部的一封书信，其内容如下：

我虽年老，可既为大望漂泊，自知随时都会被杀，随时都会病死于行路。我死之际，若您觉老妇可怜，拜请用此钱为老妇办理后事，路上的仁人及官家大人，老妇提前拜托了。

作州吉野乡士本位田遗孀杉

阿杉连自己的后事都准备好了。

接着，她又在腰间插上一柄刀，绑好白绑腿，手上也戴了手背套，背心上又扎上一条缲缝带子。周身上下准备停当后，她又打来一碗水放在自己房间的抄经桌案上。

"我走了。"像是对供在那里的一个人说话似的，阿杉闭了一会儿眼，大概是在同死在旅途上的河滩的权叔告别。

菰十郎从隔扇开了道缝，悄悄往里瞅了一眼，说道："老婆婆，还没好？差不多是时候了，小次郎师父也在等了。"

"我随时都能出发。"

"那快到这边的房间来一下。"

在宅子内部，佐佐木小次郎、侍童小六再加上菰十郎，三人早就准备停当等着阿杉了，壁龛前的席位早就给她空了出来。像备前烧的花瓶一样，只见阿杉硬邦邦地往那里一坐。

"祝此行成功。"于是侍童小六拿过一个陶杯，塞进阿杉手里，然后拿起酒壶斟上酒。接着是小次郎。众人依次分喝完，熄灯上路。

尽管不少人纷纷表示要前去助一臂之力，可人多反倒会碍手碍脚。而且虽说是晚上，可毕竟是在江户城里，传出去不好，小次郎便拒绝了众人的好意。

"请等一下。"四人刚要迈出门槛，一名手下忽然咔嚓咔嚓地在他们身后用火镰打起火来。

外面阴云密布，黑漆漆的，不断传来杜鹃的啼声。


<h1 style="text-align:center">三</h1>


狗在黑暗中频频吠叫，似乎连兽类都能从四个人影上嗅出非同寻常的气息。

"咦？"侍童小六忽然在黑暗的路口回过头来。

"怎么了，小六？"

"似乎有个可疑的家伙，从刚才起就在尾随。"

"呵呵，一定是屋里的年轻人。刚才死乞白赖地嚷着要来，虽被我拒绝了，总还会有一两个偷偷跟来的。"小次郎说道。

"真让人头痛，净是些觉得决斗比吃饭还香的家伙。怎么办？"

"别管他们。就算挨骂也要跟来，算是有些骨气。"

于是四人不再理会身后，径直拐过马贩町的街角。

"唔……就是那儿吧，磨刀匠耕介的店。"小次郎站在斜对面距离很远的屋檐下说道。

于是几人压低了声音。

"师父今晚是头一次来？"

"我是拜托岩间角兵卫办磨刀的。"

"那，怎么办？"

"就按咱们刚才商量好的，老婆婆，还有你们，全都躲到那边的隐蔽处。"

"可弄不好会让武藏那家伙从后面跑了啊。"

"不会的。武藏和我都有一股血性，是断然不会逃跑的。万一真的逃跑，那就等于失去了身为武士的生命。不过，他也绝非那种傻得不知道逃跑的男人。"

"那，要分别潜伏在两侧的檐下吗？"

"待会儿我会从里面把武藏带出来，并肩走在大街上。走到十步左右时，我会突然给他一刀，然后再让老婆婆杀出来就行了。"

"多谢多谢……您简直就是八幡神的化身啊。"阿杉连连合掌拜谢。

在阿杉的膜拜下，小次郎走向"御魂研所"厨子野耕介的店门口，一种旁人根本无法想象的正义感正涌上他的心头。他与武藏之间并无丝毫宿怨，只是随着武藏名声大震，他也不由得不快起来。而武藏虽看不上小次郎的为人，却格外认同他的刀，所以对他自然也抱有十二分的警惕。

这种纠结从数年前就开始了。由于当时双方都年轻气盛，充满虚荣、霸气和斗气，而且势均力敌的人之间也更容易在感情上产生摩擦。归根结底，这无非是种感情上的纠结。可回顾起来，自京都之事以来，两人之间便夹着吉冈家的问题和那衔着火种四处彷徨的朱实。如今，本位田家的阿杉又掺和进两人的龃龉，所以小次郎与武藏在这个尘世中虽然称不上有宿怨，可对立的鸿沟却越来越深，甚至到了水火不容的地步，这一点是难以否认的。更何况小次郎又把阿杉对武藏的看法直接加到自己的观念中，在一种形似扶持弱者的行为之下，将自己扭曲的感情正义化。如此一来，两人之间的纠结便只能说是一种宿命了。

"睡了吗？磨刀师，磨刀师。"一站到耕介的店前，小次郎便轻轻地叩起关着的门来。


# 四


门缝里露出灯光。虽然店里没有动静，可后面的人无疑还没有睡下。

"哪一位？"似乎是主人的声音。

小次郎在门外喊道："我就是经细川家的岩间角兵卫之手拜托您给磨刀的那个人。"

"啊，是那把长刀吧？"

"总之先开一下门吧。"

不久，门开了。

四目相接，双方对视起来。耕介挡在门口。"还没有研磨好。"他冷冷地说道。

"是吗？"回话间，小次郎已自顾自地走进店里，在泥地一旁的地板框上坐了下来，"那什么时候能磨好？"

"这个嘛。"耕介挠起脸。本来就长的脸愈发耷拉，眼角也垂了下来，显出一副揶揄人的样子。

小次郎有些急躁。"这日子是不是也花得太多了？"

"所以岩间大人送来时，我早就打过招呼了，时限要由我来定。"

"可也不能拖得太久了啊。"

"如果您嫌麻烦，那就请先拿回去吧。"

"什么？"

这显然不是一般匠人说话的口气。可小次郎根本不去察言观色，当下便误以为是对方早就知道自己的来访，有武藏在身后撑腰，口气才会如此强硬。

既然这样，索性就单刀直入。"那好，我问你另一件事，你家里可住着作州的宫本武藏？"

"哦……您是从哪里听说的？"耕介颇感意外，"有倒是有。"他支吾道。

"虽然好久未见，可我自京都以来便与武藏先生相识，你能否叫他出来一下？"

"敢问您的名讳？"

"你只说佐佐木小次郎，他就会明白。"

"您要说什么？我先替您说一声吧。"

"啊，请稍等。"

"又有何事？"

"由于太过唐突，让武藏先生疑忌起来就不好了。我在细川家听说你店里有个酷似武藏先生的人，才贸然来访，想邀他到别处喝上一杯。所以请顺便告诉他一声，让他准备好再出来。"

"好吧。"耕介钻进挂着短帘的入口，穿过走廊消失在后面。

小次郎随后便思忖起来：就算武藏不会逃跑，可万一他识破自己的圈套，死活不出来，那该怎么办？索性就代替阿杉报出名来，让他为了声誉，不想出来也得出来？一瞬间，小次郎已想好了第二步、第三步。

这时，户外的黑暗中，一个声音突然传来，远远超越了他的想象。"啊！"那显然不是一般的声音，分明是让人毛骨悚然的惨叫。


# 五


完了！小次郎顿时像被抛起来一样，一下子站起。自己的计谋失败了！不，是自己反中了对方的计！看来，武藏已不知何时绕到户外，率先向阿杉、菰十郎和侍童小六等容易对付的人下了黑手。

好，既然如此……想到这里，他啪的一下跳到黑暗中的街道上。时机来了！他想。全身的肌肉顿时紧绷，他热血沸腾，浑身充满斗志。

以后把刀相会！这是两人在叡山通往大津的山顶茶屋分别时立下的约定，他从未忘记。这一刻终于到来了。

就算阿杉已被杀，自己也要以武藏的鲜血来告慰她的在天之灵。一瞬间，这种侠义和正义之念像火花一样在大脑里迸射开来，他一连跳出十步。

　　"师、师父！"一听到他的脚步声，痛苦地倒在路边的一人便悲痛地喊了起来。

　　"啊，小六？"

　　"被砍了……我被砍了……"

　　"菰十郎呢？"

　　"他也……"

　　"什么？"

　　再一看，离此五六间远的地方，菰十郎正浑身是血地倒在地上，气若游丝。唯一不见了的便是阿杉的身影。可是小次郎已无暇寻找，他甚至为自身的安危而毛骨悚然。八方的黑暗中仿佛全都是武藏的影子，让小次郎全身都需要警惕。

　　"小六，小六！"他连连朝奄奄一息的小六呼喊，"武藏——武藏去哪儿了？武藏呢？"

　　"不，不是。"小六的头已经抬不起来，只见他摇摇头，勉强说道，"不是武藏。"

　　"什么？"

　　"对、对手不是……武藏。"

　　"什么，你说什么？小六，你再说一遍。你说下手的不是武藏？"

　　侍童小六已经没了回音。

小次郎像当头挨了一棒，大脑中嗡嗡作响。不是武藏又会是谁？有谁能在一瞬间便让二人喋血街头？他又跑到菰十郎旁边，一把抓起浑身是血的菰十郎的脖子。"十郎，挺住！对手是谁？去哪里了？"

菰十郎猛然睁开双眼，但面对小次郎的询问和眼前的事态，他却用临终前的最后一口气哭泣着低喃了一句毫无关系的话："娘……娘……儿不、不、不孝。"昨日刚刚融进他血液的《父母恩重经》如今已从伤口中喷涌出来。

小次郎哪里知道这些。"嗞，你都胡说些什么啊。"说罢松开他的脖子。

# 六

这时，不知何处传来一个声音："小次郎先生？是小次郎先生吗？"是阿杉的声音。

小次郎循音跑过去一看，眼前这一位也是惨不忍睹。只见阿杉掉进了下水道，头发和脸上沾满了菜屑和稻草。"把我拉上去！快把我拉上去！"她正频频挥手。

"哎，你怎么这样了，到底是怎么弄的？"小次郎有些恼火，拼命把她拽了上来。

阿杉像抹布一样瘫坐在地上，反倒询问起小次郎想问的问题："刚才的男人已经跑了？"

"婆婆！那个男人到底是什么人？"

"我也给弄糊涂了。不过，一定是刚才在路上发现了我们，一直尾随在后的那个人。"

"是突然向菰十郎和小六杀过来的吗？"

"没错，就像疾风一样，二话不说就从阴影里杀了出来。先是放倒了菰十郎，小六大吃一惊，可才拔出刀，身上就已挨了刀了。"

"他到底逃到哪里去了？"

"我也受到连累，掉到了这肮脏的地方，连看都没能看见，但是听声音，好像朝那边去了。"

"河的那边？"

小次郎顿时飞奔起来，一直跑过马市的空地，来到柳原的河堤。伐倒的柳树正堆在一片平野上。小次郎看到有人影和灯影晃动，走近一看，原来是靠在那里的四五顶轿子，几个轿夫正在揽客。

"喂，轿夫。"

"是。"

"我的两个同伴遭人砍了，正躺在街上。还有一个掉到下水道里的老婆婆。麻烦你们抬上他们，送到木匠町的半瓦家去。"

"哎，难道街头试刀的又出来了？啊，这么危险，我的腿都迈不动了。"

"下手的人应该刚从那边的小巷里逃过来，你们有没有看见？"

"这……刚才？没看见啊。"

轿夫们于是将三顶空轿一个不落地全抬了起来，说道："那……钱在哪儿领？"

"向半瓦家要。"小次郎丢下一句，又到处搜寻起来。他瞅瞅河边，望望树荫里，哪里也没有找到。难道真的是街头试刀的歹人？

小次郎又往回走了一点，来到一片防火的梧桐林。他穿过林地，打算返回半瓦家。出师不利，阿杉不在也没有了意义。而且在心情如此糟糕的情况下，最好还是避免与武藏兵戎相见，硬着头皮迎上去实在是不智之举。

就在这时，梧桐林的路边忽然闪过一道白光。小次郎一惊，可还没等他看清楚，头顶的四五片梧桐树叶已被斩落，那迅疾的寒光也已经朝他头上落下。


# 七


"卑鄙！"小次郎说道。

"不卑鄙。"话音未落，寒光追着小次郎躲闪的影子，第二刀又唰的一下斩断黑暗，从梧桐树后跳了出来。

小次郎连转三圈，跳开七尺多远。"像武藏这般高手，竟不敢堂堂正正——"可未等说完，他剩下的话语就在中途变成了惊讶之声，"啊，谁？你是什么人？认错人了吧？"

接连三刀都被躲过，男子有些气喘吁吁。到了第四刀时，他已经明白自己的战法不对，于是便平举着刀，眼睛里映着刀光，一步步重新逼近。"住口！我怎么会认错人？家住平河天满宫内的小幡勘兵卫景宪的第一弟子北条新藏便是在下。这下你该明白了吧？"

"啊，小幡的弟子？"

"你羞辱我恩师，又连杀我同门兄弟。"

"这不过是武士的常事，你若觉得不服，我随时奉陪。佐佐木小次郎绝不是会躲逃的武士。"

"你以为我杀不了你？"

"杀得了吗？"

一尺、二寸、三寸，新藏一点点逼近。小次郎一面盯着步步紧逼的对方，一面平静地张开手臂，将右手移到腰间的大刀上。"来吧。"他引诱道。

就在北条新藏为小次郎的引诱而产生警惕的一刹那，小次郎的身体，不，只是腰部以上的半身突然一弯，手臂一闪，响起丁零一声。而接下来的一瞬间，刀的护手已然返回鞘中。

当然，这一过程的速度之快是肉眼根本就看不清的。唯见一线寒光朝北条新藏的脖颈附近射去，至于射没射到，就没人能看清楚了。

新藏仍跨步站在那里，没有一处地方流血，但他无疑已遭到了某种打击。尽管他仍然平举着刀，可左手却不由得捂住左边的脖颈。

就在这时，"啊？"一个声音忽然越过那僵住的身体传了过来，既不是小次郎的声音，也不是身后黑暗中传来的声音，分不清来自何处。小次郎吓了一跳，在黑暗中加快了脚步。

"啊，到底是怎么了？"奔来者正是耕介。他只觉得眼前直挺挺的身影很奇怪，正要抱住，北条新藏的身体却像朽木一样，忽然朝地上栽去。突如其来的重量压向手臂，耕介大吃一惊。"啊，杀人了！快来人啊！各位行人、住户，快来人啊！有人被杀了！"他立刻朝黑暗中呼喊起来。

随着他的呼喊声，只见新藏的脖子上有一处如蛤蜊的单片贝壳般的伤口一下子裂开，温热的液体沿耕介的手臂汩汩地流向衣服的下摆。

# 心形无业

## 一

吧嗒，中庭的黑暗中不时传来青梅落地的声音。武藏正面对一簇灯火，弯着身子，头都不抬一下。灯盏中摇曳的灯火把他蓬乱的月代头清晰地映在地上。他的头发看起来很硬，毫无油气，微微发红。再仔细一看，发根上还有一大块灸痕般的旧伤。这是他年幼时所患的疔疮的疤痕。

世上哪有这么难养的孩子——这块不知让母亲嗟叹过多少遍的难缠伤疤，至今在他的头上仍清晰可见。此刻，他忽然想起母亲，于是雕刻的佛像面容也越发像母亲了。

之前，不，就在刚才，这家的主人耕介未敢从夹层的隔扇擅自进来，只是在门外说道："您还是那么干劲十足啊。刚才，店前来了一个叫佐佐木小次郎的人，说是想见您，您是见，还是婉拒说已经睡下呢？怎么办？怎么也得给他个回信啊。"

耕介似乎在外面说了两三遍，而武藏究竟有无回答，就连他自己都分不清。

不久，耕介便"啊"了一声，似乎听到什么声音忽然离去。可武藏仍未分心，弯着腰，专心地拿小刀刻向那八九寸大小的木头雕像，从小桌案到膝盖，再到身体四周，全都落满了木屑。他正在雕刻一尊观音像，为了回报耕介赠送的无铭名刀，他答应要雕一尊观音像送给对方，从昨天早晨起，便专注地雕刻起来。

向来认真的耕介也对这尊雕像寄予了特别的期望，还说道："难得请您雕一次，多年来我一直秘藏着一块古木，能否请您用那个来雕？"

耕介便郑重其事地拿出一块木头，竟是块一尺左右的枕形方木，果然大有来头，得有六七百年历史。这块木头究竟珍贵在哪里，武藏有些不解。耕介便解释说，这是一块曾被用于河内石川郡东条矶长的灵庙中的天平年代的古木，年久失修的圣德太子的御庙修缮时，寺僧和工匠将其替换下来并轻率地将其截断，要搬到斋堂里烧火，耕介看见后觉得甚是惋惜，虽然是在旅途中，他还是请对方截下一尺左右带了回来。

这块木头木纹细致，刀感也好，一想到耕介如此珍重，一旦失败便无可替换，武藏的刻刀也不禁僵硬起来。

咣当，夜风吹开了院子的柴门。武藏抬起头，忽然叨念了一句"难道是伊织"，竖起耳朵。

# 二

既不是武藏一直担心的伊织回来了，也不是风吹开了后面的柴门。只听主人耕介嚷嚷道："快点，老婆！发什么愣？那人伤势严重，刻不容缓，说不定还有救呢。睡床？哪儿都行，快抬到安静的地方。"

除了耕介，抬回伤者的人们也纷纷热情地说道："有没有清洗伤口的烧酒？没有的话我回家去取。""我这就去叫大夫。"

只听得人们慌乱了一会儿，但不久便安静下来。"街坊邻居们，多谢了，多谢诸位相助。看来此人的性命是保住了，请大家安心地回去睡吧。"

听这话，似乎是主人的家人遇到了意外，武藏不由得想。自己怎能置之不理呢。于是他掸掉膝上的木屑，走下夹层的楼梯。看到走廊最里面露出灯光，他便往里瞅了瞅，只见里面躺着一个濒死的伤者，耕介夫妇则在枕边伺候。

"您还没睡啊？"耕介回过头，轻轻空出位置。

武藏在枕边静静地坐下，望着灯下那苍白的睡脸问道："是谁？"

"我也吓了一跳……"耕介也显出一副受惊的样子，说道，"我稀里糊涂地救了回来，等抬到这儿一看，这不是经常出入我家的老主顾、我最为尊敬的甲州流军学者小幡先生的门人吗？"

"哦，就是这人？"

"是。他叫北条新藏，是北条安房守的公子，为修行兵学，常年侍奉在小幡先生身边。"

"哦。"

武藏轻轻掀开缠在新藏脖子上的白布，只见刚刚用烧酒清洗过的伤口处已被剜去了一块赤贝肉片大小的肉。灯影照着凹陷的伤口底部，淡红色的颈动脉露了出来，清晰可见。

人们经常用"发引千钧"来形容性命的危险，而这位伤者正是如此。可这如此骇人、如此利落的刀法究竟是谁的呢？从伤口来看，太刀一定是从下面抠上来的，然后又折了一个燕尾，否则不会如此精确地瞄准颈动脉剜下一块赤贝肉般的肉片。

斩燕！武藏一下子想起了佐佐木小次郎最拿手的太刀刀法，顿时忆起耕介刚才在室外告知其来访时的话语，不禁一怔。

"知道内情吗？"

"不，什么都不知道。"

"这也难怪。但我知道下手人是谁了。总之，最好等伤者恢复之后再问吧。看来这对手是佐佐木小次郎了。"武藏说着，自言自语般点了点头。

三

　　返回房间后，武藏头枕胳膊，骨碌一下便倒在满地的木屑中。被褥并非没有铺开，可他没有心情钻进被窝。

　　今天已是两天两夜了，伊织仍未回来。就算是迷了路，这时间也太久了。当然，送信的地点是柳生家，木村助九郎也是熟人，说不定看他是个孩子，就留下他玩耍，结果他就当真了。

　　担心归担心，不过这并未耗费武藏太多心力，反倒是从昨天早晨起就一直在雕刻的那尊观音像，让他颇感疲惫。对于雕刻这门手艺，武藏并不是深谙技巧的内行人，也不懂得耍点手腕或是故意留下一些貌似精湛的刀痕来糊弄别人。他唯一拥有的，便是自己在心底描绘的一尊观音像。他不过是专心地在将心目中的形象变成木雕展现出来，可是在他的真挚意念转化为手、转化为刻刀下的动作之前，种种杂念却让他心绪飘散。

　　结果，眼看木雕好不容易现出点观音的模样时，他便因为杂念而不得不将其削掉，重新雕刻。结果心绪又乱，又重新雕。就在这反复之间，有如在刮取调味用的干鲣鱼一样，耕介给的天平古木也在不知不觉间缩到了八寸，又瘦到五寸，最后差一点就剩下三寸。

　　恍惚间，耳边似乎传来两次杜鹃的啼声，原来武藏竟

369

已迷迷糊糊地睡了半刻。一觉醒来，充沛的体力已将大脑里的疲劳清洗干净了。

"这下没问题了。"他一起来便想。接着他便来到后面的井旁，洗把脸，漱漱口，重新剪剪将近黎明的灯芯，精神焕发，再次拿起刻刀。

沙棱、沙棱、沙棱……睡前与睡后就是不一样，小刀的刀感都截然不同。千年前的文化正在古木的纹理下刻画着细致的旋涡。若再刻不成，这贵重的古木也无法再度由木屑变回一尺的方木了，今夜无论如何也要雕成。

有如把剑对敌，武藏的目光炯炯有神，小刀上充满了力量。他背也不直一下，水也不喝一口。天亮了，小鸟开始唧啾，家中除了他的房间，所有的房间都打开了，可他却浑然不觉，进入了忘我的境界。

"武藏先生。"直到主人耕介担心他出事，打开门进来查看时，他才直起腰来。

"啊，不行。"他这才丢下小刀。再一看那被自己一圈圈削瘦的木材，莫说是原型，就连拇指大小都不剩了，全都变成了木屑，像雪一样洒落在周围。

耕介睁大了眼睛。"啊……雕不成？"

"唔，没成。"

"那天平古木呢？"

"全都削掉了。我一削再削，最终还是没能从木头中削出菩萨的样子。"

武藏回过神来，叹息一声后，像是被从菩提与烦恼中解放到地上一样，两手扣在脑后，说道："不行，我得坐一会儿禅。"说着便仰面躺下。

等他闭上困倦的眼睛后，种种杂念才终于离去，平静的思绪中只剩下一个"空"字，迷迷糊糊地在脑海中飘荡。


# 四


清晨起程的客人们喧闹地走出泥地房，多数都是马贩子。最近四五日的马市总账似乎在昨天清了，这儿的客栈也自今天清闲下来。

伊织终于在今晨赶了回来，正要上二楼时，客栈的老板娘连忙从柜台后喊道："喂喂，小孩。"

伊织从楼梯上扭回头。"什么事？"他俯看着老板娘斑秃的头顶问道。

"你这是要去哪儿？"

"我师父就住在二楼，我要去二楼啊，这有什么大惊小怪的。"

"哎？"对方一脸惊讶，"那你到底是什么时候从这儿出发的？"

"这个嘛。"伊织掐指算起来，"好像是前天的前一天。"

"那不就是大前天吗？说是去柳生大人家，现在才回来？"

"啊，是啊。"

"你还好意思说呢。柳生大人的府邸就在江户城内。"

"就是因为大婶你告诉我在木挽町，才让我多绕了好多路。那儿是仓库，住宅是在麻布村的日窪呢。"

"不管在哪里也花不了三天时间啊。是不是让狐狸给缠住了？"

"你怎么知道的，大婶，你是狐狸的亲戚吗？"

伊织揶揄着老板娘，就要爬上楼梯，老板娘连忙拦住他。"你师父已经不住在这儿了。"

"骗人！"伊织不信，跑上楼梯，不久却又垂头丧气地下来了，"大婶，师父换房间了吗？"

"你这孩子，我不是告诉你了嘛，还不信。不信你看看这账本。你看，已经结账了。"

"为、为什么？为什么我还没回来他就走了？"

"还不是因为你这跑腿的回来太晚了。"

"可是……"伊织哭起鼻子来，"大婶，师父到哪儿去了？你知道吗？师父有没有留下话？"

"什么也没说。你师父一定是觉得像你这种孩子带着也没用，就把你扔了吧。"

伊织顿时脸色大变，连忙跑到大街上，东瞧瞧，西望望，不一会儿便脸朝着天，眼泪吧嗒吧嗒地掉了下来。看到他着急的样子，老板娘一面用梳子齿挠着头顶上剃掉头发的地方，一面咯咯笑了起来。"我骗你的，骗你的。你师父搬到对面磨刀铺的夹层去了，就在那边呢。别哭了，快去看看吧。"

话音还未落，一只马草鞋便从大街上飞进了老板娘的柜台中。

<br>

五

伊织畏畏缩缩地凑到睡着的武藏的腿旁边。"我回来了。"他说道。

将他领到这儿的耕介，似乎也立刻蹑手蹑脚地躲回了主屋后面的病室里。

今天，这一家的气氛似乎格外阴沉，连伊织也能感觉到。而且武藏周围散落着一地的木屑，油尽灯枯的烛台也没有收拾。

"我回来了……"伊织最担心的便是挨骂，连大气都不敢出。

"谁？"武藏问道，然后睁开眼睛。

"是伊织。"

武藏一听立刻起身。看到恭恭敬敬地跪坐在脚边的伊织平安无事，他这才长出一口气。"伊织啊。"说完这一句，他便什么也没说。

"我回来晚了。"见武藏仍未吱声，伊织便又说道，"对不起。"

尽管伊织连连行礼致歉，可武藏仍不理不问，而是重新系了系衣带。"打开窗子，打扫一下这儿。"他吩咐一句后，便走了出去。

"是。"伊织从主人家借来扫帚，清扫起房间来，可由于仍很担心，不知武藏出去干什么，便瞅瞅后庭，只见武藏正在那里的井边漱口。

井的周围落满了青梅果。一看到青梅，伊织立刻便想起蘸着盐啃食的滋味。接着又想，若是将这些青梅全捡起来腌渍好，一年之中就不愁没梅干吃了，可这家人为什么不拾起来腌制呢？

"耕介先生，伤者的情况怎么样了？"武藏擦着脸，朝后面的房间打招呼。

"稳定多了。"传来耕介的声音。

"很辛苦吧。稍后我替你一会儿吧。"

听武藏这么一说，耕介回答说不必。"只是，我想这件事怎么也得告诉平河天满宫小幡景宪先生的学塾才行，可由于人手不够，正不知如何是好呢。"他与武藏商量道。

既然这样，那就由自己或伊织跑一趟吧——武藏便将此事揽了下来。不久后再登上夹层的楼梯一看，房间早已收拾得整齐利落。

武藏重新坐下，说道："伊织。"

"在。"

"那家是怎么回话的？"

一直担心会劈头盖脸挨一顿骂的伊织终于微笑起来，答道："信已送到了。我还带回了柳生大人府中木村助九郎先生给您的回信。"说着，他从怀里取出一封书信，一脸得意。

"让我看看……"武藏伸出手，伊织便立刻膝行两步，将信递到武藏手里。


# 六

木村助九郎的回信大致内容如下：


    难得您提出要求，然柳生流乃将军家御止流，禁止与任何人公然比试。不过，若非前来比武，主人但马守有时也会在道场待客。倘若真想体验柳生流真骨法，愚以为最好是与柳生兵库比试，可不巧由于本国大和的石舟斋先生旧病复发，兵库先生已于昨夜连夜赶往大和，十分遗憾。由于府中上下正担心此事，造访但马守一事改作他日如何？


信的正文至此结束，不过后面又追加了一句"届时，在下亦可帮阁下斡旋"。

武藏微微一笑，缓缓地将书信收了起来。

看到他的微笑，伊织便更加安心，这才伸伸跪麻的双腿。"师父，柳生大人的府邸不在木挽町，而是在麻布的日窪，宅子又大又气派。木村助九郎先生还给了我好多好吃的呢。"

伊织刚一狎昵起来，武藏的眉间便现出些不高兴。"伊织。"

伊织见状，慌忙收回腿，规规矩矩地回道："是。"

"就算走错了路，今天也是第三天了，是不是太迟了？为什么这么晚才回来？"

"我在麻布的山上让狐狸迷住了。"

"狐狸？"

"是。"

"你从小就在荒野上长大，怎么会被狐狸迷住呢？"

"我也不知道，可我还是让狐狸迷了半天。过后想想，我连走的是哪儿都想不起来了。"

"唔……奇怪啊。"

"是够奇怪的。我从未把狐狸当回事，大概是江户的狐狸比乡下的更会迷人吧。"

"这样啊。"看到伊织一本正经的表情，武藏也无心责备了，说道，"那你是不是使坏了？"

"哎，那狐狸老是尾随我，为了防止被它迷住，我就砍伤了它，也不知是腿还是尾巴，结果那狐狸就寻仇了。"

"不。寻仇的不是你看见的那狐狸，而是眼睛无法看见的你的心。你就好好想想吧。在我回来之前想明白是怎么回事，然后告诉我。"

"是。师父要出门吗？"

"我要去一趟麹町的平河天满宫。"

"今夜能回来吗？"

"哈哈哈，我若是也让狐狸迷住，或许也得花三天时间吧。"说着，武藏便把伊织留在家里，一人朝阴沉沉的天地间走去。

# 罗雀之门

## 一

平河天满宫的森林淹没在一片蝉鸣之中，间或传来一阵阵枭的啼声。"就是这儿了吧。"武藏止住脚步。夕月下有一栋建筑，死气沉沉，鸦雀无声。

"打扰一下。"武藏站在玄关处喊道。仿佛在对着洞口喊话一样，自己的声音立刻又返回耳朵，里面竟如此没有生机。

不久，终于传来了脚步声。只见一名年轻的武士提着刀出现在武藏面前，并不像是守门人。"哪一位？"对方挡在门前说道。年纪有二十四五岁，虽然年轻，可从头到脚没有一点凡夫俗子之气。

武藏便报出姓名，问道："小幡勘兵卫先生的小幡兵学所是这儿吧？"

"正是。"青年冷淡地应道。

不用说，武藏接下来的话肯定就是"在下乃为修行而游历诸国"——青年分明将武藏错看成了前来比试之人，可武藏继续道："贵门弟子中有叫北条新藏者，因故被救至您熟知的磨刀匠耕介家里，正在疗养中。因受耕介所托，特来告知。"

听武藏如此一说，青年顿时惊愕不已。"哎，北条新藏也反被杀？"稍稍平静下来后，他又连忙说道，"请恕在下刚才失礼。我乃勘兵卫景宪之子，名小幡余五郎。多谢您前来报信，请进舍下一憩。"

"不不，我只把口信送到即可，马上告辞。"

"那，新藏的性命……"

"今晨似已有好转。但纵然贵门前去接回，如今恐也动弹不得，还是先留在耕介家为好。"

"那就有劳您传个话，当下就先拜托耕介了。"

"我会转告的。"

"父亲勘兵卫仍卧病床之时，代替父亲指导门人的北条新藏就于去年秋天不见了人影，因而本门如今已关闭讲堂，人手不够，还请见谅。"

"莫非贵门与佐佐木小次郎有什么宿怨？"

"我当时不在家，并不清楚详情，只听说那什么佐佐木羞辱了病中的父亲，在门人中酿下仇恨。门人们几次意欲杀他，结果反被他所杀，最终北条新藏也离开了这里。现在看来，他也是去找小次郎寻仇了。"

"原来如此，这样缘由就清楚了。不过在下还是忠告一句，不要再跟那佐佐木小次郎争了。无论是堂堂正正地比武还是运用计谋,此人都是一个不可战胜的对手。总之,无论刀术、口才还是策略,此人都非同一般,一般人绝非他的对手。"

听到武藏竟如此高抬小次郎,余五郎年轻的眼里顿显不快。武藏见状,便再次提醒道:"对于狂妄者,我们任由其狂妄便是。为了小小的宿怨而招来大祸,这实在不值得。既然连北条新藏都已惨遭毒手,你们就不要再去寻仇,重蹈血的覆辙,否则就太愚蠢了。"

忠告完毕,武藏立刻从大门前返回。


二


武藏走后,余五郎仍倚在墙壁上,不觉抱起胳膊。"遗憾……"脆弱的嘴唇仍微微颤抖,"连新藏都反遭毒手……"他呆滞的目光凝望着天空。空旷的讲堂和主屋如今已是冷冷清清,几无一人。自己旅行回来时,新藏便已经不在了,只给自己留下了一封遗书,上写一定要杀死佐佐木小次郎回来,否则今生便再无见面之日。

自己最不希望看到的情况,如今却已变成了事实。

自从新藏走后,兵学的教授自然也就停了,世上的评论也多倾向于小次郎。人们还讽刺说,到这儿的兵学所学习的全都是些懦弱之人,只有理论,没有实力。于是门人们有的以此为耻,有的则在看到勘兵卫景宪的病态以及甲州流的衰微之后，转投长沼流。不知不觉间，这里便冷清下来，最近只剩下两三名打杂的入室弟子。

"不能告诉父亲。"余五郎当即便下了决心，"以后的事以后再说。"总之，先尽心伺候老父的重病吧，这才是为儿者当前最大的任务。可是，医生早已如实地告诉过他，父亲的恢复已经没指望了。以后的事以后再说。想到这里，他强忍住悲痛。

"余五郎、余五郎。"后面的病室里忽然传来父亲的声音。儿子眼里已病入膏肓的父亲不知受到了什么刺激，呼唤儿子时的声音竟完全不像病人。

"是。"余五郎连忙跑过去，还没到里间便问道，"您在叫我吗？"

跪到床前一看，只见病人一如平常躺累时那样，自己早已打开了窗子，正倚着枕头，坐在床铺上。"余五郎。"

"是，儿在。"

"刚才有个武士来了吧。我从窗户里只看到一个背影。"

莫非父亲已经知道了？原本打算隐瞒的余五郎顿时有些慌乱。"啊……那个……大概是刚走的信使吧。"

"信使？哪儿来的？"

"说是北条新藏出了事，前来告知的，好像叫什么宫本武藏。"

"唔？宫本武藏……奇怪啊，他不是江户人吧。"

"说是作州的浪人。莫非父亲与他有交情？"

"不。"勘兵卫景宪使劲摇摇白髯稀疏的下巴，说道，

"什么关系都没有。只是我景宪从年轻到这把年纪，莫说是战场，就连平时都阅人无数，却未见过几个堪称真正的武士之人。但刚才离去的武士不由得吸引了我。真想见一面啊，真想跟那位宫本武藏谈谈。余五郎，你立刻追上他，把他领到这儿来。"


## 三


不能说太久话——医生曾如此叮嘱过勘兵卫景宪。"给我叫来。"即使只是病人稍微亢奋的一句话，都让余五郎担心会对病情带来不利影响。

"遵命。"尽管他暂且依着勘兵卫的意思答应下来，却并未起身，"可是父亲，刚才那武士究竟什么地方如此吸引您，让您只是从病室的窗户里看了一眼背影便如此欣赏？"

"你是不会明白的。等你到了能明白的时候，也就变成我这般朽木枯枝了。"

"可您总该有理由吧。就请父亲给儿讲一下吧，也好让儿增长些见识。"

"刚才那武士，对我这个病人都非常关心，光这一点就了不起。"

"可是，他不可能知道父亲就在这窗内啊。"

"不，他早就知道了。"

"为什么？"

"他进门的时候，先是在那里停了一下，然后便把这宅子的结构、开和未开的窗子、庭院里的近道以及其他，全都一个不落地看了一遍，进来时毫无造作之嫌，反倒给人以谦恭之感。当时，我从远处一望，当即便吃了一惊：此人是何者？"

"刚才那武士竟是如此谨慎之人？"

"一时也说不完。你赶快追上他，给我叫来。"

"可是，我怕影响您的病情。"

"多年来我一直在等待这种知己。我的兵学并非只为传给儿子而历练的。"

"这可是父亲的老话了。"

"虽称甲州流，可勘兵卫景宪的兵学并非只弘扬甲州武士的方程式阵法。与信玄公、谦信公和信长公等人争霸的时代比起来，这世道已完全不同了，学问的使命也不一样了。我的兵学终究是小幡勘兵卫流的，今后要构筑真正和平的兵学。我该将它传承给谁呢？余五郎。我倒是很想传给你啊。可是，你与刚才的武士打过照面后，并未看出对方的器量，你还远未成熟啊。"

"孩儿不孝。"

"即使从偏爱儿子的父亲的角度来看，你都是这种程度，自然无法传承我的兵学。等为父把兵学传给该传之人后，再把你托付给他，为父一直在悄悄地等待这种人。正如花落之时，必然要将花粉托付给风，撒向大地一样……"

"父、父亲，请您千万不要凋落。您一定要好生休养，千万别凋落了。"

"胡说！瞎说！"勘兵卫连骂了两遍，说道，"快去！好生说明我的意思，千万不要失礼，务必要将他带回我面前。"

"是。"余五郎答应一声，慌忙赶出门外。

## 四

等余五郎追出去时，武藏早已不见。他在平河天满宫附近找了找，甚至找到了麴町的大街上，却仍未找到。"没办法。只好等下次吧。"他立刻便放弃了。他并未觉得武藏有父亲所说的那么优秀。年龄跟自己差不多，纵然再有才华，本事也高不到哪里去。加之武藏回去前留下的那句忠告仍萦绕在脑海的一角，说以佐佐木小次郎为对手实在愚蠢至极，小次郎绝非等闲之辈，抛弃小的宿怨才是上策。这话俨然就像特意前来称颂小次郎似的。这种成见已深深印在了余五郎脑中。有什么了不起的！他自然对武藏生出反感。

正如他对小次郎那样，对于武藏，他也抱有一种轻视。不，即使对父亲，尽管他表面上乖乖听从，心底里却是一百个不服。他认为自己决没有父亲说的那般不成熟。

每次告假时，有时一年，有时则是两三年，余五郎都会去修行，或是到他处成为兵学的入门弟子，有时甚至还造访禅家。他自以为已经有了相当的积淀，父亲却永远将他看作吃奶的孩子,还对隔窗看到的像武藏那样的年轻人过分夸赞。你也好好跟人家学着点——简直都带着这种口吻。

"回去吧。"余五郎决定回家,心里却忽然失落起来,"难道为人父母者,就永远觉得儿子断不了奶吗?"

有时候,他真想让父亲夸自己一句:你也终于出息了。可父亲已是连明日还在不在都无法确定的重病之身,真是落寞。

"余五郎先生,这不是余五郎先生吗?"

余五郎循声望去。"哎呀,是你啊。"他转过身,双方朝彼此走近。原来竟是细川家的家士中户川范太夫,虽然最近没怎么见面,他从前也经常来此听课。

"老先生的病后来如何?在下公务缠身,久疏问候。"

"还是老样子。"

"毕竟年事已高……哦,对了,我听传闻说,教头北条新藏先生反被杀……"

"您已知道了?"

"今早才在藩邸里听到的。"

"昨晚才发生,今早就传到细川家了?"

"佐佐木小次郎是藩中重臣岩间角兵卫府中的食客,一定是那角兵卫传扬的吧。就连少主忠利公都知道了。"

余五郎年轻气盛,怎能心平气和地听下去。不过,他也不愿让对方看到自己的脸色,便装着若无其事的样子与范太夫告别回家。此时,他已下定了决心。

# 街上杂草

## 一

耕介的妻子正在为后面的病人熬粥。

"大婶，梅子已经黄了。"伊织伸头往厨房里瞅了瞅，告诉对方。

"是啊，已经熟了。蝉也叫起来了。"耕介的妻子却毫无感谢之意。

"大婶，为什么不把梅子腌起来呢？"

"人太少啊。腌那么多梅子，光盐就要用不少呢。"

"盐烂不了，可这梅子若不腌透就会烂掉。虽然人少，那平常不是也得防备着兵荒马乱或洪涝灾害？大婶忙于照顾病人，那就由我来腌吧。"

"你这孩子，连洪涝灾荒的事情都想到了，都像个小大人了。"

说话间，伊织已钻进库房，将一口空桶搬到院子里，然后仰起头，打量起梅树来。伊织颇有一种不似小孩的才智和自立的能力，连女主人都自愧不如。可他毕竟还是个孩子，比如现在，他发现了一只停在树上的蝉，一下子便被吸引了过去。

伊织悄悄地靠过去，一把捂住那蝉，蝉便在他的手掌中似老人悲鸣般啼叫起来。望着自己的掌心，伊织忽然觉得不可思议。

蝉身上应该没有血，可其身体却比自己的手掌还热。纵然是没有血的蝉，当面临生死绝境的时候，也会从身体中燃起火一般的热。伊织当然想不到这些，又是忽然害怕起来，又觉得其可怜，就把手掌松开，伸向天空。

于是蝉撞到了邻家的屋顶，又飞向街上。伊织立刻往梅树上爬。好大的一棵树，从未受过惊吓的毛毛虫穿着惊艳的毛刺在慢慢蠕动。还有花大姐，绿叶的背面也沾着小青蛙。小蝴蝶在睡觉，虻在飞舞。

仿佛在窥探人世之外的另一个世界，伊织看得入了迷。大概是怕忽然摇晃树枝会吓到这些昆虫王国的绅士和淑女，他先揪下一个浅色的梅子，使劲啃了一口，然后便从手边的树枝开始摇。虽然梅子看起来就要落地，却怎么也晃不下来。伊织便把能够到的梅子揪下来，扔到下面的空桶里。

"啊，畜生！"也不知看见了什么，伊织忽然大喊一声，接着便朝一旁的小巷里接连扔了三四个梅子。搭在墙上的晾衣杆掉到地上，发出巨大的声响。接着，便传来从小巷里朝大街上奔去的慌乱的脚步声。

今天武藏又外出了，正好不在家。

这时，正在手工作坊专心磨刀的耕介从竹窗里探出头，惊讶地问道："刚才的声音是怎么回事？"


二


伊织于是从树上跳下。"大叔，刚才那小巷后面又来了一个奇怪的男人，蜷缩在角落里。我用梅子打他，他吓了一跳，就逃走了。不过可得小心，弄不好还会来的。"他朝作坊的窗子里报告。

耕介于是擦着手走了出来，问道："什么样的家伙？"

"无赖汉。"

"半瓦的手下？"

"最近晚上不也闯进过店里吗？差不多就那德行。"

"真是猫一样的家伙。"

"他们到底要来干什么？"

"找里面的伤者寻仇。"

"啊，找北条先生？"伊织回头望了望病人所在的房间。病人正在吃粥，身体已恢复得可以解下绷带了。

"主家。"

听到新藏在唤自己，耕介便朝外廊走去。"怎么样？"他安慰道。

新藏收拾起吃饭的盆钵，重新坐好，说道："耕介先生，没想到会给你添麻烦。"

"哪里的话。由于手头还有活计,照顾多有不周。"

"不光给你添了麻烦,意图加害在下的半瓦家的人似乎也不断来晃悠。待久了更添麻烦不说,万一他们找你寻仇,那在下就实在过意不去了。"

"不用如此顾虑……"

"不,更主要的是,你看我的身体也完全恢复了,我想今天便告辞。"

"哎,你要回去?"

"日后另行致谢。"

"请等一下。今日正好武藏先生外出了,等他回来后再走不迟。"

"给武藏先生也添了不少麻烦,他回来后请转达我对他的谢意。你看,我走起路来一点障碍都没有了。"

"可是那一晚你杀了菰十郎和侍童小六,半瓦家那些无赖一定怀恨在心。他们恐怕早就埋伏好了,只等你离开这里一步,他们就会上来找茬。既然已知道他们每日每夜都来窥探,我不会放你回去。"

"没什么,我杀菰十郎和侍童小六也有堂堂的理由,他们恨我是我自找的。可是,一旦他们前来寻衅……"

"话虽如此,但我还是对你的身体放心不下。"

"多谢关心,不过我没什么要紧的。尊夫人在哪里?我还要向尊夫人致谢呢……"说着,新藏整了整衣饰,站起身来。

怎么留也留不住,不得已,耕介夫妇只好将其送出门来。可刚到店前，正巧碰上武藏满脸大汗地从外面回来。两人迎头撞上，武藏睁大了眼睛问道："北条先生，你这是要去哪里？什么，回家？身体能恢复得如此好，这当然是好事，但一个人回去可十分危险。看来我回来得正好，就由在下把你送到平河天满宫吧。"

三

新藏一度婉拒，武藏自然不答应。"没什么的。北条先生不用客气。"

于是新藏便接受了他的好意，在他的陪伴下离开了耕介家。

"好久没有走路了，很吃力吧？"

"总觉得地面似乎高出来一些，迈步都跟跟踉踉踉的。"

"这也难怪。到平河天满宫挺远的，等碰到揽客的轿夫后，你就坐着轿子回去吧。"

武藏刚一开口，新藏便说道："请恕我刚才没说清楚，我并非要回小幡兵学所那边。"

"那回哪里？"

"在下实在无脸见人。"新藏低下头说道，"我想暂时回到父亲身边。"随之又告诉了武藏目的地，"牛込。"

武藏便找到轿夫，硬是让新藏坐进轿子。轿夫劝武藏也乘坐，可武藏就是不肯，而是跟在一旁步行。

"啊,坐到轿子里了。"

"看到我们了。"

"慌什么?别慌。"

当轿子和武藏拐向外围护城河的右侧时,街角的一群无赖便撸胳膊挽袖子尾随而来。这些都是半瓦家的人,一副誓雪耻辱的架势,所有的目光都紧紧咬住武藏的背和轿子。来到牛渊的时候,一块石头啪的一下弹在轿子的架杆上,无赖们已远远地围了过来。

"喂,站住!浑蛋,站住!"

战战兢兢的轿夫一看这阵势,顿时丢下轿子撒腿就跑。随后,又有两三块石头越过逃跑的轿夫朝武藏飞来。

北条新藏哪受过这窝囊气,立刻持刀从轿子里爬出来,喝道:"是让我站住吗?"说着便挺起身,做好应战的架势。

武藏保护着新藏。"你们为何事而来?"他朝石头飞来的方向说道。

无赖们像涉过浅滩似的,渐渐围拢过来。"少给我装糊涂!"有人咄咄逼人地反问道,"你只要把那家伙交出来就行,若敢撒野,连你的小命都得丢!"

无赖们气势汹汹,杀气腾腾,却没有一人敢率先杀过来。当然,也可以说是武藏的眼神使他们不敢轻举妄动。总之,双方隔着相当的距离对峙,一方在狂妄叫嚣,武藏与新藏则默默地盯着他们。

"那个叫什么半瓦的无赖头目在里面吗?若在的话,给我出来一下。"武藏突然这么问了一句,于是无赖中便有人回道："头儿不在，家里的事全由我老头子做主。我叫念佛太左卫门，有什么话你就说吧。"说着，一名身穿白色单衣、脖子上挂着大串念珠的老无赖走上前来，自报家门。


# 四


武藏说道："你们为什么不放过北条新藏先生？"

念佛太左卫门耸了耸肩膀，代替众人说道："我们的两名兄弟都死在他刀下，若是坐视不管，我们的脸面往哪儿搁呢？"

"可是，我听北条先生说，那菰十郎和什么侍童小六曾帮助佐佐木小次郎暗杀过小幡家的好几名门人，难道不是这样吗？"

"一码归一码。既然我们的兄弟被人干掉，我们就要为他们报仇，否则我们怎么在江湖上混饭吃，怎么有脸做男子汉？"

"那倒也是。"武藏先肯定了对方的说辞，继之又道，"或许在你们的世界里是这个道理，可是在我们武士眼里却不是。在武士的世界中，根本就没有无缘无故的仇恨，更不允许冤冤相报。武士重义，为了名分而复仇是允许的，可为宿怨而寻仇的做法，连女人都不如。比如你们这样。"

"什么，你竟敢骂我们不如女人？"

"若是佐佐木小次郎以武士的名义前来，倒尚可理解，可你们这些帮凶是不配做对手的。"

"武士就是会夸夸其谈啊，真会扯！我们虽是无赖，也有自己的脸面。"

"一个世界里既有武士的道理，也有无赖的逻辑，若想要两者都站得住脚，恐怕不光是这里，我想整条大街都会鲜血横流了。若非要辩出个子丑寅卯不可，我看就只有请奉行所来裁断了。怎么样，那个什么念佛先生？"

"什么？"

"去奉行所吧，请官家裁断一下是非。"

"满嘴屁话！若是去奉行所，老子还用费这么大事吗？"

"你多大年纪了？"

"什么？"

"都一把年纪了，居然还混在年轻人里，来看这胡乱杀人的热闹。"

"少在这儿胡说八道！别看我这样，打起架来，我太左卫门还不算老。"

看到太左卫门拔出腰刀，尾随在后的无赖们也齐声叫嚣道："剁了他！别让他伤着老爷子！"便一齐扑了上来。武藏躲过太左卫门的腰刀，一把抓住他的白头发，拎起来疾走了十来步，一下子将其扔到了护城河里。随后，他又往无赖中一冲，趁敌人大乱的空隙，一把抱起北条新藏，夹在腋下。就在敌人还未明白过来是怎么回事的时候，他已经在牛渊的平地上飞跑起来，直到九段坂的中段，身影越来越小。

# 五

牛渊或九段坂之类，当然是后世才有的地名。当时这一带只有苍翠的山崖，还有汇向外围护城河的溪流，甚至还有湛满了蓝色湖水的湿地。即使是地名，也只有一些蟋蟀桥或冬青坂等极其土气的称呼而已。

武藏丢下那群惊呆的无赖，一口气奔到坡道中间，这才说道："行了，北条先生，咱们逃吧。"说着才从腋下放下新藏，催促着迟疑的他，继续向远处跑去。

无赖们这才如梦初醒。"啊，他们逃了！"顿时又来了气势，"别让他们逃了！"他们一面从坡下追赶，一面纷纷谩骂："懦夫！只会耍嘴皮子！""不知羞耻！这也算武士？""胆敢把太左卫门扔到河里！浑蛋，你等着！""武藏也是我们的死敌了！都给我站住！""卑鄙！不要脸！没用的武士！还不给我站住！"

各种谩骂纷纷从背后传来，可武藏理都不理，也不让北条新藏停下。"三十六计走为上计。"他只顾催促着逃跑，"连逃跑也不是件轻快活啊。"他一面笑着，一面撒腿逃去。

回头一看，身后已没有人影追来。病后的新藏跑两步就已经脸色苍白，气喘吁吁。

"累了吧？"

"不……不……倒没大碍。"

"你是不是觉得，就这么让人骂很窝火？哈哈哈，等平静下来后就会想开了。有时候，逃跑也是一件快事啊。那儿有条河，喝口水漱漱口吧，然后再送你回去。"

赤城神社的森林已经在望。北条新藏的家就在赤城神社的下面。

"务请进去一叙，与家父见一面。"新藏邀请道。

可武藏只送到红泥墙下便站住了。"咱们后会有期，请好好休养。"说罢便径直离去。

经历了这件事，武藏在江户城的大街小巷更有名了。他是个冒牌武士，典型的胆小鬼，不知羞耻，玷污武士道。他在京都挑战吉冈一门，不是吉冈太弱，就是因为他的逃跑功夫一流，徒有虚名。

这里的有名指的是恶名声，没有一人出来为武藏辩护。因为后来半瓦的人不仅极力中伤，还公然在江户城的大街小巷里立下好几十个告示牌，上写：

> 告看见我们后屁滚尿流撒腿就跑的宫本武藏，本位田家的老婆婆正找你寻仇，我们兄弟也不会放过你。若不出来，你就不配做武士。
>
> 半瓦全体同仁